STS

STS
山田社

合格班 日檢文法 攻略問題集 & 逐步解說

〔全真模擬試題〕完全對應新制

考試分數大躍進
累積實力
百萬考生見證
應考秘訣

4

根據日本國際交流基金考試相關概要

吉松由美・西村惠子・大山和佳子
山田社日檢題庫小組 ◎ 合著

MP3

JLPT

山田社
Shan Tian She

前言

preface

百分百全面日檢學習對策，讓您震撼考場！
日檢合格班神救援，讓您輕鬆邁向日檢合格之路！

★ 文法闖關遊戲＋文法比較＋模擬試題與解題攻略，就是日檢合格的完美公式！

★ 小試身手！文法闖關大挑戰，學文法原來這麼好玩！

★「心智圖特訓」創造分類概念並全面理解，N4 文法實力大躍進！

★ N4 文法比一比，理清思路，一看到題目就有答案！

★ 拆解句子結構，反覆訓練應考技巧，破解學習文法迷思！

★ 精選全真模擬試題，逐步解說，100% 命中考題！

文法辭典、文法整理、模擬試題…，為什麼買了一堆相關書籍，文法還是搞不清楚？
做了大量的模擬試題，對文法概念還是模稜兩可，總是選到錯的答案？

光做題目還不夠，做完題目你真的都懂了嗎？
別再花冤枉錢啦！重質不重量，好書一本就夠，一次滿足你所有需求！
學習文法不要再東一句西一句！有邏輯、有系統，再添加一點趣味性，才是讓你不會想半路放棄，一秒搞懂文法的關鍵！

合格班提供 100%全面的文法學習對策，讓您輕鬆取證，震撼考場！

● 100%權威｜突破以往，給你日檢合格的完美公式！

多位日檢專家齊聚，聯手策劃！從「文法闖關挑戰」、「心智圖整理」、「文法比較」三大有趣、有效的基礎學習，到「實力測驗」、「全真模擬試題」、「精闢解題」，三階段隨考隨解的合格保證實戰檢測，加上突破以往的版面配置與內容編排方式，精心規劃出一套日檢合格的完美公式！

● 100%挑戰｜啟動大腦的興趣開關，學習效果十倍速提升！

別以為「文法」一定枯燥無味！本書每一個章節，都讓你先小試身手，挑戰文法闖關遊戲！接著透過心智圖概念，將相關文法整理起來，用區塊分類，用顏色加強力度。只要在一開始感到樂趣、提高文法理解度，就能　動大腦的興趣開關，讓你更容易投入其中並牢牢記住！保證強化學習效果，縮短學習時間！讓你在準備考試之餘，還有時間聊天、睡飽、玩手遊！

● 100%充足｜用「比」的學，解決考場窘境，日檢 N4 文法零弱點！

你是不是覺得每個文法都會了，卻頻頻在考場上演左右為難的戲碼？本書了解初學文法的痛點，貼心將易混淆的 N4 文法項目進行整理歸納，依照不同的使用時機，包括助詞的使用、形容詞的表現、時間、原因、…等，分成 12 個章節。並將每個文法與意思相近、容易混淆的文法進行比較，讓你解題時不再有模糊地帶，不再誤用文法，一看到題目就有答案，一次的學習就有高達十倍的效果。

本書將每個文法都標出接續方式，讓你透視文法結構，鞏固文法概念。再搭配生活中、考題中的常用句，不只幫助您融會貫通，有效應用在日常生活上、考場上，更加深你的記憶，輕鬆掌握每個文法，提升日檢實力！

● 100%擬真｜考題神準，臨場感最逼真！

每章節最後附上符合新日檢考試題型的實力測驗，道道題目都是章節重點，讓你透過一章節一測驗的方式加強記憶，熟悉考試題型。最後再附上全真模擬試題總整理，以完全符合新制日檢 N4 文法的考試方式，讓你彷彿親臨考場。接著由金牌日籍老師群帶你直擊考點，逐一解說各道題目，不僅有中日文對照解題，更適時加入補充文法，精準破解考題，並加強文法運用能力，帶你穩紮穩打練就基本功，輕輕鬆鬆征服日檢 N4 考試！

目錄

contents

N4 JLPT

新「日本語能力測驗」概要

JLPT

一、什麼是新日本語能力試驗呢

1. 新制「日語能力測驗」

從2010年起實施的新制「日語能力測驗」（以下簡稱為新制測驗）。

1－1　實施對象與目的

新制測驗與舊制測驗相同，原則上，實施對象為非以日語作為母語者。其目的在於，為廣泛階層的學習與使用日語者舉行測驗，以及認證其日語能力。

1－2　改制的重點

改制的重點有以下四項：

1　測驗解決各種問題所需的語言溝通能力

新制測驗重視的是結合日語的相關知識，以及實際活用的日語能力。因此，擬針對以下兩項舉行測驗：一是文字、語彙、文法這三項語言知識；二是活用這些語言知識解決各種溝通問題的能力。

2　由四個級數增為五個級數

新制測驗由舊制測驗的四個級數（1級、2級、3級、4級），增加為五個級數（N1、N2、N3、N4、N5）。新制測驗與舊制測驗的級數對照，如下所示。最大的不同是在舊制測驗的2級與3級之間，新增了N3級數。

N1	難易度比舊制測驗的1級稍難。合格基準與舊制測驗幾乎相同。
N2	難易度與舊制測驗的2級幾乎相同。
N3	難易度介於舊制測驗的2級與3級之間。（新增）
N4	難易度與舊制測驗的3級幾乎相同。
N5	難易度與舊制測驗的4級幾乎相同。

＊「N」代表「Nihongo（日語）」以及「New（新的）」。

3　施行「得分等化」

由於在不同時期實施的測驗，其試題均不相同，無論如何慎重出題，每次測驗的難易度總會有或多或少的差異。因此在新制測驗中，導入「等化」的計分方式後，便能將不同時期的測驗分數，於共同量尺上相互比較。因此，無論是在什麼時候接受測驗，只要是相同級數的測驗，其得分均可予以比較。目前全球幾種主要的語言測驗，均廣泛採用這種「得分等化」的計分方式。

4　提供「日本語能力試驗Can-do自我評量表」（簡稱JLPT Can-do）

為了瞭解通過各級數測驗者的實際日語能力，新制測驗經過調查後，提供「日本語能力試驗Can-do自我評量表」。該表列載通過測驗認證者的實際日語能力範例。希望通過測驗認證者本人以及其他人，皆可藉由該表格，更加具體明瞭測驗成績代表的意義。

1－3　所謂「解決各種問題所需的語言溝通能力」

我們在生活中會面對各式各樣的「問題」。例如，「看著地圖前往目的地」或是「讀著說明書使用電器用品」等等。種種問題有時需要語言的協助，有時候不需要。

為了順利完成需要語言協助的問題，我們必須具備「語言知識」，例如文字、發音、語彙的相關知識、組合語詞成為文章段落的文法知識、判斷串連文句的順序以便清楚說明的知識等等。此外，亦必須能配合當前的問題，擁有實際運用自己所具備的語言知識的能力。

舉個例子，我們來想一想關於「聽了氣象預報以後，得知東京明天的天氣」這個課題。想要「知道東京明天的天氣」，必須具備以下的知識：「晴れ（晴天）、くもり（陰天）、雨（雨天）」等代表天氣的語彙；「東京は明日は晴れでしょう（東京明日應是晴天）」的文句結構；還有，也要知道氣象預報的播報順序等。除此以外，尚須能從播報的各地氣象中，分辨出哪一則是東京的天氣。

如上所述的「運用包含文字、語彙、文法的語言知識做語言溝通，進而具備解決各種問題所需的語言溝通能力」，在新制測驗中稱為「解決各種問題所需的語言溝通能力」。

新制測驗將「解決各種問題所需的語言溝通能力」分成以下「語言知識」、「讀解」、「聽解」等三個項目做測驗。

語言知識	各種問題所需之日語的文字、語彙、文法的相關知識。
讀　解	運用語言知識以理解文字內容，具備解決各種問題所需的能力。
聽　解	運用語言知識以理解口語內容，具備解決各種問題所需的能力。

作答方式與舊制測驗相同，將多重選項的答案劃記於答案卡上。此外，並沒有直接測驗口語或書寫能力的科目。

2. 認證基準

新制測驗共分為N1、N2、N3、N4、N5五個級數。最容易的級數為N5，最困難的級數為N1。

與舊制測驗最大的不同，在於由四個級數增加為五個級數。以往有許多通過3級認證者常抱怨「遲遲無法取得2級認證」。為因應這種情況，於舊制測驗的2級與3級之間，新增了N3級數。

新制測驗級數的認證基準，如表1的「讀」與「聽」的語言動作所示。該表雖未明載，但應試者也必須具備為表現各語言動作所需的語言知識。

N4與N5主要是測驗應試者在教室習得的基礎日語的理解程度；N1與N2是測驗應試者於現實生活的廣泛情境下，對日語理解程度；至於新增的N3，則是介於N1與N2，以及N4與N5之間的「過渡」級數。關於各級數的「讀」與「聽」的具體題材（內容），請參照表1。

■ 表1 新「日語能力測驗」認證基準

	級數	認證基準 各級數的認證基準，如以下【讀】與【聽】的語言動作所示。各級數亦必須具備為表現各語言動作所需的語言知識。
↑ 困難 ＊	N1	能理解在廣泛情境下所使用的日語 【讀】・可閱讀話題廣泛的報紙社論與評論等論述性較複雜及較抽象的文章，且能理解其文章結構與內容。 ・可閱讀各種話題內容較具深度的讀物，且能理解其脈絡及詳細的表達意涵。 【聽】・在廣泛情境下，可聽懂常速且連貫的對話、新聞報導及講課，且能充分理解話題走向、內容、人物關係、以及說話內容的論述結構等，並確實掌握其大意。
	N2	除日常生活所使用的日語之外，也能大致理解較廣泛情境下的日語 【讀】・可看懂報紙與雜誌所刊載的各類報導、解說、簡易評論等主旨明確的文章。 ・可閱讀一般話題的讀物，並能理解其脈絡及表達意涵。 【聽】・除日常生活情境外，在大部分的情境下，可聽懂接近常速且連貫的對話與新聞報導，亦能理解其話題走向、內容、以及人物關係，並可掌握其大意。
	N3	能大致理解日常生活所使用的日語 【讀】・可看懂與日常生活相關的具體內容的文章。 ・可由報紙標題等，掌握概要的資訊。 ・於日常生活情境下接觸難度稍高的文章，經換個方式敘述，即可理解其大意。 【聽】・在日常生活情境下，面對稍微接近常速且連貫的對話，經彙整談話的具體內容與人物關係等資訊後，即可大致理解。

＊容易↓	N4	能理解基礎日語 【讀】・可看懂以基本語彙及漢字描述的貼近日常生活相關話題的文章。 【聽】・可大致聽懂速度較慢的日常會話。
	N5	能大致理解基礎日語 【讀】・可看懂以平假名、片假名或一般日常生活使用的基本漢字所書寫的固定詞句、短文、以及文章。 【聽】・在課堂上或周遭等日常生活中常接觸的情境下，如為速度較慢的簡短對話，可從中聽取必要資訊。

＊N1最難，N5最簡單。

3. 測驗科目

新制測驗的測驗科目與測驗時間如表2所示。

■ 表2　測驗科目與測驗時間＊①

<table>
<tr><th>級數</th><th colspan="3">測驗科目
（測驗時間）</th><th></th><th></th></tr>
<tr><td>N1</td><td colspan="2">語言知識（文字、語彙、文法）、讀解
（110分）</td><td>聽解
（60分）</td><td>→</td><td rowspan="2">測驗科目為「語言知識（文字、語彙、文法）、讀解」；以及「聽解」共2科目。</td></tr>
<tr><td>N2</td><td colspan="2">語言知識（文字、語彙、文法）、讀解
（105分）</td><td>聽解
（50分）</td><td>→</td></tr>
<tr><td>N3</td><td>語言知識
（文字、語彙）
（30分）</td><td>語言知識
（文法）、讀解
（70分）</td><td>聽解
（40分）</td><td>→</td><td rowspan="3">測驗科目為「語言知識（文字、語彙）」；「語言知識（文法）、讀解」；以及「聽解」共3科目。</td></tr>
<tr><td>N4</td><td>語言知識
（文字、語彙）
（30分）</td><td>語言知識
（文法）、讀解
（60分）</td><td>聽解
（35分）</td><td>→</td></tr>
<tr><td>N5</td><td>語言知識
（文字、語彙）
（25分）</td><td>語言知識
（文法）、讀解
（50分）</td><td>聽解
（30分）</td><td>→</td></tr>
</table>

N1與N2的測驗科目為「語言知識（文字、語彙、文法）、讀解」以及「聽解」共2科目；N3、N4、N5的測驗科目為「語言知識（文字、語彙）」、「語言知識（文法）、讀解」、「聽解」共3科目。

由於N3、N4、N5的試題中，包含較少的漢字、語彙、以及文法項目，因此當與N1、N2測驗相同的「語言知識（文字、語彙、文法）、讀解」科目時，有時會使某幾道試題成為其他題目的提示。為避免這個情況，因此將「語言知識（文字、語彙、文法）、讀解」，分成「語言知識（文字、語彙）」和「語言知識（文法）、讀解」施測。

＊①：聽解因測驗試題的錄音長度不同，致使測驗時間會有些許差異。

4. 測驗成績

4－1　量尺得分

舊制測驗的得分，答對的題數以「原始得分」呈現；相對的，新制測驗的得分以「量尺得分」呈現。

「量尺得分」是經過「等化」轉換後所得的分數。以下，本手冊將新制測驗的「量尺得分」，簡稱為「得分」。

4－2　測驗成績的呈現

新制測驗的測驗成績，如表3的計分科目所示。N1、N2、N3的計分科目分為「語言知識（文字、語彙、文法）」、「讀解」、以及「聽解」3項；N4、N5的計分科目分為「語言知識（文字、語彙、文法）、讀解」以及「聽解」2項。

會將N4、N5的「語言知識（文字、語彙、文法）」和「讀解」合併成一項，是因為在學習日語的基礎階段，「語言知識」與「讀解」方面的重疊性高，所以將「語言知識」與「讀解」合併計分，比較符合學習者於該階段的日語能力特徵。

■ 表3　各級數的計分科目及得分範圍

級數	計分科目	得分範圍
N1	語言知識（文字、語彙、文法） 讀解 聽解	0～60 0～60 0～60
	總分	0～180
N2	語言知識（文字、語彙、文法） 讀解 聽解	0～60 0～60 0～60
	總分	0～180
N3	語言知識（文字、語彙、文法） 讀解 聽解	0～60 0～60 0～60
	總分	0～180
N4	語言知識（文字、語彙、文法）、讀解 聽解	0～120 0～60
	總分	0～180
N5	語言知識（文字、語彙、文法）、讀解 聽解	0～120 0～60
	總分	0～180

各級數的得分範圍，如表3所示。N1、N2、N3的「語言知識（文字、語彙、文法）」、「讀解」、「聽解」的得分範圍各為0～60分，三項合計的總分範圍是0～180分。「語言知識（文字、語彙、文法）」、「讀解」、「聽解」各占總分的比例是1：1：1。

N4、N5的「語言知識（文字、語彙、文法）、讀解」的得分範圍為0～120分，「聽解」的得分範圍為0～60分，二項合計的總分範圍是0～180分。「語言知識（文字、語彙、文法）、讀解」與「聽解」各占總分的比例是2：1。還有，「語言知識（文字、語彙、文法）、讀解」的得分，不能拆解成「語言知識（文字、語彙、文法）」與「讀解」二項。

除此之外，在所有的級數中，「聽解」均占總分的三分之一，較舊制測驗的四分之一為高。

4－3　合格基準

舊制測驗是以總分作為合格基準；相對的，新制測驗是以總分與分項成績的門檻二者作為合格基準。所謂的門檻，是指各分項成績至少必須高於該分數。假如有一科分項成績未達門檻，無論總分有多高，都不合格。

新制測驗設定各分項成績門檻的目的，在於綜合評定學習者的日語能力，須符合以下二項條件才能判定為合格：①總分達合格分數（＝通過標準）以上；②各分項成績達各分項合格分數（＝通過門檻）以上。如有一科分項成績未達門檻，無論總分多高，也會判定為不合格。

N1～N3及N4、N5之分項成績有所不同，各級總分通過標準及各分項成績通過門檻如下所示：

級數	總分		分項成績					
			言語知識（文字・語彙・文法）		讀解		聽解	
	得分範圍	通過標準	得分範圍	通過門檻	得分範圍	通過門檻	得分範圍	通過門檻
N1	0～180分	100分	0～60分	19分	0～60分	19分	0～60分	19分
N2	0～180分	90分	0～60分	19分	0～60分	19分	0～60分	19分
N3	0～180分	95分	0～60分	19分	0～60分	19分	0～60分	19分

級數	總分		分項成績			
			言語知識（文字・語彙・文法）・讀解		聽解	
	得分範圍	通過標準	得分範圍	通過門檻	得分範圍	通過門檻
N4	0～180分	90分	0～120分	38分	0～60分	19分
N5	0～180分	80分	0～120分	38分	0～60分	19分

※上列通過標準自2010年第1回(7月)【N4、N5為2010年第2回(12月)】起適用。

缺考其中任一測驗科目者，即判定為不合格。寄發「合否結果通知書」時，含已應考之測驗科目在內，成績均不計分亦不告知。

4－4　測驗結果通知

依級數判定是否合格後，寄發「合否結果通知書」予應試者；合格者同時寄發「日本語能力認定書」。

■ N1, N2, N3

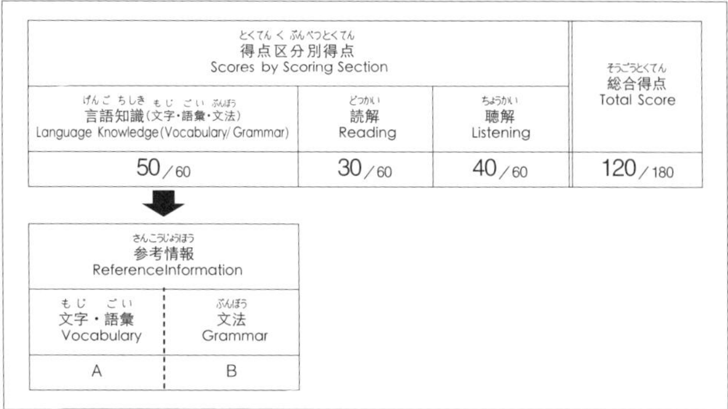

得点区分別得点 Scores by Scoring Section			総合得点 Total Score
言語知識（文字・語彙・文法） Language Knowledge (Vocabulary/ Grammar)	読解 Reading	聴解 Listening	
50／60	30／60	40／60	120／180

参考情報 ReferenceInformation	
文字・語彙 Vocabulary	文法 Grammar
A	B

■ N4, N5

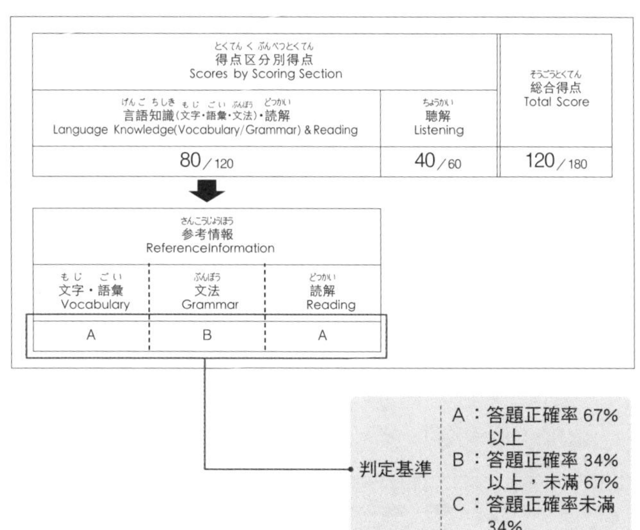

得点区分別得点 Scores by Scoring Section		総合得点 Total Score
言語知識（文字・語彙・文法）・読解 Language Knowledge(Vocabulary/Grammar) & Reading	聴解 Listening	
80／120	40／60	120／180

参考情報 ReferenceInformation		
文字・語彙 Vocabulary	文法 Grammar	読解 Reading
A	B	A

※各節測驗如有一節缺考就不予計分，即判定為不合格。雖會寄發「合否結果通知書」但所有分項成績，含已出席科目在內，均不予計分。各欄成績以「*」表示，如「**/60」。

※所有科目皆缺席者，不寄發「合否結果通知書」。

N4 題型分析

測驗科目（測驗時間）		試題內容				
		題型			小題題數＊	分析
語言知識（30分）	文字、語彙	1	漢字讀音	◇	9	測驗漢字語彙的讀音。
		2	假名漢字寫法	◇	6	測驗平假名語彙的漢字寫法。
		3	選擇文脈語彙	○	10	測驗根據文脈選擇適切語彙。
		4	替換類義詞	○	5	測驗根據試題的語彙或說法，選擇類義詞或類義說法。
		5	語彙用法	○	5	測驗試題的語彙在文句裡的用法。
語言知識、讀解（60分）	文法	1	文句的文法1（文法形式判斷）	○	15	測驗辨別哪種文法形式符合文句內容。
		2	文句的文法2（文句組構）	◆	5	測驗是否能夠組織文法正確且文義通順的句子。
		3	文章段落的文法	◆	5	測驗辨別該文句有無符合文脈。
	讀解＊	4	理解內容（短文）	○	4	於讀完包含學習、生活、工作相關話題或情境等，約100~200字左右的撰寫平易的文章段落之後，測驗是否能夠理解其內容。
		5	理解內容（中文）	○	4	於讀完包含以日常話題或情境為題材等，約450字左右的簡易撰寫文章段落之後，測驗是否能夠理解其內容。
		6	釐整資訊	◆	2	測驗是否能夠從介紹或通知等，約400字左右的撰寫資訊題材中，找出所需的訊息。
聽解（35分）		1	理解問題	◇	8	於聽取完整的會話段落之後，測驗是否能夠理解其內容（於聽完解決問題所需的具體訊息之後，測驗是否能夠理解應當採取的下一個適切步驟）。
		2	理解重點	◇	7	於聽取完整的會話段落之後，測驗是否能夠理解其內容（依據剛才已聽過的提示，測驗是否能夠抓住應當聽取的重點）。
		3	適切話語	◆	5	於一面看圖示，一面聽取情境說明時，測驗是否能夠選擇適切的話語。
		4	即時應答	◆	8	於聽完簡短的詢問之後，測驗是否能夠選擇適切的應答。

＊「小題題數」為每次測驗的約略題數，與實際測驗時的題數可能未盡相同。此外，亦有可能會變更小題題數。

＊有時在「讀解」科目中，同一段文章可能會有數道小題。

＊符號標示：「◆」舊制測驗沒有出現過的嶄新題型；「◇」沿襲舊制測驗的題型，但是更動部分形式；「○」與舊制測驗一樣的題型。

資料來源：《日本語能力試驗JLPT官方網站：分項成績・合格判定・合否結果通知》。2016年1月11日，取自：http://www.jlpt.jp/tw/guideline/results.html

本書使用說明

Point 1 文法闖關大挑戰

小試身手，挑戰文法闖關遊戲！每關題目都是本回的文法重點！

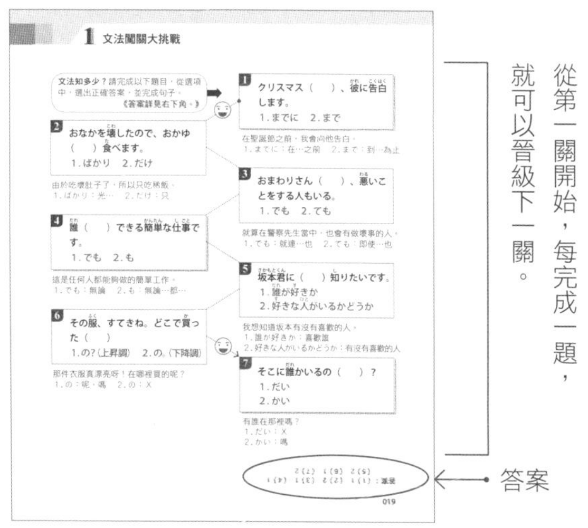

1 文法闖關大挑戰

文法知多少？請完成以下題目，從選項中，選出正確答案，並完成句子。《答案詳見右下角。》

1 クリスマス（　）、彼に告白します。
1.までに　2.まで
在聖誕節之前，我會向他告白。
1.までに：在…之前　2.まで：到…為止

2 おなかを壊したので、おかゆ（　）食べます。
1.ばかり　2.だけ
由於吃壞肚子了，所以只吃稀飯。
1.ばかり：光…　2.だけ：只

3 おまわりさん（　）、悪いことをする人もいる。
1.でも　2.ても
就算在警察先生當中，也會有做壞事的人。
1.でも：就連…也　2.ても：即使…也

4 誰（　）できる簡単な仕事です。
1.でも　2.も
這是任何人都能夠做的簡單工作。
1.でも：無論　2.も：無論…都…

5 坂本君に（　）知りたいです。
1.誰が好きか
2.好きな人がいるかどうか
我想知道坂本有沒有喜歡的人。
1.誰が好きか：喜歡誰
2.好きな人がいるかどうか：有沒有喜歡的人

6 その服、すてきね。どこで買った（　）
1.の?（上昇調）　2.の。（下降調）
那件衣服真漂亮呀！在哪裡買的呢？
1.の：呢、嗎　2.の：X

7 そこに誰かいるの（　）？
1.だい
2.かい
有誰在那裡嗎？
1.だい：X
2.かい：嗎

019

從第一關開始，每完成一題，就可以晉級下一關。

答案

Point 2 文法總整理

通過實力測驗後，將本章文法作一次總整理，以圖像化方式，將相關文法整理起來，用區塊分類，用顏色加強力度。保證強化學習效果，縮短學習時間！

判斷（依據性較高）

はずだ
（按理說）應該…
比較：はずがない

そう
好像…、似乎…
比較：そうだ

ようだ
像…一樣的、如…似的、好像…
比較：みたいだ

らしい
好像…、似乎…、是說…、像…的樣子、有…風度
比較：ようだ

だろう
…吧
比較：（だろう）と思う

と思う
覺得…、認為…、我想…、我記得…
比較：と思っている

かもしれない
也許…、可能…
比較：はずだ

推測（依據性較低）

一張圖就能說明文法意思

文法心智圖

助詞的使用

其他助詞

までに
在…之前
比較：まで

ばかり
淨…、光…；總是…、老是…
比較：だけ

でも
…之類的；就連…也
比較：ても／でも

疑問詞連接

疑問詞＋でも
無論、不論、不拘
比較：疑問詞＋も

疑問詞～か
表不確定的
比較：かどうか

疑問

の（疑問）
…嗎、…呢
比較：の（斷定）

だい
…呢、…呀
比較：かい

Point 3 文法比較

本書將每個意思相近、容易混淆的文法進行比較，並標出接續方式，讓你透視文法結構，鞏固文法概念，解題時不再有模糊地帶，不再誤用文法，一次的學習就有兩倍的效果。

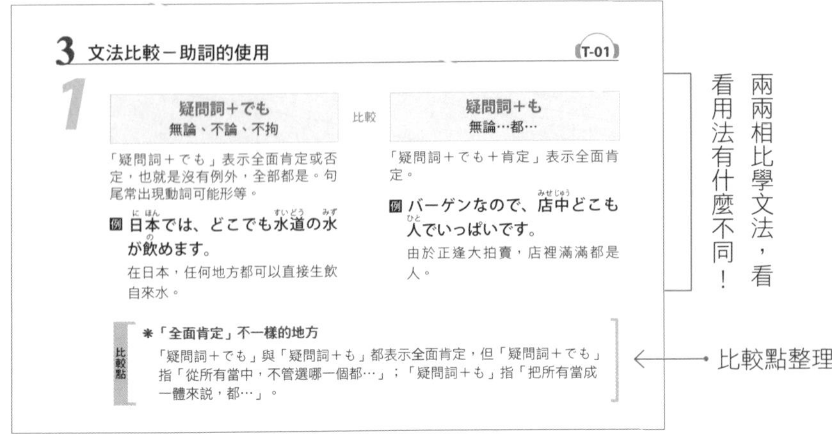

3 文法比較－助詞的使用　T-01

1

疑問詞＋でも 無論、不論、不拘	比較	疑問詞＋も 無論…都…
「疑問詞＋でも」表示全面肯定或否定，也就是沒有例外，全部都是。句尾常出現動詞可能形等。		「疑問詞＋でも＋肯定」表示全面肯定。
例 日本では、どこでも水道の水が飲めます。 在日本，任何地方都可以直接生飲自來水。		例 バーゲンなので、店中どこも人でいっぱいです。 由於正逢大拍賣，店裡滿滿都是人。

比較點

＊「全面肯定」不一樣的地方

「疑問詞＋でも」與「疑問詞＋も」都表示全面肯定，但「疑問詞＋でも」指「從所有當中，不管選哪一個都…」；「疑問詞＋も」指「把所有當成一體來説，都…」。

兩兩相比學文法，看看用法有什麼不同！

比較點整理

Point 4 新日檢實力測驗＋翻譯解題

每章節最後附上符合新日檢考試題型的實力測驗，並配合翻譯與解題，讓你透過一章節一測驗的方式加強記憶，熟悉考試題型，重新檢視是否還有學習不完全的地方，不遺漏任何一個小細節。

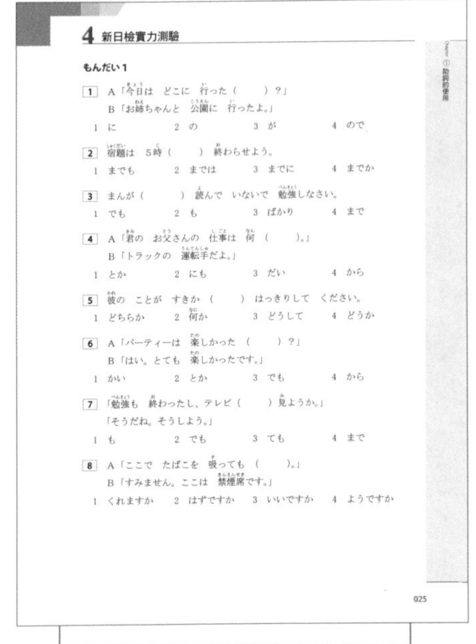

4 新日檢實力測驗

もんだい1

1 A「今日は　どこに　行った（　　）？」
B「お姉ちゃんと　公園に　行ったよ。」
1 に　2 の　3 が　4 ので

2 宿題は　5時（　　）終わらせよう。
1 までも　2 までは　3 までに　4 までか

3 まんが（　　）読んで　いないで　勉強しなさい。
1 でも　2 も　3 ばかり　4 まで

4 A「君の　お父さんの　仕事は　何（　　）。」
B「トラックの　運転手だよ。」
1 とか　2 にも　3 だい　4 から

5 彼の　ことが　すきか（　　）はっきりして　ください。
1 どちらか　2 何か　3 どうして　4 どうか

6 A「パーティーは　楽しかった（　　）？」
B「はい。とても　楽しかったです。」
1 かい　2 とか　3 でも　4 から

7 「勉強も　終わったし、テレビ（　　）見ようか。」
「そうだね。そうしよう。」
1 も　2 でも　3 ても　4 まで

8 A「ここで　たばこを　吸っても（　　）。」
B「すみません。ここは　禁煙席です。」
1 くれますか　2 はずですか　3 いいですか　4 ようですか

① 助詞的使用

025

題目

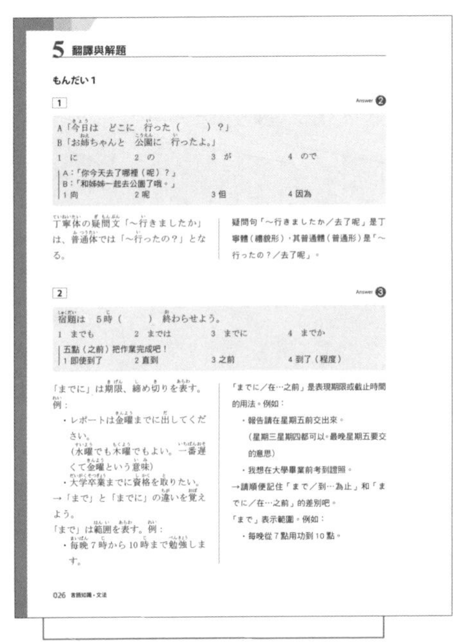

5 翻譯與解題

もんだい1

1　Answer 2

A「今日は　どこに　行った（　　）？」
B「お姉ちゃんと　公園に　行ったよ。」
1 に　2 の　3 が　4 ので

A：「你今天去了哪裡（呢）？」
B：「和姊姊一起去公園了哦。」
1 向　2 呢　3 但　4 因為

丁寧体の疑問文「～行きましたか」は、普通体では「～行ったの？」となる。

疑問句「～行きましたか／去了呢」是丁寧體（禮貌形），其普通體（普通形）是「～行ったの？／去了呢」。

2　Answer 3

宿題は　5時（　　）終わらせよう。
1 までも　2 までは　3 までに　4 までか

五點（之前）把作業完成吧！
1 即使到了　2 直到　3 之前　4 到了（程度）

「までに」は期限、締め切りを表す。例：
・レポートは金曜までに出してください。
（水曜でも木曜でもよい。一番遅くて金曜という意味）
・大学卒業までに資格を取りたい。
→「まで」と「までに」の違いを覚えよう。
「まで」は範囲を表す。例：
・毎晩7時から10時まで勉強します。

「までに／在…之前」是表現期限或截止時間的用法。例如：
・報告請在星期五前交出來。
（星期三星期四都可以。最晚星期五要交的意思）
・我想在大學畢業前考到證照。
→請順便記住「まで／到…為止」和「までに／在…之前」的差別吧。
「まで」表示範圍。例如：
・每晚從7點用功到10點。

026 言語知識・文法

翻譯與解題

Point 5 二回新日檢模擬考題＋解題攻略

本書兩回模擬考題完全符合新日檢文法的出題方式，從題型、場景設計到出題範圍，讓你一秒抓住考試重點。配合精闢的解題攻略，整理出日檢 N4 文法考試的核心問題，引領你一步一步破解題目。

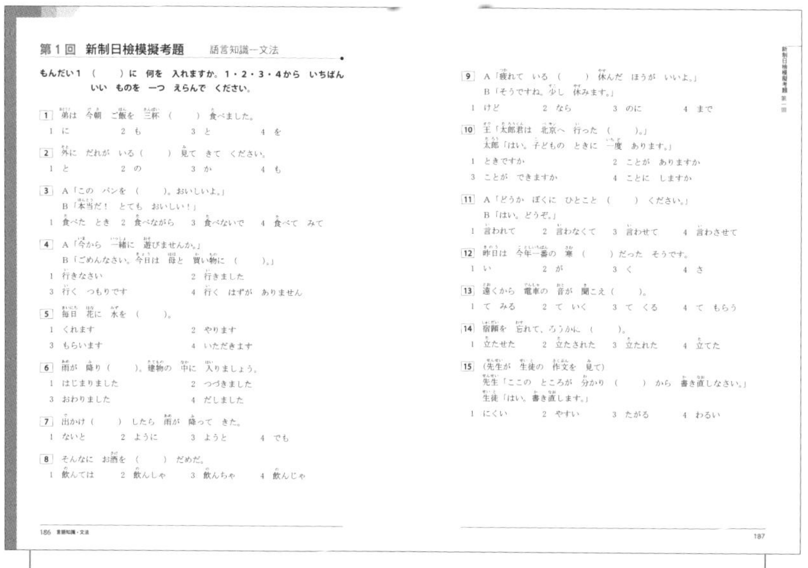

第１回　新制日檢模擬考題　語言知識―文法

もんだい１　（　　）に　何を　入れますか。１・２・３・４から　いちばん　いい　ものを　一つ　えらんで　ください。

1　弟は　今朝　ご飯を　三杯　（　　）　食べました。
1　に　　2　も　　3　と　　4　を

2　外に　だれが　いる（　　）　見て　きて　ください。
1　と　　2　の　　3　か　　4　も

3　A「この　パンを　（　　）。おいしいよ。」
B「本当だ！　とても　おいしい！」
1　食べた　とき　　2　食べながら　　3　食べないで　　4　食べて　みて

4　A「今から　一緒に　遊びませんか。」
B「ごめんなさい。今日は　母と　買い物に　（　　）。」
1　行きなさい　　2　行きました
3　行く　つもりです　　4　行く　はずが　ありません

5　毎日　花に　水を　（　　）。
1　くれます　　2　やります
3　もらいます　　4　いただきます

6　雨が　降り（　　）。建物の　中に　入りましょう。
1　はじまりました　　2　つづきました
3　おわりました　　4　だしました

7　出かけ（　　）　したら　雨が　降って　きた。
1　ないと　　2　ように　　3　ようと　　4　でも

8　そんなに　お酒を　（　　）　だめだ。
1　飲んては　　2　飲んしゃ　　3　飲んちゃ　　4　飲んじゃ

186　言語知識・文法

新制日檢模擬考題　第一回

9　A「疲れて　いる　（　　）　休んだ　ほうが　いいよ。」
B「そうですね。少し　休みます。」
1　けど　　2　なら　　3　のに　　4　まで

10　王「太郎君は　北京へ　行った　（　　）。」
太郎「はい。子どもの　ときに　一度　あります。」
1　ときですか　　2　ことが　ありますか
3　ことが　できますか　　4　ことに　しますか

11　A「どうか　ぼくに　ひとこと　（　　）　ください。」
B「はい。どうぞ。」
1　言われて　　2　言わなくて　　3　言わせて　　4　言わさせて

12　昨日は　今年一番の　寒（　　）だった　そうです。
1　い　　2　が　　3　く　　4　さ

13　遠くから　電車の　音が　聞こえ（　　）。
1　て　みる　　2　て　いく　　3　て　くる　　4　て　もらう

14　宿題を　忘れて、ろうかに　（　　）。
1　立たせた　　2　立たされた　　3　立たれた　　4　立てた

15　（先生が　生徒の　作文を　見て）
先生「ここの　ところが　分かり　（　　）　から　書き直しなさい。」
生徒「はい。書き直します。」
1　にくい　　2　やすい　　3　たがる　　4　わるい

187

模擬考題

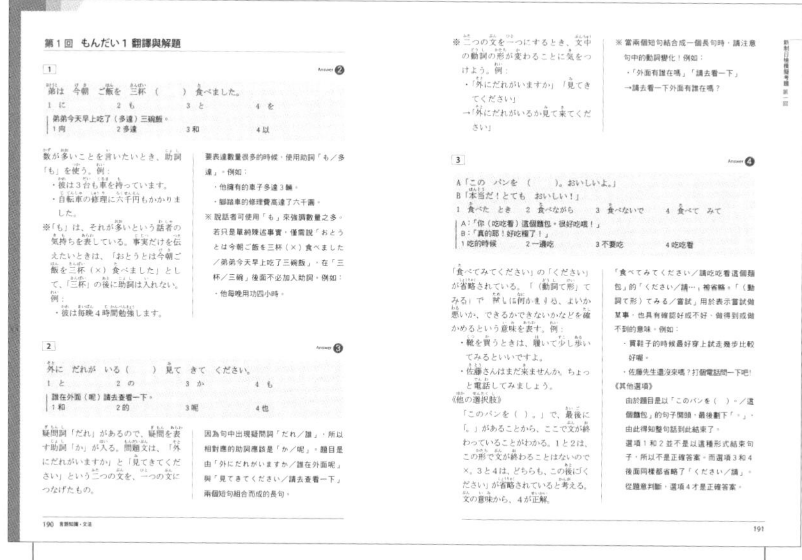

第１回　もんだい１ 翻譯與解題

1　Answer ②

弟は　今朝　ご飯を　三杯　（　　）　食べました。
1　に　　2　も　　3　と　　4　を

弟弟今天早上吃了（多達）三碗飯。
1 向　　2 多達　　3 和　　4 以

数が多いことを言いたいとき、助詞「も」を使う。例：
・彼は３台も車を持っています。
・自転車の修理に六千円もかかりました。
※「も」は、それが多いという話者の気持ちを表している。事実だけを伝えたいときは、「おとうとは今朝ご飯を三杯（×）食べました」として、「三杯」の後に助詞は入れない。例：
・彼は毎晩４時間勉強します。

要表達數量很多的時候，使用助詞「も／多達」。例如：
・他擁有的車子多達３輛。
・腳踏車的修理費高達了六千圓。
※ 說話者可使用「も」來強調數量之多。若只是單純陳述事實，僅需說「おとうとは今朝ご飯を三杯（×）食べました／弟弟今天早上吃了三碗飯」，在「三杯／三碗」後面不必加入助詞。例如：
・他每晚用功四小時。

2　Answer ③

外に　だれが　いる（　　）　見て　きて　ください。
1　と　　2　の　　3　か　　4　も

誰在外面（呢）請去查看一下。
1 和　　2 的　　3 呢　　4 也

疑問詞「だれ」があるので、疑問を表す助詞「か」が入る。問題文は、「外にだれがいますか」と「見てきてください」という二つの文を、一つの文につなげたもの。

因為句中出現疑問詞「だれ／誰」，所以相對應的助詞應該是「か／呢」。題目是由「外にだれがいますか／誰在外面呢」與「見てきてください／請去查看一下」兩個短句組合而成的長句。

190　言語知識・文法

※二つの文を一つにするとき、文中の動詞の形が変わることに気をつけよう。例：
・「外にだれがいますか」「見てきてください」
→「外にだれがいるか見て来てください」

※ 當兩個短句結合成一個長句時，請注意句中的動詞變化！例如：
・「外面有誰在嗎」「請去看一下」
→請去看一下外面有誰在嗎？

新制日檢模擬考題　第一回

3　Answer ④

A「この　パンを　（　　）。おいしいよ。」
B「本当だ！とても　おいしい！」
1　食べた　とき　　2　食べながら　　3　食べないで　　4　食べて　みて

A：「你（吃吃看）這個麵包。很好吃喔！」
B：「真的耶！好吃極了！」
1 吃的時候　　2 一邊吃　　3 不要吃　　4 吃吃看

「食べてみてください」の「ください」が省略されている。「（動詞て形）てみる」で試しに何かをする、よいか悪いか、できるかできないかなどを確かめるという意味を表す。例：
・靴を買うときは、履いて少し歩いてみるといいですよ。
・佐藤さんはまだ来ませんか。ちょっと電話してみましょう。
《他の選択肢》
「このパンを（　）。」で、最後に「。」があることから、ここで文が終わっていることがわかる。１と２は、この形で文が終わることはないので×。３と４は、どちらも、この後に「ください」が省略されていると考える。文の意味から、４が正解。

「食べてみてください／請吃吃看這個麵包」的「ください／請…」被省略。「（動詞て形）てみる／嘗試」用於表示嘗試做某事，也具有確認好或不好、做得到或做不到的意味。例如：
・買鞋子的時候最好穿上試走幾步比較好喔。
・佐藤先生還沒來嗎？打個電話問一下吧！
《其他選項》
由於題目是以「このパンを（　）。／這個麵包」的句子開頭，最後劃下「。」，由此得知整句話到此結束了。
選項１和２並不是以這種形式結束句子，所以不是正確答案。而選項３和４後面同樣都省略了「ください／請」。從題意判斷，選項４才是正確答案。

191

翻譯與解題

Memo

Chapter 01

助詞的使用

1 文法闖關大挑戰

文法知多少？請完成以下題目，從選項中，選出正確答案，並完成句子。
《答案詳見右下角。》

1 クリスマス（　　）、彼に告白します。
1. までに　2. まで

在聖誕節之前，我會向他告白。
1. までに：在…之前　2. まで：到…為止

2 おなかを壊したので、おかゆ（　　）食べます。
1. ばかり　2. だけ

由於吃壞肚子了，所以只吃稀飯。
1. ばかり：光…　2. だけ：只

3 おまわりさん（　　）、悪いことをする人もいる。
1. でも　2. ても

就算在警察先生當中，也會有做壞事的人。
1. でも：就連…也　2. ても：即使…也

4 誰（　　）できる簡単な仕事です。
1. でも　2. も

這是任何人都能夠做的簡單工作。
1. でも：無論　2. も：無論…都…

5 坂本君に（　　）知りたいです。
1. 誰が好きか
2. 好きな人がいるかどうか

我想知道坂本有沒有喜歡的人。
1. 誰が好きか：喜歡誰
2. 好きな人がいるかどうか：有沒有喜歡的人

6 その服、すてきね。どこで買った（　　）
1. の?（上昇調）　2. の。（下降調）

那件衣服真漂亮呀！在哪裡買的呢？
1. の：呢、嗎　2. の：X

7 そこに誰かいるの（　　）？
1. だい
2. かい

有誰在那裡嗎？
1. だい：呢
2. かい：嗎

答案：(1) 1　(2) 2　(3) 1　(4) 1
(5) 2　(6) 1　(7) 2

2 助詞的使用總整理

疑問詞連接

□疑問詞＋でも 比較 疑問詞＋も

□疑問詞～か 比較 かどうか

疑問

□の（疑問） 比較 の（斷定）

□だい 比較 かい

其他助詞

□までに 比較 まで

□ばかり 比較 だけ

□でも 比較 ても／でも

心智圖

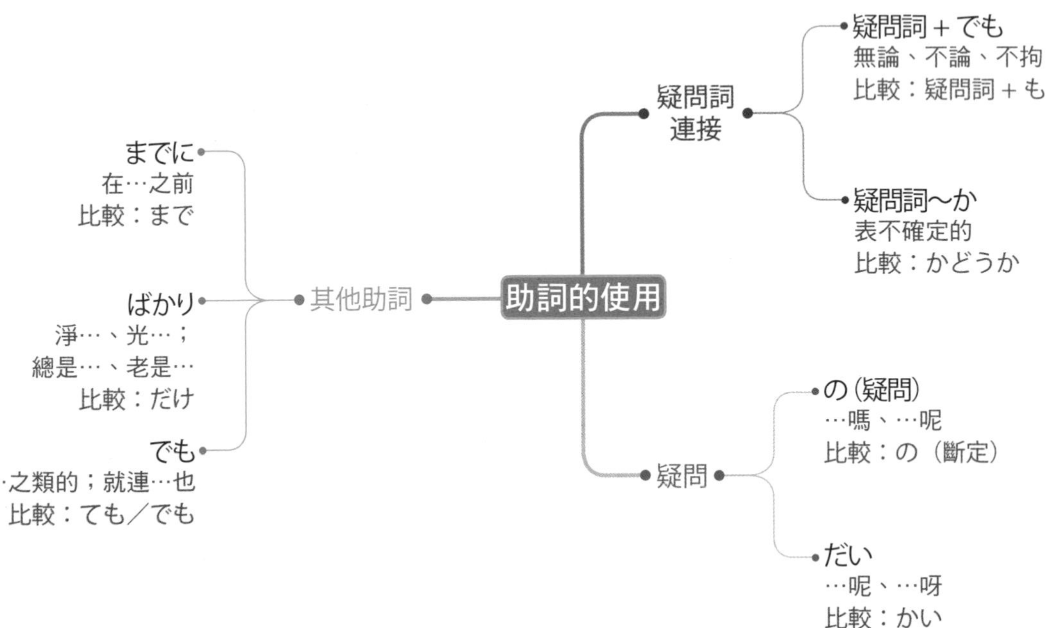

3 文法比較－助詞的使用

T-01

1

疑問詞＋でも
無論、不論、不拘

比較

疑問詞＋も
無論…都…

「疑問詞＋でも」表示全面肯定或否定，也就是沒有例外，全部都是。句尾常出現動詞可能形等。

例 日本(にほん)では、どこでも水道(すいどう)の水(みず)が飲(の)めます。

在日本，任何地方都可以直接生飲自來水。

「疑問詞＋でも＋肯定」表示全面肯定。

例 バーゲンなので、店中(みせじゅう)どこも人(ひと)でいっぱいです。

由於正逢大拍賣，店裡滿滿都是人。

比較點

＊「全面肯定」不一樣的地方

「疑問詞＋でも」與「疑問詞＋も」都表示全面肯定，但「疑問詞＋でも」指「從所有當中，不管選哪一個都…」；「疑問詞＋も」指「把所有當成一體來說，都…」。

2

疑問詞～か 疑問句為名詞

比較

かどうか 是否…、…與否

「疑問詞＋動詞普通形＋か」當一個完整的句子中，出現「疑問詞～か」這樣的疑問句時，表示事態的不明確性。這時，疑問句在句中扮演著相當於名詞的角色，後面的助詞經常被省略。以下例句，是將「電車はいつ来ますか」取代掉「それは分かりません」的「それ」，成為名詞的角色，而後面的助詞「は」則被省略了。

例 電車(でんしゃ)がいつ来(く)るか分(わ)かりません。

我不知道電車什麼時候會來。

「用言終止形；體言＋かどうか」表示從相反的兩種情況或事物之中，選擇其中一種。其中，「～かどうか」前面的部分，是說話人不確定的事。以下例句，是將「それは分かりません」的「それ」，換成「電車が来るかどうか」，這時的「電車が来るかどうか」扮演著名詞的角色，而後面的助詞「は」經常被省略。

例 電車(でんしゃ)が来(く)るかどうか分(わ)かりません。

我不知道電車會不會來。

比較點

＊ 是不知道「什麼」，還是不知道「是否」？

用「疑問詞…か」，表示對「誰」、「什麼」、「哪裡」或「什麼時候」等感到不確定；而「かどうか」，用在不確定情況究竟是「是」還是「否」。

3

の（疑問）　…嗎、…呢　比較　**の（斷定）**

「句子＋の」。「の」前面接用言連體形，用在句尾，以升調表示發問。一般是用在對兒童，或關係比較親密的人，是男女通用的口語用法。

例 にんじん、嫌（きら）いなの？（上昇調（じょうしょうちょう））

不喜歡紅蘿蔔嗎？（上升調）

「用言連體形＋の」是在斷定自己的事情時使用。會比用「だ」的語氣還來得柔軟，大多是女性和小孩子使用。以下例句若換成男性來説的話，會變成「にんじん、嫌いなんだ（我討厭紅蘿蔔）」。現在幾乎都是連接常體。

例 にんじん、嫌（きら）いなの。（下降調（かこうちょう））

我討厭紅蘿蔔。（下降調）

比較點
＊ 能表示「疑問」或「斷定」的「の」？
「の」用上昇語調唸，表示疑問；「の」用下降語調唸，表示斷定。

4

だい　比較　**かい　…嗎**

「句子＋だい」。「だい」接在疑問詞，或含有疑問詞的句子後面，表示向對方詢問的語氣，有時也含有責備或責問的口氣。是口語用法，大多是年長男性使用。

例 どうしたんだい？

怎麼啦？

「句子＋かい」放在句尾，親暱地表示疑問，或向對方確認事情。大多是年長男性使用，用在説話對象是同輩或晚輩時。

例 どうかしたのかい？

怎麼了嗎？

＊「疑問」哪裡不一樣？
「だい」表示疑問，前面常接疑問詞；「かい」用在表示疑問或確認。

5

までに 在…之前　比較　**まで** 到…為止、直到

「體言；動詞辭書形＋までに」表示動作或事情的截止日期或期限。

例 **7月14日までに、札幌に行く。**

在 7 月 14 日之前，我會去札幌。

「名詞；動詞辭書形＋まで」。「まで」表示範圍的終點。可以表示結束的場所；也可以表示結束的時間，這時候指某事件或動作，直在某時間點前都持續著。

例 **7月14日まで、札幌に行く。**

在 7 月 14 日之前，我會待在札幌。

比較點

＊ 到期限前做，還是做到期限為止？

表示動作在期限之前的某時間點執行，用「までに」；表示動作會持續進行到某時間點，用「まで」。

6

ばかり
淨…、光…；總是…、老是…　比較　**だけ** 只、僅僅

「體言＋ばかり」表示數量、次數非常多；「動詞て形＋ばかり」表示説話人對不斷重複一樣的事，或一直都是同樣的狀態，常有負面的評價。

例 **高田君は、授業中もスマホばかり見ています。**

高田在上課時也只顧著玩手機。

例 **寝てばかりいないで、手伝ってよ。**

別老是睡懶覺，過來幫忙啦！

「體言＋だけ」表示只限於某範圍，除此以外沒有別的了。

例 **半分だけ食べて、残りは妹にあげます。**

只吃一半，剩下的給妹妹。

比較點

＊「ばかり」「總是」那樣，「だけ」「只有」這樣

「ばかり」用在數量、次數多，或總是處於某狀態的時候；「だけ」用在限定的某範圍。

7

でも　…之類的；就連…也

「體言＋でも」用於舉例。表示雖然含有其他的選擇，但還是舉出一個具代表性的例子；另外，也可能先舉出一個極端的例子，再表示其他情況當然是一樣的。

例 **子どもにピアノでも習わせたい。**

想讓孩子學個鋼琴之類的樂器。

例 **そのくらい、子どもでも分かる。**

那麼簡單的事，連小孩都懂。

比較

ても／でも　即使…也

「動詞て形＋も」、「形容詞く＋ても」、「體言；形容動詞詞幹＋でも」表示後項的成立，不受前項的約束，是一種假定逆接表現。後項常接各種意志表現的說法。表示假定的事情時，常跟「たとえ、どんなに、もし、万が一」等詞一起使用。

例 **字が下手でも、丁寧に書くことが大切です。**

就算字寫得差，重要的是一筆一劃仔細寫。

例 **社会が厳しくても、私はがんばります。**

即使社會嚴苛我也會努力。

例 **たとえ失敗しても後悔はしません。**

即使失敗也不後悔。

比較點

＊ 怎麼表示「就連…也」跟「即使…也」？

「でも」意思是「就連…也」，要用「體言＋でも」的形式；「ても／でも」意思是「即使…也」，要用「動詞て形＋も」、「形容詞く＋ても」或「體言；形容動詞詞幹＋でも」的形式。

4 新日檢實力測驗

もんだい 1

1 A「今日は　どこに　行った（　　　）？」
B「お姉ちゃんと　公園に　行ったよ。」

1　に　　2　の　　3　が　　4　ので

2 宿題は　5時（　　　）終わらせよう。

1　までも　　2　までは　　3　までに　　4　までか

3 まんが（　　　）読んで　いないで　勉強しなさい。

1　でも　　2　も　　3　ばかり　　4　まで

4 A「君の　お父さんの　仕事は　何（　　　）。」
B「トラックの　運転手だよ。」

1　とか　　2　にも　　3　だい　　4　から

5 彼の　ことが　すきか（　　　）はっきりして　ください。

1　どちらか　　2　何か　　3　どうして　　4　どうか

6 A「パーティーは　楽しかった（　　　）？」
B「はい。とても　楽しかったです。」

1　かい　　2　とか　　3　でも　　4　から

7 「勉強も　終わったし、テレビ（　　　）見ようか。」
「そうだね。そうしよう。」

1　も　　2　でも　　3　ても　　4　まで

8 A「ここで　たばこを　吸っても（　　　）。」
B「すみません。ここは　禁煙席です。」

1　くれますか　　2　はずですか　　3　いいですか　　4　ようですか

5 翻譯與解題

もんだい 1

1 Answer ❷

A「今日は　どこに　行った（　　　）？」
B「お姉ちゃんと　公園に　行ったよ。」

1 に　　2 の　　3 が　　4 ので

A：「你今天去了哪裡（呢）？」
B：「和姊姊一起去公園了哦。」
1 向　　2 呢　　3 但　　4 因為

丁寧体の疑問文「～行きましたか」は、普通体では「～行ったの？」となる。

疑問句「～行きましたか／去了呢」是丁寧體（禮貌形），其普通體（普通形）是「～行ったの？／去了呢」。

2 Answer ❸

宿題は　5時（　　　）　終わらせよう。

1 までも　　2 までは　　3 までに　　4 までか

五點（之前）把作業完成吧！
1 即使到了　　2 直到　　3 之前　　4 到了（程度）

「までに」は期限、締め切りを表す。
例：

・レポートは金曜までに出してください。
（水曜でも木曜でもよい。一番遅くて金曜という意味）
・大学卒業までに資格を取りたい。

→「まで」と「までに」の違いを覚えよう。

「まで」は範囲を表す。例：

・毎晩7時から10時まで勉強します。

「までに／在…之前」是表現期限或截止時間的用法。例如：

・報告請在星期五前交出來。
（星期三星期四都可以。最晚星期五要交的意思）
・我想在大學畢業前考到證照。

→請順便記住「まで／到…為止」和「までに／在…之前」的差別吧。

「まで」表示範圍。例如：

・每晚從7點用功到10點。

（9時ではなく10時）

・駅から家まで10分です。

・雨が止むまで待ちます。

選択肢2の「までは」は「まで」を強調した形。

（不是9點而是10點）

・從車站到我家需要10分鐘。

・等到雨停。

選項2的「までは／到…為止」是「まで／到…為止」的強調形。

3

Answer ❸

まんが（　　　）読んで　いないで　勉強しなさい。

1　でも　　2　も　　3　ばかり　　4　まで

別（光是）看漫畫，快去念書！

1 即使　　2 也　　3 光是　　4 直到

「ばかり」は「それだけで、他はない」という意味。例：

・妹はお菓子ばかり食べている。

・今日は失敗ばかりだ。

・遊んでばかりいないで、働きなさい。

「ばかり／光是」是指「淨是做某事，其他都不做」的意思。例如：

・妹妹總是愛吃零食。

・今天總是把事情搞砸。

・不要整天遊手好閒，快去工作。

4

Answer ❸

A「君の　お父さんの　仕事は　何（　　　）。」

B「トラックの　運転手だよ。」

1　とか　　2　にも　　3　だい　　4　から

A：「你爸的工作是啥？」

B：「卡車司機啦！」

1 之類　　2 也是　　3 啥　　4 因為

「何だい？」は「何ですか」の普通体、口語形。「何ですか」の普通体は「何？」だが、「（疑問詞）＋だい」で、問いかけの気持ちを表す。普通は、大人の男性が使う、少し古い言い方。例：

「何だい？／是啥」是「何ですか／什麼呢」的普通體、口語形式。「何ですか」的普通體是「何？／什麼」，但是「（疑問詞）＋だい／啥」更強調質問的意味，通常只有成年男性使用，也屬於比較老派的用法。例如：

・今、何時だい？

・なんで分かったんだい？

・現在幾點啦？

・怎麼知道的呢？

5 Answer 4

彼の　ことが　すきか　（　　）　はっきりして　ください。

1　どちらか　　2　何か　　3　どうして　　4　どうか

請說清楚，你到底喜歡他（與否）。

1 是哪一個　　2 什麼　　3 為什麼　　4 與否

「～かどうか…」は文の中に疑問文を入れるときの言い方。問題文は「彼のことが好きですか、それとも好きじゃありませんか、はっきりしてください」と同じ。例：

・吉田さんが来るかどうか分かりません。

・あの店が今日休みかどうか知っていますか。

※文の中に入れる疑問文に疑問詞がある場合は「（疑問詞）か…」となる。例：

・あの店がいつ休みか知っていますか。

「～かどうか…／與否…」是在句子中插入疑問句的用法。題目的意思是「彼のことが好きですか、それとも好きじゃありませんか、はっきりしてください／你喜歡他，還是不喜歡他，請明確的說出來」。例如：

・吉田先生究竟來還是不來，我也不清楚。

・你知道那家店今天有沒有營業嗎？

※當在句中插入含有疑問詞的疑問句時，要用「（疑問詞）か…／嗎」的形式。例如：

・那家店什麼時候休息你知道嗎？

6 Answer 1

A「パーティーは　楽しかった　（　　）？」

B「はい。とても　楽しかったです。」

1　かい　　2　とか　　3　でも　　4　から

A：「派對玩得開心（嗎）？」

B：「是的，玩得很開心。」

1 嗎　　2 之類　　3 即使　　4 因為

「〜かい？」は「〜ですか」「〜ますか」の普通体、口語形。ふつう「楽しかったですか」の普通体は「楽しかった？」だが、「〜かい？」は、主に大人の男性が使う、上の人から下の人に言う言い方。例：

- 君は大学生かい？
- 僕の言うことが分かるかい？

「〜かい？／嗎」是「〜ですか」「〜ますか」的普通體、口語形。一般來說「楽しかったですか／高興嗎」的普通體是「楽しかった？」，但「〜かい？」主要是成人男性使用，用在上司對下屬、長輩對晚輩說的話。例如：

- 你是人學生嗎？
- 我說的話你聽懂了嗎？

7

Answer ❷

「勉強も　終わったし、テレビ（　　　）見ようか。」
「そうだね。そうしよう。」

1　も　　2　でも　　3　ても　　4　まで

「既然書都唸完了，要不要看電視（之類的）呢？」
「說的也是，來看電視吧。」

1 都　　2 之類的　　3 即使　　4 直到

「（名詞）でも」は、例をあげる言い方。他にもある、他の物でもいい、という気持ちがある。例：

- もう３時ですね。お茶でも飲みませんか。
- A：パーティーに何か持って行きましょうか。
  B：じゃあ、ワインでも買ってきてください。

「勉強も終わったし」の「し」は理由を表す。例：

- もう遅いし、帰ろう。（遅いから帰ろう）

《他の選択肢》

1の「も」は付け加えることを表すが、問題文で、勉強をするこ

「（名詞）でも／之類的」是舉例的用法。用於表達心中另有選項或其他選項亦可的想法。例如：

- 已經３點了！要不要喝杯茶或什麼的呢？
- A：要不要帶點什麼去派對呢？
  B：那就買些葡萄酒來吧！

「勉強も終わったし／書都念完了」的「し／因為」表示原因、理由。例如：

- 已經很晚了，我們回家吧。（因為很晚所以回家）

《其他選項》

選項１：「も／都」雖然表示附加，但題目中唸書和看電視對說話者來說是

ととテレビを見ることは話者にとって別のことなので、並べて言うことはできない。下の例の場合、話者は歌もダンスも同じようなこと（今日したこと）と考えている。例：

・今日は歌も歌ったし、ダンスもしました。（「歌ったし」の「し」は並列を表す）

兩件性質不同的事，因此無法以並列形式來表達。以下的例子，對說話者而言，唱歌跟跳舞是相同性質的事（今天做過的事）。例如：

・今天既唱了歌也跳了舞。（「歌ったし」的「し／既」表示並列用法…）

8

Answer ❸

A「ここで　たばこを　吸っても　（　　　）。」
B「すみません。ここは　禁煙席です。」

1　くれますか　　2　はずですか　　3　いいですか　　4　ようですか

A：「這裡（可以）吸菸（嗎）？」
B：「不好意思，這裡是禁菸區。」
1 給我嗎　　2 應該嗎　　3 可以嗎　　4 是那樣的嗎

「（動詞て形）てもいいですか」は、相手に許可を求める言い方。例：

・もう帰ってもいいですか。
・A：この資料、頂いてもいいですか。
　B：はい、どうぞお持ちください。

「（動詞て形）てもいいですか／可以嗎」表示徵求對方許可的用法。例如：

・我可以回去了嗎？
・A：這份資料可以給我嗎？
　B：可以的，請拿去。

Chapter 02

指示詞、名詞化及縮約形的使用

1 文法闖關大挑戰

文法知多少？請完成以下題目，從選項中，選出正確答案，並完成句子。
《答案詳見右下角。》

1
（　　）すると顔が小さく見えます。
1. こんな　2. こう

這樣做的話，臉看起來比較小。
1. こんな：這樣的
2. こう：這樣

2
危ないよ。（　　）ことしちゃ、だめだよ。
1. そんな　2. あんな

危險呀！不可以做那種事喔！
1. そんな：那樣的
2. あんな：那樣的

3
（テレビを見ながら）私も（　　）いう旅館に泊まってみたい。
1. そう　2. ああ

（邊看電視）我也想要住住看那樣的旅 館。
1. そう：那樣
2. ああ：那樣

4
月では重（　　）が約6分の1になる。
1. さ　2. み

在月球上的重量會變成大約6分之1。
1. さ：X
2. み：X

5
趣味は映画を見る（　　）です。
1. の
2. こと

我的興趣是看電影。
1. の：X
2. こと：X

6
危ないから（　　）いけないよ。
1. 触っちゃ
2. 触っじゃ

會有危險，所以不可以摸喔！
1. 触っちゃ：摸　2. 触っじゃ：摸

答案：（1）2　（2）1　（3）2　（4）1
（5）2　（6）1

2 指示詞、名詞化及縮約形的使用總整理

指示詞

□こんな 比較 こう

□そんな 比較 あんな

□そう 比較 ああ

名詞化

□さ 比較 み

□の（は／が／を） 比較 こと

縮約形

□ちゃ 比較 じゃ

心智圖

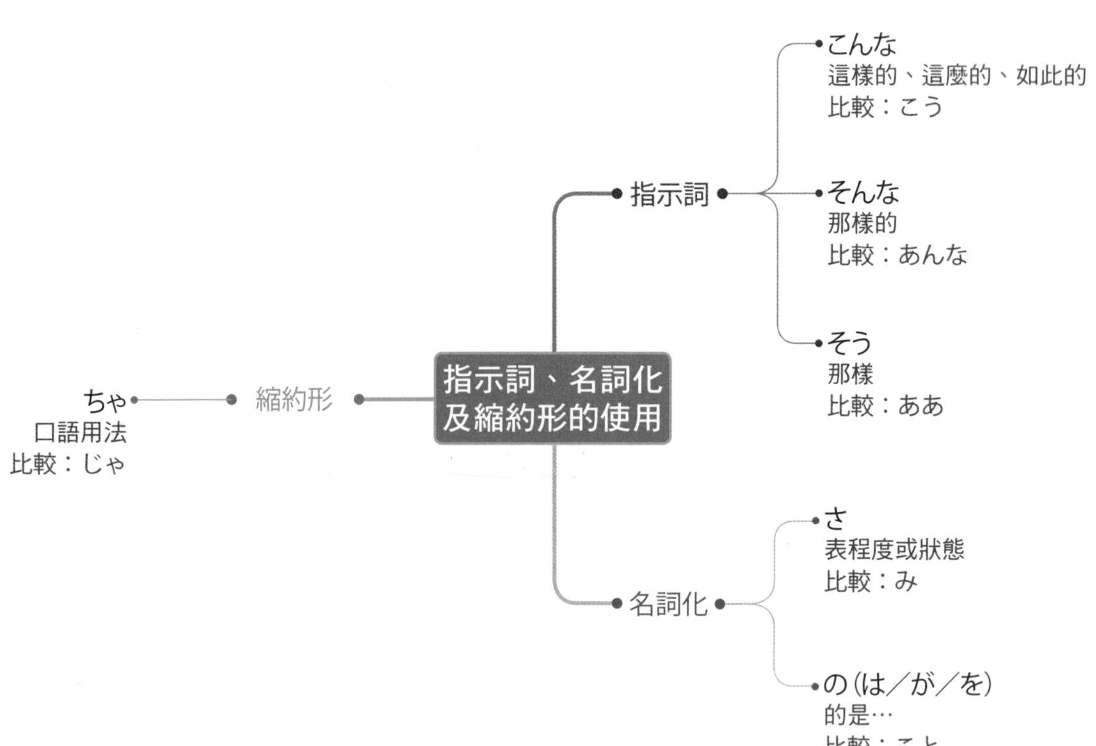

3 文法比較－指示詞、名詞化及縮約形的使用

T-02

1

こんな　這樣的、這麼的、如此的　比較　**こう　這樣**

「こんな＋名詞」。間接地講人事物的狀態或程度，而這個事物是靠近說話人的，也可能是剛提及的話題，或剛發生的事。

例 **こんなひどい台風は、生まれてはじめてです。**

這麼嚴重的颱風，我還是有生以來頭一次遇到。

「こう＋動詞」指示眼前的物，或近處的事。

例 **日本では、糸偏はこう書きます。**

在日本，糸字旁是這樣寫的。

比較點

＊「こんな」、「こう」接續大不同

「こんな」意思是「這樣的」，後面一定要接名詞；「こう」意思是「這樣」。

2

そんな　那樣的　比較　**あんな　那樣的**

「そんな＋名詞」間接地講人事物的狀態或程度，而這個事物是靠近聽話人的，或是聽話人之前說過的。有時也含有輕視和否定對方的意味。

例 **そんな難しいことはできません。**

那麼困難的事我辦不到。

「あんな＋名詞」間接地講人事物的狀態或程度，而且指的是說話人和聽話人以外的事物，或是雙方都理解的事物。

例 **私もあんなかばんがほしいです。**

我也想要那種提包。

比較點

＊「そんな」、「あんな」，「那樣的」不同

「そんな」用在離聽話人較近，或聽話人之前說過的事物；「あんな」用在離說話人、聽話人都很遠，或雙方都知道的事物。

3

そう　那樣　比較　**ああ　那樣**

「そう＋動詞」指示較靠近聽話人，或離雙方都有些距離的事物。

例 **そうすれば、コーヒーがもっとおいしくなります。**

這樣做的話，咖啡就會變得更香醇。

「ああ＋動詞」指示說話人和聽話人以外的事物，或是雙方都理解的事物。

例 **天ぷらはああやって作るんですか。**

天婦羅是那樣做的嗎？

比較點

＊「そう」、「ああ」，「那樣」不一樣

「そう」用在離聽話人較近，或聽話人之前說過的事；「ああ」用在離說話人、聽話人都很遠，或雙方都知道的事。

4

さ

比較

以「形容詞・形容動詞詞幹＋さ」構成名詞，表示程度或狀態。是種客觀地說明事物程度的表現方式。

例 このノートパソコンの厚(あつ)さはわずか1cm(センチ)です。

這部筆記型電腦的厚度僅僅只有1公分。

み　帶有…、…感

以「形容詞・形容動詞詞幹＋み」構成名詞，表示程度或狀態。是種主觀地說明事物程度的表現方式。

例 この店(みせ)のステーキは厚(あつ)みがあります。

這家店的牛排相當厚。

比較點

＊ 哪個是客觀的，哪個是主觀的？

「さ」用在客觀地表示性質或程度；「み」用在主觀地表示性質或程度。

5

の（は／が／を）　的是…

比較

以「短句＋のは」的形式表示強調。句子中，想強調部分會放在「のは」的後面，如例句。而「名詞修飾短句＋の（は／が／を）」是將短句名詞化。

例 雪(ゆき)を見(み)るのは生(う)まれて初(はじ)めてです。

這是我有生以來第一次看到雪。

こと　形式名詞

「名詞修飾短句＋こと」是形式名詞的用法。「こと」前接名詞修飾短句，使前面的短句名詞化。

例 日本(にほん)に行(い)って一番(いちばん)したいことはスキーです。

去日本我最想做的事是滑雪。

比較點

＊ 都是名詞化，什麼時候不能互換？

只用「の」：基本上用來代替人或物，而非代替「事情」時，還有後接「見る」（看）、「聞く」（聽）等表示感受外界事物的動詞，或是「止める」（停止）、「手伝う」（幫忙）、「待つ」（等待）等時。

只用「こと」：後接「です、だ、である」，或是「～を約束する」（約定…）、「～が大切だ」（…很重要）、「～が必要だ」（…必須）等時。

ちゃ 比較 じゃ

「ちゃ」是「ては」的縮略形式，也就是縮短音節的形式。一般來説，會用在跟自己比較親密的人輕鬆交談的時候，是口語用法。

例 **今日中(きょうじゅう)に宿題(しゅくだい)の作文(さくぶん)を書(か)かなくちゃいけない。**

今天之內非得把作業的作文寫好才行。

「じゃ」是「では」的縮略形式，也就是縮短音節的形式，是口語用法。大多用在跟自己比較親密的人輕鬆交談的時候；「じゃ」「じゃあ」「では」在文章的開頭時（或逗號的後面），表示「それでは」（那麼，那就）的意思。用在承接對方説的話，自己也説了一些話，或表示告了一個段落。

例 **私(わたし)は日本人(にほんじん)じゃない。**

我不是日本人。

例 **じゃ、これ、もらってもいいんですね。**

這麼説，這個，我可以收下來吧？

比較點

＊ 誰是誰的口語縮略形？

「ちゃ」是「ては」的縮略形式；「じゃ」是「では」的縮略形式。

4 新日檢實力測驗

もんだい1

1 京都の（　　　）は、思った以上でした。

1 暑さ　2 暑い　3 暑くて　4 暑いので

2 冷蔵庫に　あった　ケーキを　食べた（　　　）由美さんです。

1 のは　2 のを　3 のか　4 のに

3 わたしの　趣味は　音楽を　聞く（　　　）です。

1 もの　2 とき　3 まで　4 こと

もんだい2

下の　文章は、友だちを　しょうかいする　作文です。

わたしの　友だちに　吉田くん **4** 人が　います。吉田くんは高校の　ときから、走ることが　大好きでした。じゅぎょうが　終わると、いつも　一人で　学校の　まわりを　何回も　走って　いました。**5** 吉田くんも、今は　大学生に　なりましたが、今でも　毎日　家の　近所を走って　いるそうです。

吉田くんは、少し　遠くの　スーパーに　行くときも、バスに **6** 、走って　行きます。それで、わたしは「吉田くんは　なぜ　バスに　乗らないの？」と **7** 。すると　かれは、「ぼくは、バスより　早く　スーパーに **8** 。バスは　何回も　バス停*に　止まるけど、ぼくは　とちゅうで　止まらないからね。」と　言いました。

＊バス停：客が乗ったり降りたりするためにバスが止まるところ。

4

1　が　　2　らしい　　3　と　いう　　4　と　いった

5

1　どんな　　2　あんな　　3　そんな　　4　どうも

6

1　乗(の)らずに　　2　乗(の)っては　　3　乗(の)っても　　4　乗(の)るなら

7

1　聞(き)かれ　ました　　2　聞(き)く　つもりです

3　聞(き)いて　あげました　　4　聞(き)いて　みました

8

1　着(つ)かなければ　ならないんだ　　2　着(つ)く　ことが　できるんだ

3　着(つ)いても　いいらしいんだ　　4　着(つ)く　はずが　ないんだ

5 翻譯與解題

もんだい１

1

Answer **1**

京都の（　　）は、思った以上でした。

1　暑さ　　2　暑い　　3　暑くて　　4　暑いので

京都（炎熱的程度）超乎我的想像。

1 炎熱的程度　　2 熱　　3 熱得簡直…　　4 因為熱

「（形容詞語幹）さ」で、程度を表す名詞を作る。例：

・箱の大きさを測ります。

・これは人の強さと優しさを描いた映画です。

「京都の（　）は、…」とあるので、（　）の中は名詞と考える。選択肢２、３、４の形は（　）に入らない。

※「（形容動詞語幹）さ」も同じように程度を表す名詞を作る。例：

・命の大切さを知ろう。

「（形容詞語幹）さ／的程度」可將表示程度的形容詞予以名詞化。例如：

・測量箱子的大小。

・這是一部講述人類堅強又溫厚的電影。

由於題目是「京都の（　）は、…／京都的」，（　）之中應填入名詞。所以選項２、３、４都無法填入。

※「（形容動詞語幹）さ／的程度」也同樣是將表示程度的形容詞予以名詞化。例如：

・你要了解生命的可貴！

2

Answer **1**

冷蔵庫に　あった　ケーキを　食べた（　　）由美さんです。

1　のは　　2　のを　　3　のか　　4　のに

把放在冰箱裡的蛋糕吃掉（的是）由美小姐。

1 的是　　2 X　　3 X　　4 分明

「のは」の「の」は、名詞の代わりをするもの。前に出た名詞をもう一度言わずに、「の」で置き換えて言う。問題文は次の会話のＢと考える。例：

「のは／的是」的「の／的」用於代替名詞。如此一來，不必重複前面出現過的名詞，只要用「の」替換即可。本題可參考下列對話的Ｂ。例如：

・A：ケーキを食べた人は誰ですか。
B：ケーキを食べたのは由美さんです。（のはケーキを食べた人のこと）

・この靴が欲しいんですが、もっと小さいのはありますか。（のは靴のこと）

・A：是哪個人把蛋糕吃掉了？
B：吃掉蛋糕的是由美小姐。（「の」指的是吃掉蛋糕的「那個人」）

・我想要這雙鞋，請問有更小號的嗎？（「の」指的是鞋子）

3

Answer ❹

わたしの　趣味は　音楽を　聞く　（　　　）　です。

1　もの　　2　とき　　3　まで　　4　こと

我的興趣是聽音樂（　）。

1 東西　　2 的時候　　3 直到　　4 X

「趣味は」に続くのは「趣味は（名詞）です」、または「趣味は（動詞辞書形）ことです」。例：

・私の趣味はスキーです。

・私の趣味は走ることです。

「趣味は／興趣是」之後應該是「趣味は（名詞）です／興趣是（名詞）」，或是「趣味は（動詞辭書形）ことです／興趣是（動詞辭書形）」。例如：

・我的興趣是滑雪。

・我的興趣是跑步。

もんだい 2

[4]～[8]

下の　文章は、友だちを　しょうかいする　作文です。

> わたしの　友だちに　吉田くん [4] 人が　います。吉田くんは高校の　ときから、走ることが　大好きでした。じゅぎょうが　終わると、いつも　一人で　学校の　まわりを　何回も　走って　いました。[5] 吉田くんも、今は　大学生に　なりましたが、今でも　毎日　家の　近所を走って　いるそうです。
>
> 吉田くんは、少し　遠くの　スーパーに　行くときも、バスに [6] 、走って　行きます。それで、わたしは「吉田くんは　なぜ　バスに　乗らないの？」と [7] 。すると　かれは、「ぼくは、バスより　早く　スーパーに [8] 。バスは　何回も　バス停*に　止まるけど、ぼくは　とちゅうで　止まらないからね。」と　言いました。

＊バス停：客が乗ったり降りたりするためにバスが止まるところ。

以下文章是介紹朋友的作文。

吉田同學是我的朋友。吉田同學從高中開始就最喜歡跑步。下課後，他總是一個人在學校附近跑步好幾圈。這樣的吉田同學現在已經成為大學生了。聽說他現在也每天都會在住家附近跑步。

要去稍微遠一點的超市時，吉田同學也不會搭公車，而是用跑的過去。因此我試著問他「吉田同學為什麼不搭公車？」於是他回答「我可以比公車更快到達超市。因為公車會在公車站停好幾次，但我中途不會停下。」

＊公車站：為了能讓乘客上下車，公車停靠的地方。

[4]　　　　Answer ❸

1　が	2　らしい	3　と　いう	4　と　いった
1 但	2 似乎是	3 名叫	4 稱做

「（名詞一）という（名詞二）」はよく知らない人や物、場所の名を言うときの言い方。話す人が知らない時も相手が知らない時も使う。例：

「（名詞一）という（名詞二）／叫作（名詞一）的（名詞二）…」用於說明知名度不高的人、物或地點。也可以用在當說話者或對方不熟悉談論對象時。例如：

・「となりのトトロ」というアニメをしっていますか。

・「すみません。SK ビルという建物はどこにありますか」

・「你知道「龍貓」這部卡通嗎？

・「不好意思，請問有一棟叫作 SK 大廈的建築物在哪裡呢？」

5

Answer ❸

1　どんな　　2　あんな　　3　そんな　　4　どうも

1 無論是什麼樣的　　2 那麼的
3 那樣的（意指「如此熱愛跑步的」）　　4 似乎是

前に説明したことを受けて、次に繋げる時の言い方。「そんな」が指すのは、直前の２つの文で紹介した吉田くんのこと。例：

・A：あなたなんて嫌い。
　B：そんなこと言わないで。

・私は毎日泣いていました。彼に出会ったのはそんなときでした。

《他の選択肢》

1「どんな（名詞）も」は、その（名詞）全部という意味になり、おかしい。例：

・私はどんな仕事もきちんとやります。

2「あんな」は「そんな」に比べて遠いことを指す言い方。例：

・昨日友達とけんかして、嫌いと言ってしまった。あんなこと、言わなければよかった。

承接前面的說明，連接下一個話題時的說法。「そんな／那樣的」指的是前面介紹到的吉田同學的兩句話。例如：

・A：我討厭你！
　B：求你別說那種話！

・當時我天天以淚洗面。就在那個時候，我遇到他了。

《其他選項》

選項１：「どんな（名詞）も／無論（名詞）都」表示（該名詞）全部的意思，不適合用於本題。例如：

・無論什麼工作我都會兢兢業業地完成。

選項２：「あんな／那麼的」用於表達比「そんな／這樣」更遠的事。例如：

・昨天和朋友吵架，脫口說了「我討厭你」。當時如果沒說那句話就好了。

6

Answer **1**

1　乗らずに	2　乗っては	3　乗っても	4　乗るなら
1 不搭乘	2 要是搭了	3 即使搭乘	4 如果要搭的話

「走って行きます」とあるので、バスには乗らないことが分かる。「乗らないで」と同じ意味の「乗らずに」を選ぶ。例：

- 昨夜は寝ずに勉強した。
- 大学には進学せずに、就職するつもりです。

因為題目出現了「走って行きます／用跑的過去」的句子，由此可知並沒有搭乘巴士，所以要選擇和「乗らないで／不搭乘」意思相同的「乗らずに／不搭乘而～」。例如：

- 昨晚沒睡，苦讀了一整個晚上。
- 我不打算繼續念大學，想去工作。

7

Answer **4**

1　聞かれ　ました		2　聞く　つもりです	
3　聞いて　あげました		4　聞いて　みました	
1 被問了	2 打算詢問	3 讓對方問	4 試著問過

わたしが吉田くんに質問している。「（動詞て形）てみます」は試しにやることを表す。例：

- その子供に、名前を聞いてみたが、泣いてばかりで答えなかった。
- 駅前に新しくできた店に行ってみた。

《他の選択肢》

1「聞かれました」は受身形で、吉田くんがわたしに質問したという意味になるので×。

2「（動詞辞書形）つもりです」は未来の予定を表す。

我向吉田提出問題。「（動詞て形）てみます／試著」表示嘗試做某事。例如：

- 雖然試著尋問那孩子的名字，但孩子只是一昧哭著沒有回答。
- 車站前有家新開張的商店，我去看了一下。

《其他選項》

選項１：「聞かれました／被問了」是被動形，意思是吉田同學問了我，所以不是正確答案。

選項２：「（動詞辭書形）つもりです／打算」表示未來的預定計畫。

3「（動詞て形）あげます」は、わたしがあなたのために、と上からいう言い方で、質問することは吉田くんのためではないので×。

※相手のためにすることでも、普通は失礼になるので使わない言い方。上下関係がある場合や親しい関係のときに使う。例：

・直してあげるから、レポートができたら持ってきなさい。

・できないなら、私がやってあげようか。

選項３：「（動詞て形）あげます／給…」的語氣是我為你著想而做某事，是上位者對下位者的用法。由於提問人並不是為了吉田同學著想才問了這句話，所以不是正確答案。

※即使是為了對方著想，這種用法仍然失禮，一般很少使用。除非有從屬關係，或是彼此的關係很親近，才能使用。例如：

・我會幫你改報告，完成後拿過來。

・你要是做不到的話，讓我來幫你做吧。

8

Answer **2**

1　着かなければ　ならないんだ　　2　着く　ことが　できるんだ

3　着いても　いいらしいんだ　　4　着く　はずが　ないんだ

| 1 必須到達　　2 可以到達　　3 好像到達也可以　　4 不可能到達

「バスは何回も…止まるけど、ぼくは…止まらないからね」と言っている。「～から」は理由を表す。「ぼくは…止まらないから」が理由を説明していると考えると、これに続くのは、「バスより早くスーパーに着くことができる」。

《他の選択肢》

次の１、３、４は、文の意味から、「ぼくは…止まらないから」という理由には繋がらない。

題目提到「バスは何回も…止まるけど、ぼくは…止まらないからね／巴士得在停靠…好幾次，但我…不會停下」，而「～から／因為」表示理由。由「ぼくは…止まらないから」這句話可知是在說明理由，所以後面應該接「バスより早くスーパーに着くことができる／可以比巴士更快到達超市」。

《其他選項》

其他選項１、３、４從文意上考量，都無法說明「ぼくは…止まらないから」的理由。

1「（動詞ない形）なければならない」は必要や義務を表す。

3「（動詞て形）てもいい」は許可を、「らしい」は推測を表す。

4「（動詞辞書形）はずがない」は可能性がないと推量する様子を表す。

選項 1：「（動詞ない形）なければならない／必須」表示必須或義務。

選項 3：「(動詞て形) てもいい／也可以」表示許可，「らしい／好像」則表示推測。

選項 4：「（動詞辭書形）はずがない／不可能」表示推測沒有這個可能性。

Chapter 03

許可、禁止、命令、義務及不必要的說法

1 文法闖關大挑戰

文法知多少？請完成以下題目，從選項中，選出正確答案，並完成句子。
《答案詳見右下角。》

1 私のスカート、貸して（　　）。
1. あげてもいいよ
2. あげるといいよ

我的裙子，可以借給妳喔！
1. あげてもいいよ：可以…給妳喔
2. あげるといいよ：最好給他（她）喔

2 安ければ、アパートにおふろが（ ）。
1. なくてもかまいません
2. なくてはいけません

如果便宜的話，公寓裡沒有浴室也無所謂。
1. なくてもかまいません：即使沒有…也沒關係
2. なくてはいけません：不准…

3 こっちへ来る（　　）。
1. てはいけない
2. な（禁止）

不准過來這邊！
1. てはいけない：不准…
2. な（禁止）：不准…

4 勉強もスポーツも、君はなんでもよくできる（　　）。
1. な（禁止）　2. な（詠嘆）

讀書也好、運動也好，你真是十項全能啊！
1. な（禁止）：不准…
2. な（感嘆）：…啊

5 《交通標識》スピード（　　）。
1. 落とせ
2. 落としなさい

《交通號誌》減速慢行。
1. 落とせ：減　2. 落としなさい：請減

6 明日は６時に（　　）。
1. 起きなければならない
2. 起きるべきだ

明天非得在６點起床才可以。
1. 起きなければならない：必須起床
2. 起きるべきだ：必須起床

7 この映画を見るには、18歳以上で（ ）。
1. なくてはいけない
2. ないわけにはいかない

要看這部電影，必須要滿 18 歲以上否則不行。
1. なくてはいけない：必須…
2. ないわけにはいかない：不能不…

8 赤信号では、止まら（　　）。
1. なくてはならない
2. なくてもいい

看到紅燈就必須要停下來才可以。
1. なくてはならない：必須…
2. なくてもいい：不…也行

答案：(1) 1　(2) 1　(3) 2　(4) 2
(5) 1　(6) 1　(7) 1　(8) 1

2 許可、禁止、命令、義務及不必要的說法總整理

許可

□てもいい 比較 といい

□てもかまわない 比較 てはいけない

禁止

□てはいけない 比較 な（禁止）

□な（禁止）比較 な（感嘆）

義務

□なければならない 比較 べきだ

□なくてはいけない 比較 ないわけにはいかない

□なくてはならない 比較 なくてもいい

其他

□命令形 比較 なさい

□なくてもかまわない 比較 ないこともない

心智圖

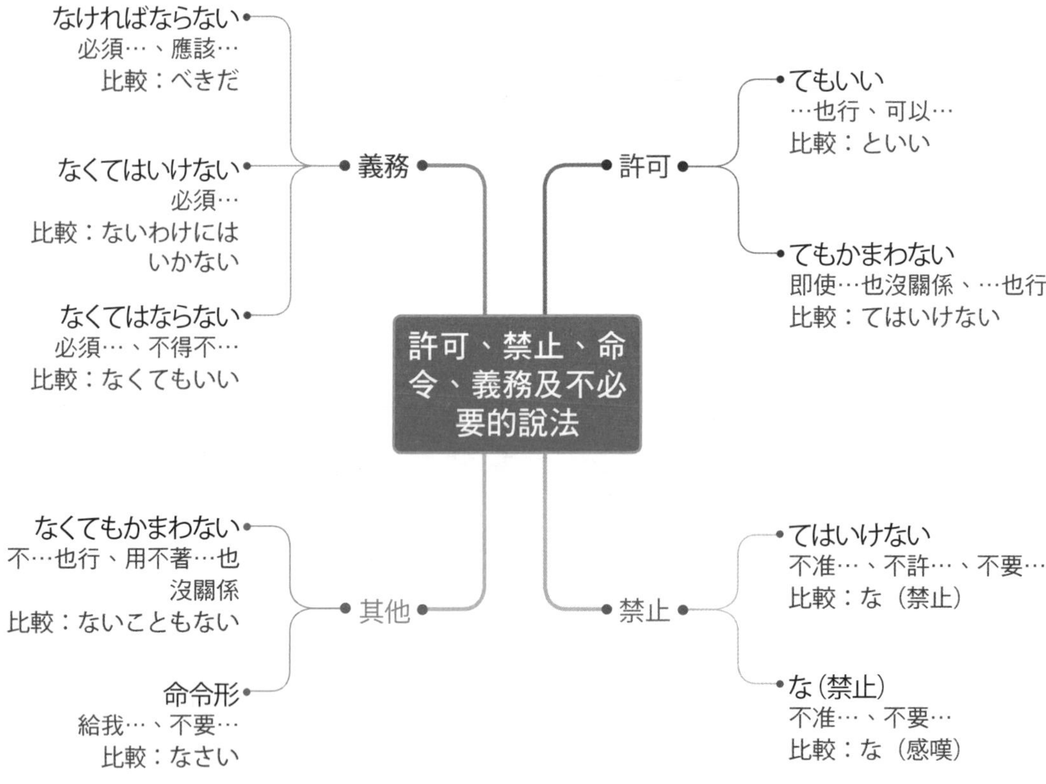

3 文法比較－許可、禁止、命令、義務及不必要的說法

T-03

1

てもいい …也行、可以… 比較 といい 最好…、…為好；…就好了

てもいい …也行、可以…

「動詞て形＋もいい」表示許可或允許某一行為。如果說的是聽話人的行為，表示允許聽話人某一行為；如果用在疑問句，表示說話人請求聽話人允許自己做某事。

例 **早(はや)く仕事(しごと)が終(お)わったら先(さき)に帰(かえ)ってもいいよ。**

如果提早把工作做完了，可以先回去沒關係喔！

例 **ここでたばこを吸(す)ってもいいですか。** 可以在這裡抽煙嗎？

といい 最好…、…為好；…就好了

「用言終止形；體言だ＋といい」用在規勸對方進行某行為；另外，也表示說話人希望事情能隨自己的心意發展，句尾出現「けど、のに、が」時，含有這個願望或許難以實現等不安的心情。

例 **風邪(かぜ)のときは早(はや)く寝(ね)るといいですよ。**

感冒時早點睡覺比較好喔！

例 **お母(かあ)さんはもっとやさしいといいんだけど。**

我媽媽要是能再溫柔一點就好了。

比較點

＊ 哪個用在「允許」，哪個用在「勸誘」？

「てもいい」用在允許做某事；「といい」用在勸對方怎麼做，或希望某個願望能成真。

2

てもかまわない 即使…也沒關係、…也行 比較 てはいけない 不准…、不許…、不要…

てもかまわない 即使…也沒關係、…也行

「動詞て形；形容詞く；形容動詞詞幹；體言＋もかまわない」允許對方做某事；用在疑問句，指說話人詢問對方，是否允許自己做某事；也可以用在讓步關係，表示不是最滿意的，但可以妥協。

例 **靴(くつ)のまま入(はい)ってもかまいません。**

直接穿鞋進來也沒關係。

例 **（食堂(しょくどう)で）ここに座(すわ)ってもかまいませんか。**

（在餐館裡）請問我可以坐在這裡嗎？

例 **安(やす)いアパートなら、交通(こうつう)が不便(ふべん)でもかまいません。**

只要是便宜的公寓，即使交通不便也沒關係。

てはいけない 不准…、不許…、不要…

「動詞て形＋はいけない」表示禁止，基於某種理由、規則，要求對方不能做某事，由於說法直接，所以常用在上司對部下、長輩對晚輩；用在疑問句，指說話人詢問對方，是否允許自己做某事。

例 **このボタンには、ぜったい触(さわ)ってはいけない。**

這個按鍵絕對不可觸摸。

例 **ここは写真(しゃしん)を撮(と)ってはいけませんか。**

請問這裡不可以拍照嗎？

比較點

＊ 哪個是「許可」，哪個是「禁止」？

「てもかまわない」表示許可，意思是「即使…也沒關係」；「てはいけない」表示禁止，意思是「不准…」。

3

てはいけない 不准…、不許…、不要…	比較	な（禁止） 不准…、不要…

「動詞て形＋はいけない」表示禁止，基於某種理由、規則，要求對方不能做某事，由於説法直接，所以常用在上司對部下、長輩對晚輩。

例 そんな悪（わる）いことばを使（つか）ってはいけません。

不可以講那種難聽的話。

「動詞終止形＋な」表示禁止，命令對方不要做某事。説法比較粗魯，一般用在對孩子、兄弟姊妹或親友身上。也用在遇到緊急狀況或吵架的時候。

例 廊下（ろうか）を走（はし）るな。

不准在走廊上奔跑！

比較點

＊ 都是「禁止」，但接續、語氣大不同

「てはいけない」、「な」都表示禁止，但「てはいけない」前面接動詞て形；「な」前面接動詞終止形，語氣比「てはいけない」強烈、粗魯、沒禮貌。

4

な（禁止） 不准…、不要…	比較	な（感嘆） …啊

「動詞終止形＋な」表示禁止，命令對方不要做某事。説法比較粗魯，一般用在對孩子、兄弟姊妹或親友身上。也用在遇到緊急狀況或吵架的時候。

例 食（た）べ過（す）ぎだよ。もう食（た）べるな。

你吃太多了啦，別再吃了！

「用言終止形；助動詞終止形；助詞＋な」用在表達讚嘆、願望、痛苦、憤怒等情感，或表示徵求對方同意時。「な」常常會拉長變成「なあ」。雖然和「ね」很像，不過「な」大多是男性使用，前面經常連接常體，也可能用在自言自語的時候。「ね」男女皆可用，常體、敬體兩者都可接，而且一定要在對著對方説話時使用。

例 ギャル曽根（そね）はほんとによく食（た）べるな。

辣妹曽根真是個大胃女王啊！

比較點

＊ 能表示「禁止」或「感嘆」的「な」

「な」前接動詞時，有表示禁止，或感嘆（強調情感）這兩個用法。因為接續一樣，所以要從句子的情境、文脈及語調來判斷。用在表示感嘆時，也可以接動詞以外的詞性。

5

なければならない　必須…、應該…　比較　**べきだ　必須…、應該…**

「動詞ない形＋なければならない」表示無論是自己或對方，從社會常識或事情的性質來看，不那樣做就不合理，有義務要那樣做。「なければ」的口語縮約形是「なきゃ」，有時候會只説「なきゃ」，並將後面省略掉。

例 **学生は勉強しなければならない。**

學生必須用功讀書才行。

例 **寮には夜11時までに帰らなきゃ。**

得在晚上11點以前回到宿舍才行！

「動詞終止形＋べき、べきだ」表示那樣做是應該的、正確的。常用在描述身為人類的義務和理想時，勸告、禁止或命令對方怎麼做。是一種比較客觀的判斷，書面跟口語都可以用。

例 **弱い者をいじめるのは、やめるべきだ。**

欺負弱小是不應該的行為。

比較點

＊ 平平是「應該」，含意大不同

「なければならない」是指基於規則或當時的情況，而必須那樣做；「べきだ」則是指身為人應該遵守的原則，常用在勸告或命令對方有義務那樣做。

6

なくてはいけない　必須…　比較　**ないわけにはいかない　不能不…、必須…等**

「動詞ない形；形容詞く＋なくてはいけない」、「體言；形容動詞詞幹＋でなくてはいけない」表示義務和責任。大多用在個別的人或事，口氣比較強硬，所以一般用在上對下，或同輩之間；也可表示社會上一般人普遍的想法；也可表達説話人自己的決心。

例 **子どもはもう寝なくてはいけません。**

這時間小孩子再不睡就不行了。

例 **約束は守らなくてはいけません。**

答應人家的事一定要遵守才行。

例 **今日は早く寝なくてはいけない。**

今天非得早一點睡覺不可。

「動詞ない形＋ないわけにはいかない」表示根據社會的理念、情理、一般常識，或自己過去的經驗，不能不做某事，有做某事的義務。含有説話人受外力逼迫，感到心不甘情不願的語感。

例 **行かないわけにはいかない。**

不得不去。

比較點

＊「必須」怎麼分？

「なくてはいけない」用在上對下，或説話人的決心，表示必須那樣做，説話人不一定有不情願的心情；「ないわけにはいかない」是根據社會情理或過去經驗，表示雖然不情願，但必須那樣做。

7

なくてはならない　必須…、不得不…

比較

「動詞ない形＋なくてはならない」表示根據社會常理來看、受某種規範影響，或基於義務，必須去做某件事情，如例句；「なくては」的口語縮約形是「なくちゃ」，有時只説「なくちゃ」，並將後面省略掉（這時候，很難明確指出省略的是「いけない」還是「ならない」，但意思大致相同）。

例 **うちの会社では、背広を着なくてはならない。**

我們公司規定一定要穿西裝才可以。

なくてもいい　不…也行、用不著…也可以

「動詞ない形；形容詞く＋なくてもいい」、「體言；形容動詞詞幹＋でなくてもいい」表示説話人沒有必要，或沒有義務做某動作、行為。另外，「～なくともよい」是比較文言的表達方式。

例 **会うのは友達だから、ネクタイはしなくてもいい。**

既然要去見的是朋友，不打領帶也沒關係。

例 **忙しい人は出席しなくともよい。**

忙碌的人不出席亦無妨。

比較點

＊ 哪個表示「不得不」，哪個表示「不必要」？

「なくてはならない」是根據社會常理或規範，不得不那樣做；「なくてもいい」表示不那樣做也可以。

8

命令形　給我…、不要…

比較

表示命令對方要怎麼做，説法比較粗魯，一般用在對孩子、兄弟姊妹或親友身上。另外，也可能用在遇到緊急狀況、吵架或交通號誌等的時候。

例 **起きろ！火事だ！**

醒一醒！失火了！

なさい　要…、請…

「動詞ます形＋なさい」表示命令或指示。一般用在上級對下級、父母對小孩或老師對學生的情況。由於這是用在擁有權力或支配能力的人，對下面的人説話的情況，使用的場合有限。

例 **学校に遅刻するよ。早く起きなさい。**

你上學快遲到囉！快點起床！

比較點

＊ 不同的「命令」語氣

「命令形」是帶有粗魯的語氣命令對方；「なさい」是語氣較緩和的命令，前面要接動詞ます形。

なくてもかまわない
不…也行、用不著…也沒關係

比較

ないこともない
並不是不…、不是不…

「動詞ない形＋なくてかまわない」表示沒有必要做前面的動作，不做也沒關係；「かまわない」也可以換成「大丈夫」等表示沒關係的單字。

例 **お金があれば愛がなくてもかまわない。**

只要有錢，沒有愛情也無所謂。

例 **都合が悪かったら、来なくても大丈夫。**

不方便的話，用不著來也沒關係。

「用言ない形＋ないこともない、ないことはない」使用雙重否定，表示雖然不是全面肯定，但也有那樣的可能性，是種有所保留的消極肯定說法。

例 **一人暮らしが寂しいと思わないこともない。**

一個人的生活也不是沒有感覺過寂寞。

比較點

＊ 哪個表示「不必要」，哪個表示「不是不」？

「なくてもかまわない」表示不那樣做也沒關係；「ないこともない」意思是「並不是不…」。

4 新日檢實力測驗

もんだい1

1 「早く（　　　）！　学校に　遅れるよ！」

1 起きる　　2 起きろ　　3 起きた　　4 起きない

2 授業中は　静かに（　　　）。

1 しそうだ　　2 しなさい　　3 したい　　4 しつづける

3 授業が　始まったら　席を（　　　）。

1 立った　ことが　あります　　2 立ち　つづけます

3 立つ　ところです　　4 立っては　いけません

もんだい2

下の　文章は　松本さんが　お正月に　留学生の　チーさんに　送った　メールです。

> チーさん、あけまして　おめでとう。
>
> 今年も　どうぞ　よろしく。
>
> 日本で　初めて **4** お正月ですね。どこかに　行きましたか。わたしは　家族と　いっしょに　祖母が　いる　いなかに　来て　います。
>
> きのうは　1年の　最後の　日 **5** ね。
>
> 日本では　この　日の　ことを「大みそか」と　いって、みんな　とても　いそがしいです。午前中は、家族　みんなで　朝から　家じゅうの　そうじを **6** なりません。そして、午後に　なると　お正月の　食べ物を　たくさん　作ります。わたしも　毎年　妹と　いっしょに、料理を　作るのを **7** 、今年は、祖母が　作った　料理を　いただきました。
>
> **8** 、また　学校で　会おうね。
>
> 松本

4

1 だ　　2 の　　3 に　　4 な

5

1 なのです　　2 でした　　3 らしいです　　4 です

6

1 させられて　　2 しなくても　　3 しなくては　　4 いたして

7

1 てつだいますが　　2 てつだいますので

3 てつだわなくては　　4 てつだったり

8

1 それから　　2 そうして　　3 それでも　　4 それじゃ

5 翻譯與解題

もんだい 1

1

Answer ❷

「早く（　　　）！　学校に　遅れるよ！」

1　起きる　　2　起きろ　　3　起きた　　4　起きない

「快點（起床啦）！上學要遲到了哦！」

1 起床　　2 起床啦　　3 起床了　　4 不起床

会話で相手に対して、「学校に遅れるよ」と言っているので、早く起きることを強く指示する「起きろ」を選ぶ。「起きろ」はⅡグループの動詞（一段活用の動詞「起きる」の命令形。例：

・君に用はない。帰れ。

・危ない、逃げろ！

・この絵は、止まれという意味です。

※「遅れるよ」の「よ」は、相手に注意、忠告する話者の気持ちを表している。例：

・たばこは体によくないよ。

・お母さんに謝ったほうがいいよ。

由於對話中是向對方說「学校に遅れるよ／上學要遲到了哦！」，所以應該選擇能夠表達嚴厲指示的「起きろ／起床」。「起きろ」是第２類動詞（一段活用動詞）「起きる」的命令形。例如：

・沒你的事，快滾！

・危險，快逃！

・這個圖案是指「停止」的意思。

※「遅れるよ／要遲到了哦」的「よ／哦」用於表達說話者要提醒對方、給對方忠告。例如：

・抽菸有害身體健康哦！

・最好向媽媽道個歉哦！

2

Answer ❷

授業中は　静かに（　　　）。

1　しそうだ　　2　しなさい　　3　したい　　4　しつづける

上課中（要）保持安靜！

1 似乎　　2 要　　3 想做　　4 繼續做

「（動詞ます形）なさい」は、命令するときの丁寧な形。例：

・次の質問に答えなさい。

・たかし、早く起きなさい。

「（動詞ます形）なさい／要」是命令形的丁寧形（禮貌形）。例如：

・要回答以下的問題。

・小隆，快起床了！

3

Answer ❹

授業が　始まったら　席を　（　　　　）。

1　立った　ことが　あります　　2　立ち　つづけます

3　立つ　ところです　　4　立っては　いけません

開始上課後（不可以站起來）座位上。（亦即：開始上課後不可以離開座位。）

1 曾經站立過　2 持續站立　3 就在站立的時候　4 不可以站起來

「（動詞①た形）たら、動詞②文」で、動詞①（未来のこと）が完了した後、動詞②の行為をする、という意味を表す。「もし」という仮定の意味はない。例：

・家に着いたら、電話します。

・５時になったら帰っていいですよ。

問題文は、今は立ってもいいが、授業が始まった後は立ってはいけない、と言っている。

《他の選択肢》

1「（動詞た形）ことがあります」は過去の経験を表す。例：

・私は香港へ行ったことがあります。

2「席を立ち続ける」という表現は不自然（「席を立つ」という動作は一瞬のことで、続けることはできない）。「授業が始まったら、席を立ちます」なら○。

句型「（動詞①た形）たら、動詞②文／一（動詞①），就（動詞②）」，表示在動詞①（未來的事）完成之後，從事動詞②的行為。這種句型沒有「もし／假如」的假設意思。例如：

・一回到家就給你打電話。

・５點一到就可以回家了喔。

題目要表達的是，現在可以站著，但是開始上課後就不可以站起來離開座位。

《其他選項》

選項１：「（動詞た形）ことがあります／曾經」表示過去的經驗。例如：

・我去過香港。

選項２：「席を立ち続ける／持續站起在座位上」的語意並不通順（「席を立つ／站起」是一瞬間的動作，沒辦法持續）。如果是「授業が始まったら、席を立ちます／開始上課後從座位起身」則為正確的敘述方式。

3「(動詞辞書形) ところです」は、動作をする直前であることを表す。例:

・私は今、お風呂に入るところです。

選項 3：「（動詞辭書形）ところです／就在…的時候」表示正準備開始進行某個動作之前。例如：

・我現在正準備洗澡。

もんだい 2

[4]～[8]

下の　文章は　松本さんが　お正月に　留学生の　チーさんに　送った　メールです。

> チーさん、あけまして　おめでとう。
>
> 今年も　どうぞ　よろしく。
>
> 日本で　初めて　[4]　お正月ですね。どこかに　行きましたか。わたしは　家族と　いっしょに　祖母が　いる　いなかに　来て　います。
>
> きのうは　1年の　最後の　日　[5]　ね。
>
> 日本では　この　日の　ことを　「大みそか」と　いって、みんな　とても　いそがしいです。午前中は、家族　みんなで　朝から　家じゅうの　そうじを　[6]　なりません。そして、午後に　なると　お正月の　食べ物を　たくさん　作ります。わたしも　毎年　妹と　いっしょに、料理を　作るのを　[7]　、今年は、祖母が　作った　料理を　いただきました。
>
> [8]　、また　学校で　会おうね。
>
> 松本

下方的文章是松本先生在新年時寄給留學生祁先生的信。

祁先生，新年快樂。

今年也請多多指教。

這是您在日本度過的第一個新年呢！您去了哪裡嗎？我和家人一起來到了奶奶住的鄉下。昨天正是一整年的最後一天呢。

在日本，這一天被稱作「除夕」，每個人都非常忙碌。上午，全家人都必須從一大早打掃房子。然後，到了下午就開始烹煮很多道年菜。我每年也都和妹妹一起幫忙做菜，可是今年享用的是奶奶已經做好的年菜。

那麼，我們學校見囉！

松本

4 Answer **2**

1 だ	2 の	3 に	4 な
1 就是	2 的	3 在	4 不許

今年は、チーさんにとってどんなお正月かを説明している。「日本で初めて迎えるお正月」という意味。「初めて」は副詞。例：

・初めての海外旅行は、シンガポールに行きました。

本題在說明對祁先生而言，這個新年具有什麼樣的意義。這是他「日本で初めて迎えるお正月／在日本過的第一個新年」。「初めて／第一次」是副詞。例如：

・第一次出國旅遊去了新加坡。

5 Answer **2**

1 なのです	2 でした	3 らしいです	4 です
1 就是	2 正是	3 似乎	4 是

きのうのことを言っているので、過去形を選ぶ。

因為是在講述昨天的事，所以答案要選過去式。

6 Answer **3**

1 させられて	2 しなくても	3 しなくては	4 いたして
1 被迫	2 即使不做也	3 不做不行	4 做

後に「なりません」が付くのは、「しなくては」。

《他の選択肢》

1「させられて」は「して」の使役受身形。4「いたして」は「して」の謙譲語。「して」に「なりません」は繋がらない。

2「しなくても」に続くのは「いいです」。

由於後面接的是「なりません／不」，所以答案應該選「しなくては／不做」，也就是「なくてはならない／必須」的句型。

《其他選項》

選項1：「させられて／被迫做」是「して／做」的使役被動形。選項4「いたして／做」是「して」的謙譲語。「して」的後面不能接「なりません」。

※使役受身形の例：

・私は母に掃除をさせられました。

→掃除をしたのは私。母は私に「掃除をしなさい」と指示した。私は掃除をしたくない、という気持ちがある。

選項2：「しなくても／即使不做也」後面應該接「いいです／沒關係」。

※使役受身的例子：

・我被媽媽叫去打掃了。

→打掃的人是我，而指示我「去打掃」的人是媽媽。這句話隱含的意思是我其實並不想打掃。

7

Answer ❶

1　てつだいますが	2　てつだいますので
3　てつだわなくては	4　てつだったり

1 幫忙	2 因為幫忙	3 不幫忙不行	4 或者幫忙

「私は毎年、料理を作るのを手伝います」という文と「今年は祖母が作った料理をいただきました」という文の関係を考える。「毎年」と「今年」を比較していることから、「毎年（は）…が、今年は…」という文と考えよう。

※「～は…が、～は…」文の例：

・犬は好きですが、猫は好きじゃありません。

請思考「私は毎年、料理を作るのを手伝います／我每年都會幫忙做菜」和「今年は祖母が作った料理をいただきました／可是今年享用的是奶奶已經做好的年菜」這兩句話的關係。也就是把「毎年／每年」和「今年／今年」拿來做比較，由此聯想到「毎年（は）…が、今年は…／每年都是…，但今年則是…」的句型。

※「～は…が、～は…／是…但是」句型的例子：

・我喜歡狗，但不喜歡貓。

8

Answer ❹

1　それから	2　そうして	3　それでも	4　それじゃ
1 其後	2 然後	3 即使如此	4 那麼

別れのあいさつを言い出すときの言葉。他に「それでは」「では」「じゃ」など。例：

・それでは、さようなら。

・じゃあ、また明日。

這是在說出道別語之前的用詞。其他還有「それでは／那麼」「では／那麼」「じゃ／那」等等的用法。例如：

・那麼，再見囉。

・那麼，我們明天見囉。

Chapter

04 意志及希望的說法

1 文法闖關大挑戰

文法知多少？請完成以下題目，從選項中，選出正確答案，並完成句子。
《答案詳見右下角。》

1 次のテストでは 100 点を取っ（　　）。
1. てみる　2. てみせる

下次考試一定考一百分給你瞧瞧！
1. てみる：試著做…
2. てみせる：做給…看

2 夏が来る前に、ダイエットしようと（　　）。
1. 思う　2. する

我打算在夏天來臨之前瘦身。
1. 思う：想　2. する：做

3 疲れたから、少し（　　）。
1. 休もう
2. 休むつもりだ

累了，休息一下吧。
1. 休もう：休息吧
2. 休むつもりだ：打算休息

4 これは豆で作ったものですが、肉の味（　　）。
1. にします　2. がします

這雖然是用黃豆製造的，但嘗起來有肉的滋味。
1. にします：決定…
2. がします：有…味道

5 健康のために、明日から酒はやめることに（　　）。
1. した　2. なった

為了健康，從明天起就戒酒。
1. した：X
2. なった：X

6 明日の朝 6 時に起こし（　　）。
1. てほしいです
2. がほしいです

想要拜託你明天早上 6 點叫我起床。
1. てほしいです：想要拜託…
2. がほしいです：想要…

7 妹が、机の角に頭をぶつけて（　　）います。
1. 痛がって　2. 痛たがって

妹妹頭去撞到桌角，正在喊痛。
1. 痛がって：痛
2. 痛たがって：X

答案：（1）2　（2）1　（3）1　（4）2
（5）1　（6）1　（7）1

2 意志及希望的說法總整理

意志

□てみる 比較 てみせる
□（よ）うと思う 比較 （よ）うとする
□（よ）う 比較 つもりだ
□にする 比較 がする
□ことにする 比較 ことになる

希望

□てほしい 比較 がほしい
□がる 比較 たがる

心智圖

意志及希望的說法

- 希望
  - てほしい
    希望…、想…
    比較：がほしい
  - がる
    覺得…
    比較：たがる
- 意志
  - てみる
    試著（做）…
    比較：てみせる
  - (よ)うと思う
    我想…、我要…
    比較：（よ）うとする
  - (よ)う
    …吧
    比較：つもりだ
  - にする
    決定…、叫…
    比較：がする
  - ことにする
    決定…
    比較：ことになる

3 文法比較－意志及希望的說法

1

てみる　試著（做）…　比較　**てみせる　（做）給…看**

「動詞て形＋みる」表示嘗試著做某事，是一種試探性的行為。請注意，「みる」是由「見る」延伸而來的抽象用法，常用平假名書寫。

例 **新しい文法を使ってみた。**

我嘗試了使用新學到的文法造句。

「動詞て形＋みせる」。表示為了讓別人能瞭解，做出實際的動作給別人看；也可用在表達自己的強烈決心。

例 **子どもに平仮名を書いてみせた。**

我寫了平假名給小孩看。

例 **今度は合格してみせる。**

我這次絕對會通過測驗讓你看看的！

比較點
＊ 是「試著做看看」還是「做給別人看」？
「てみる」表示嘗試去做某事；「てみせる」表示做某事給某人看。

2

（よ）うと思う　我想…、我要…　比較　**（よ）うとする　想…、打算…**

「動詞意向形＋（よ）うと思う」表示說話人說話當時自己的想法、打算或意圖，比起不管實現可能性是高或低都可使用的「～たいと思う」，更具有採取某種行動的意志，且動作實現的可能性很高。主語通常是說話人，因此常省略；用「（よ）うと思っている」，表示說話人在某一段時間持有的打算；「（よ）うとは思わない」表示強烈否定。

例 **終電で帰ろうと思います。**

我打算搭最後一班電車回去。

例 **柔道を習おうと思っている。**

我想學柔道。

例 **動詞の活用が難しいので、これ以上日本語を勉強しようとは思わない。**

動詞的運用非常困難，所以我不打算再繼續學日文了。

「動詞意向形＋（よ）うとする」表示動作主體的意志、意圖。表示努力地去實行某動作；或用在嘗試做某事，但還沒達成的狀態，或某動作實現之前。主語不受人稱的限制。

例 **赤ん坊が歩こうとしている。**

嬰兒正嘗試著走路。

例 **バスに乗ろうとしたとき、財布がないのに気付いた。**

正準備要搭巴士時，才發現到沒有錢包。

比較點
＊ 是哪一種「打算」？
「（よ）うと思う」表示說話人打算那樣做；「（よ）うとする」表示某人正打算要那樣做。

3　（よ）う　…吧　比較　つもりだ　打算…、準備…

（よ）う　…吧

「動詞意向形＋（よ）う」表示說話人的個人意志行為，準備做某件事情；或是用來提議、邀請別人一起做某件事情。比較有禮貌的說法用「ましょう」。

例 **お茶でも飲もう。**

我來喝杯茶吧。

例 **もう少しだから、がんばろう。**

只剩一點點了，一起加油吧！

つもりだ　打算…、準備…

「動詞辭書形＋つもりだ」表示說話人的意志、預定、計畫等，也可以表示第三人稱的意志。有說話人的打算是從之前就有，且意志堅定的語氣；「～ないつもりだ」是否定形；「～つもりはない」是「不打算…」的意思，否定意味比「～ないつもりだ」還要強；「～つもりではない」是「並非有意要…」的意思。

例 **ブログを始めるつもりだ。**

我打算開始寫部落格。

例 **両親は小さな店をやっているが、継がないつもりだ。**

雖然我父母開了一家小商店，但我沒打算繼承家業。

例 **あなたとお付き合いするつもりはありません。**

我一點都不想和你交往。

例 **殺すつもりではなかったんです。**

我原本沒打算殺他。

比較點

＊「意志」的說法哪裡不同？

「（よ）う」表示說話人要做某事，也可用在邀請別人一起做某事；「つもりだ」表示某人打算做某事的計畫。主語除了說話人以外，也可用在第三人稱。請注意，如果是馬上要做的計畫，不能使用「つもりだ」。

4

にする　決定…、叫…　比較　**がする　感到…、覺得…、有…味道**

「體言；副助詞＋にする」常用於購物或點餐時，決定買某樣商品；表示抉擇，決定、選定某事物。

例 **私はうなぎにします。**

我要吃鰻魚。

例 **女の子が生まれたら、名前は桜子にしよう。**

如果生的是女孩，名字就叫櫻子吧！

「がする」前面接「かおり、におい、味、音、感じ、気、吐き気」等與氣味、味道、聲音、感覺相關的名詞，表示說話人透過感官感受到的感覺或知覺。

例 **うなぎのにおいがします。**

我聞到鰻魚的味道。

比較點

＊ 哪個是「決定」，哪個是「覺得」？

「にする」表示決定選擇某事物，常用在點餐等時候；「がする」表示感覺器官所受到的感覺。

5

ことにする
決定…

比較

ことになる
（被）決定…；也就是說…

「動詞辭書形＋ことにする」表示說話人以自己的意志，主觀地對將來的行為做出某種決定、決心；用過去式「ことにした」表示決定已經形成，大都用在跟對方報告自己決定的事；用「～ことにしている」的形式，則表示因某決定，而養成了習慣，或形成了規矩。

例 **うん、そうすることにしよう。**

嗯，就這麼做吧。

例 **子どもができたので、結婚することにしました。**

由於懷孕了，所以就決定結婚了。

例 **肉は食べないことにしています。**

我現在都不吃肉了。

「動詞辭書形（という）；體言という＋ことになる」表示決定。指說話人以外的人、團體或組織等，客觀地做出了某些安排或決定；也可能用在婉轉宣布自己決定的事；或對事情，換個角度、說法，來探討事情的真意或本質；「～ことになっている」表示人們的行為會受法律、約定、紀律及生活慣例等約束。

例 **駅にエスカレーターをつけることになりました。**

車站決定設置自動手扶梯。

例 **このたび、結婚することになりました。**

這回我們要結婚了。

例 **子どもはお酒を飲んではいけないことになっています。**

依現行規定，兒童不得喝酒。

比較點

＊ 怎麼「決定」差在哪？

「ことにする」用在說話人以自己的意志，決定要那樣做；「ことになる」用在說話人以外的人或團體，所做出的決定，或是婉轉表達自己的決定。

6

てほしい　希望…、想…　比較　**がほしい　…想要…**

「動詞て形＋ほしい」表示説話人希望對方能做某件事情，或是提出要求；「動詞ない形＋ないでほしい」表示否定，是「希望（對方）不要…」的意思。

例 **私だけを愛してほしいです。**

希望你只愛我一個。

例 **怒らないでほしい。**

我希望你不要生氣。

以「名詞＋が＋ほしい」的形式，表示説話人（第一人稱）想要把什麼東西弄到手，想要把什麼東西變成自己的，希望得到某物的句型。「ほしい」是表示感情的形容詞。希望得到的東西，用「が」來表示。疑問句時表示聽話者的希望。

例 **あなたの心がほしいです。**

我想要你的心。

比較點

＊「希望」大不同？

「てほしい」用在希望對方能夠那樣做；「がほしい」用在説話人希望得到某個東西。

7

がる　覺得…等　比較　**たがる　想…**

「形容詞・形容動詞詞幹＋がる」表示某人説了什麼話，或做了什麼動作，而給説話人留下這種想法或感覺，「がる」的主體一般是第三人稱；當動詞是「ほしい」的時候，搭配助詞用「を」，而非「が」；表示現在的狀態用「～ている」形，也就是「がっている」。

例 **人がいやがることをしてはいけない。**

不可以做討人厭的事。

例 **妻がきれいなドレスをほしがっています。**

妻子很想要一件漂亮的洋裝。

例 **あなたが来ないので、みんな残念がっています。**

因為你不來，大家都覺得非常可惜。

「たがる」是「たい」的詞幹加「がる」來的。以「動詞ます形＋たがる」的形式，表示第三人稱顯露在外表的願望或希望，也就是從外觀就可看到某人的意願；「たがらない」表示否定；表示現在的狀態用「～ている」形，也就是「たがっている」。

例 **母が、私と彼氏の進展度を知りたがって困ります。**

媽媽很想知道我和男朋友進展到什麼程度了，真傷腦筋。

例 **彼女は、理由を言いたがらない。**

她不想説理由。

例 **夫は冷たいビールを飲みたがっています。**

丈夫想喝冰啤酒。

比較點

＊ 是「覺得」還是「想要」？

「がる」用於第三人稱的感覺、情緒等；「たがる」用於第三人稱想要達成某個願望。

4 新日檢實力測驗

もんだい１

1 （レストランで）

小林(こばやし)「鈴木(すずき)さんは　（　　　）？」

鈴木(すずき)「私(わたし)は　サンドイッチに　しよう。」

1　何(なん)と　する　　2　何(なに)に　する　　3　何(なに)を　した　　4　何(なん)でした

2 A「次(つぎ)の　交差点(こうさてん)を　左(ひだり)に　曲(ま)がると　近(ちか)い　かもしれません。」

B「じゃあ、左(ひだり)に　曲(ま)がって　（　　　）。」

1　しまう　　2　みよう　　3　よう　　4　おこう

3 彼(かれ)は　病院(びょういん)に　行(い)き　（　　　）　ない。

1　たがり　　2　たがら　　3　たがる　　4　たがれ

4 暗(くら)く　なって　きたから　そろそろ　（　　　）。

1　帰(かえ)った　　2　帰(かえ)って　いる　　3　帰(かえ)ろう　　4　帰(かえ)らない

5 A「どうか　しましたか。」

B「何(なに)か　いい　におい（　　　）します。」

1　の　　2　を　　3　が　　4　に

もんだい２

6 A「日曜日(にちようび)は　ゴルフにでも　行(い)きますか。」

B「そうですね。それでは　＿＿＿　＿＿＿　＿★＿　＿＿＿　しましょう。」

1　に　　2　行(い)く　　3　ゴルフ　　4　ことに

7 小川(おがわ)「竹田(たけだ)さん、アルバイトで　ためた　＿＿＿　＿＿＿　＿★＿　＿＿＿　ですか。」

竹田(たけだ)「世界中(せかいじゅう)を　旅行(りょこう)したいです。」

1　何(なに)に　　2　つもり　　3　つかう　　4　お金(かね)を

8 町田(まちだ)「石川(いしかわ)さん。音楽会(おんがくかい)には　いつ　行(い)くのですか。」

石川(いしかわ)「来週(らいしゅう)の　日曜日(にちようび)に　＿＿＿　＿＿＿　＿★＿　＿＿＿　ます。」

1　思(おも)って　　2　と　　3　行(い)こう　　4　い

もんだい 1

1

Answer 2

（レストランで）
小林「鈴木さんは　（　　　）？」
鈴木「私は　サンドイッチに　しよう。」

1　何と　する　　2　何に　する　　3　何を　した　　4　何でした

（在餐廳裡）
小林：「鈴木先生要（點什麼）？」
鈴木：「我點三明治吧。」
1 那可怎麼好　　2 點什麼　　3 做了什麼　　4 究竟是什麼

「（名詞）にする」は、いくつかの選択肢の中から、ひとつを選択するときに使う。例：

・店員：こちらのかばんは軽くて使い易いですよ。
　客：じゃ、これにします。
・「どれにしようかな。どれもおいしそうだな」

※鈴木の「私はサンドイッチにしよう」の「しよう」は「する」の意向形で、「しようと思います」の「と思います」が省略されている。

「（名詞）にする／決定」用於從多個選項挑出其中一個選項的時候。例如：

・店員：這個包包既輕巧又方便喔！
　客人：那，我買這個。
・「選哪道好呢？每道菜看起來都是那麼美味可口」

※鈴木的答句「私はサンドイッチにしよう／我點三明治」，句中的「しよう／點吧」是「する／做」的意向形，而「しようと思います／我想做（點）」的「と思います／想」被省略了。

2

Answer 2

A「次の　交差点を　左に　曲がると　近い　かもしれません。」
B「じゃあ、左に　曲がって　（　　　）。」

1　しまう　　2　みよう　　3　よう　　4　おこう

A：「在下個路口左轉，或許比較近。」
B：「那麼，就左轉（看看）吧！」
1 完了　　2（嘗試）看看　　3 的様子　　4 就這樣吧

「（動詞て形）てみる」で、試しにすることを表す。例：

・日本に行ったら、温泉に入ってみたいです。

・（靴屋で）

客：この靴を履いてみてもいいですか。

店員：はい、どうぞ。

《他の選択肢》

1「（動詞て形）てしまう」は、完了や失敗を表す。例：

・その本はもう読んでしまいました。

・財布を忘れてしまいました。

4「（動詞て形）ておく」は準備などを表す。例：

・ビールは冷蔵庫に入れておきます。

・はさみは引き出しにしまっておいてください。

「（動詞て形）てみる／嘗試…看看」表示嘗試做某事。例如：

・如果去了日本，想去試一試泡溫泉

・（在鞋店）

客人：我可以試穿一下這雙鞋子嗎？

店員：可以的，您試穿一下。

《其他選項》

選項１：「（動詞て形）てしまう／…（動詞）了」表示完結或失敗。例如：

・那本書已經讀完了。

・忘了帶錢包出門。

選項４：「（動詞て形）ておく／預先…好、（做）…好」表示準備。例如：

・啤酒已經放進冰箱裡。

・剪刀請收進抽屜裡。

3 Answer **2**

彼は　病院に　行き（　　　）ない。

1　たがり　　2　たがら　　3　たがる　　4　たがれ

他不（想）去醫院。

1 想　　2 X　　3 想　　4 X

願望を表す「（動詞ます形）たい」に、他者の感情を表す「～がる」をつけたもの。例：

・「私」が主語→私は先生に会いたいです。

在表達願望的句型「（動詞ます形）たい／想」後面加上「～がる／覺得」，以表達他人的情感。例如：

・當「私／我」是主語時→我想和老師見面。

・「彼」が主語→彼は先生に会いたがっています。

問題文は「～たがる」の否定形「～たがらない」。例：

・うちの子供は薬を飲みたがらない。

・彼は誰もやりたがらない仕事を進んでやる人です。

・當「彼／他」是主語時→他想和老師見面。

題目是「～たがる／想…」的否定形「～たがらない／不想…」。例如：

・我家的孩子不願意吃藥。

・他是一個能將別人不願做的事做好的人。

4 Answer ❸

暗く　なって　きたから　そろそろ　（　　　）。

1　帰った　　2　帰って　いる　　3　帰ろう　　4　帰らない

天色暗下來了，差不多（該回去了）。

1 已經回去了　　2 正在回去的路上　　3 該回去了　　4 不回去

「そろそろ」は、その時間が近いということを表す。表す内容は未来のこと。例：

・そろそろお父さんが帰ってくる時間だよ。

・雨も止んだようだし、そろそろ出かけようか。

《他の選択肢》

「そろそろ」はこれからすること、これから起きることに使う。1は過去形、2は現在進行形、3は否定形なので×。

「そろそろ／差不多要…」表示與某個時間點很接近，而表達的內容則是未來的事。例如：

・該是爸爸快回來的時候了。

・雨好像也停了，差不多該出門了吧。

《其他選項》

「そろそろ」用在接下來要做的事，或接下來要發生的事上。選項 1 是過去式，選項 2 是現在進行式，選項 3 是否定式，所以都不是正確答案。

5 Answer ❸

A「どうか　しましたか。」
B「何か　いい　におい（　　　）します。」

1 の　　2 を　　3 が　　4 に

A：「怎麼了嗎？」
B：「好像（　）有股很香的味道。」
1 的　　2 X　　3 X　　4 於

人が匂いを感じるとき「匂いがする」という。「音がする」「味がする」など、感じることを表す。例：

- コーヒーの匂いがしますね。
- このスープは懐かしい味がします。
- 頭痛がするので、帰ってもいいですか。

人聞到味道時可用「匂いがする／聞到味道」的形容方式。「音がする／聽到聲音」「味がする／嚐到味道」等等都是用來表示感受。例如：

- 聞到一股咖啡香呢！
- 這道湯有著令人懷念的味道。
- 我頭痛，可以回去了嗎？

もんだい 2

6 Answer ❷

A「日曜日は　ゴルフにでも　行きますか。」
B「そうですね。それでは ＿＿＿ ＿＿＿ ＿★＿ ＿＿＿ しましょう。」

1 に　　2 行く　　3 ゴルフ　　4 ことに

A：「星期天要不要去打高爾夫球呢？」
B：「說的也是。那麼就決定去打高爾夫球了。」
1 X　　2 去　　3 高爾夫球　　4 決定

正しい語順：それではゴルフに行くことにしましょう。

「（動詞辞書形）ことにします」は、自分の意志で決めたと言いたいときの言い方である。例：

- 今日からタバコを止めることにします。

正確語順：那麼就決定去打高爾夫球了。

「（動詞辭書形）ことにします／決定」用於表達希望依照自己的意志做決定。例如：

- 決定從今天開始戒菸。

・読まない本は全部売ることにしました。

「～行くことにしましょう」で、「～」には「ゴルフに」が入る。「３→１→２→４」の順で問題の☆には２の「行く」が入る。

※Ａの「ゴルフにでも」の「でも」は主な例をあげて言う言い方である。
例：

・Ａ：疲れましたね。ちょっとお茶でも飲みませんか。

Ｂ：いいですね。じゃ、私がコーヒーをいれましょう。

・已經決定把家裡不再閱讀的舊書全部賣掉。

「～行くことにしましょう／就決定去～吧」中「～」的部分應填入「ゴルフに／打高爾夫球」，所以正確的順序是「３→１→２→４」，而☆的部分應填入選項２「行く／去」。

※Ａ說「ゴルフにでも／打高爾夫球」的「でも」是舉出主要選項的說法。例如：

・Ａ：有點累了耶。要不要喝杯茶或什麼呢？

Ｂ：好啊，那我來泡杯咖啡給你吧。

7 Answer ❸

小川「竹田さん、アルバイトで　ためた　＿＿＿　＿＿＿　＿★＿　＿＿＿　ですか。」
竹田「世界中を　旅行したいです。」

1　何に　　2　つもり　　3　つかう　　4　お金を

小川：「竹田先生，你打工存下來的錢打算怎麼使用呢？」
竹田：「我想去環遊世界。」
1 怎麼（用於何處）2 打算　　3 使用　　4 錢

正しい語順：アルバイトでためた<u>お金を何に使うつもり</u>ですか。

「ためた」は「ためる」のた形と考える。「アルバイトでためた」に続くのは「お金を」。文末の「ですか」の前に「何に」や「使う」は置けないので、「つもりですか」だと分かる。「何に使う」を「つもり」の前に入れる。「何に使う」は使う目的や対象を聞く言い方である。「４→１→３→２」の順で問題の☆には３の「つかう」が入る。

正確語順：你打工存下來的錢打算怎麼使用呢？

「ためた／存（錢）了」是「ためる／存（錢）」的過去式。在「アルバイトでためた／打工所存的」之後應填入「お金を／錢」。由於句尾的「ですか／呢」前面無法接「何に／怎麼」或「使う／使用」，所以只能填「つもりですか／打算…呢」。至於「何に使う／怎麼使用」則填在「つもり／打算」的前面。「何に使う／怎麼用」用於詢問對方使用目的或對象。所以正確的順序是「４→１→３→２」，而☆的部分應填入選項３「つかう／使用」。

8

Answer ❶

町田「石川さん。音楽会には　いつ　行くのですか。」
石川「来週の　日曜日に　＿＿＿　＿＿＿　＿★＿　＿＿＿　ます。」

1　思って　　2　と　　3　行こう　　4　い

町田：「石川小姐，妳什麼時候要去聽音樂會？」
石川：「我打算下週日去。」
1 打算　　2 X　　3 去　　4 X

正しい語順：来週の日曜日に行こうと思っています。

「いつ行くのですか」と聞いているので、返事は「来週の日曜日に行きます」という意味だと予想できる。「（動詞意向形）（よ）うと思っています」は、自分の意志や計画を相手に伝えるときの言い方である。例：

・将来は外国で働こうと思っています。
・来年結婚しようと思っています。

「3→2→1→4」の順で問題の☆には1の「思って」が入る。

※「（動詞意向形）（よ）うと思っています」は、以前からそう思っていたという気持ち（継続）を伝える言い方である。これに対して「（動詞意向形）（よ）うと思います」は、今そう思ったという意味が強い言い方である。例：

・1時間待ちましたが、誰も来ないので、もう帰ろうと思います。

正確語順：我打算下週日去。

詢問的是「いつ行くのですか／什麼時候去呢」，因此可以預測回答是「来週の日曜日に行きます／下週日去」。「（動詞意向形）（よ）うと思っています／打算」是向對方表達自己的意志與計畫時的說法。

・我將來打算到國外工作。
・我打算明年結婚。

正確的順序是「3→2→1→4」，問題☆的部分應填入選項1「思って／打算」。

※「（動詞意向形）（よ）うと思っています／打算」表達從以前就一直（持續）有的想法。相對的「（動詞意向形）（よ）うと思います／我想…」則強調現在的想法。例如：

・已經等了1個小時了，因為人都來所以想要回去了。

☑ 語法知識加油站！

▸ 動詞的意向形變化

❶ 第一類（五段動詞）

將動詞辭書形的詞尾，變為お段音（お、こ、そ、と…）假名，然後加上“う”讓它變長音就可以了。

例如：

会(あ)う → 会(あ)お → 会(あ)おう

住(す)む → 住(す)も → 住(す)もう

立(た)つ → 立(た)と → 立(た)とう

❷ 第二類（一段動詞）

去掉動詞辭書形的詞尾る，然後加上“よう”就可以了。

例如：

降(お)りる → 降(お)り → 降(お)りよう

開(あ)ける → 開(あ)け → 開(あ)けよう

捨(す)てる → 捨(す)て → 捨(す)てよう

❸ 第三類（カ・サ変動詞）

將来(く)る變成“来(こ)よう”；將する變成“しよう”就可以了。

例如：

来(く)る → 来(こ)よう

する → しよう

連(つ)れて来(く)る → 連(つ)れて来(こ)よう

Chapter 05

判斷及推測的說法

1 文法闖關大挑戰

文法知多少？請完成以下題目，從選項中，選出正確答案，並完成句子。
《答案詳見右下角。》

1 （天気予報）明日は曇り（　　）。
1. でしょう
2. だろうと思います

（氣象預報）明天應該是陰天。
1. でしょう：…吧
2. だろうと思います：我想…

2 理恵ちゃんは、男は全部自分のものだ（　　）。
1. と思う　2. と思っている

理惠覺得天底下的男人全都在她的手掌心裡。
1. と思う：覺得…
2. と思っている：覺得…

3 高かったんだから、きっとおいしい（　　）。
1. かもしれない　2. はずだ

既然那麼貴，應該一定很好吃。
1. かもしれない：也許…
2. はずだ：應該

4 お金が空から降って（　　）。
1. こないはずだ
2. くるはずがない

錢絕不可能從天上掉下來。
1. こないはずだ：應該不會來
2. くるはずがない：絕不可能來

5 水も食べ物もなくて、（　　）になりました。
1. 死にそう　2. 死ぬそう

那時沒有水也沒有食物，好像要死掉了。
1. 死にそう：好像要死掉
2. 死ぬそう：聽說會死掉

6 足が大根の（　　）太くて、いやです。
1. ように　2. みたいに

我的腿簡直就像白蘿蔔那般粗，討厭死了！
1. ように：好像
2. みたいに：好像

7 あそこの家、幽霊が出る（　　）よ。
1. らしい　2. ようだ

那一間房屋，聽說鬧鬼喔。
1. らしい：聽說
2. ようだ：好像

答案：(1) 1　(2) 2　(3) 2　(4) 2
(5) 1　(6) 1　(7) 1

2 判斷及推測的說法總整理

推測（依據性較低）

□だろう 比較 （だろう）と思う
□と思う 比較 と思っている
□かもしれない 比較 はずだ

判斷（依據性較高）

□はずだ 比較 はずがない
□そう 比較 そうだ
□ようだ 比較 みたいだ
□らしい 比較 ようだ

心智圖

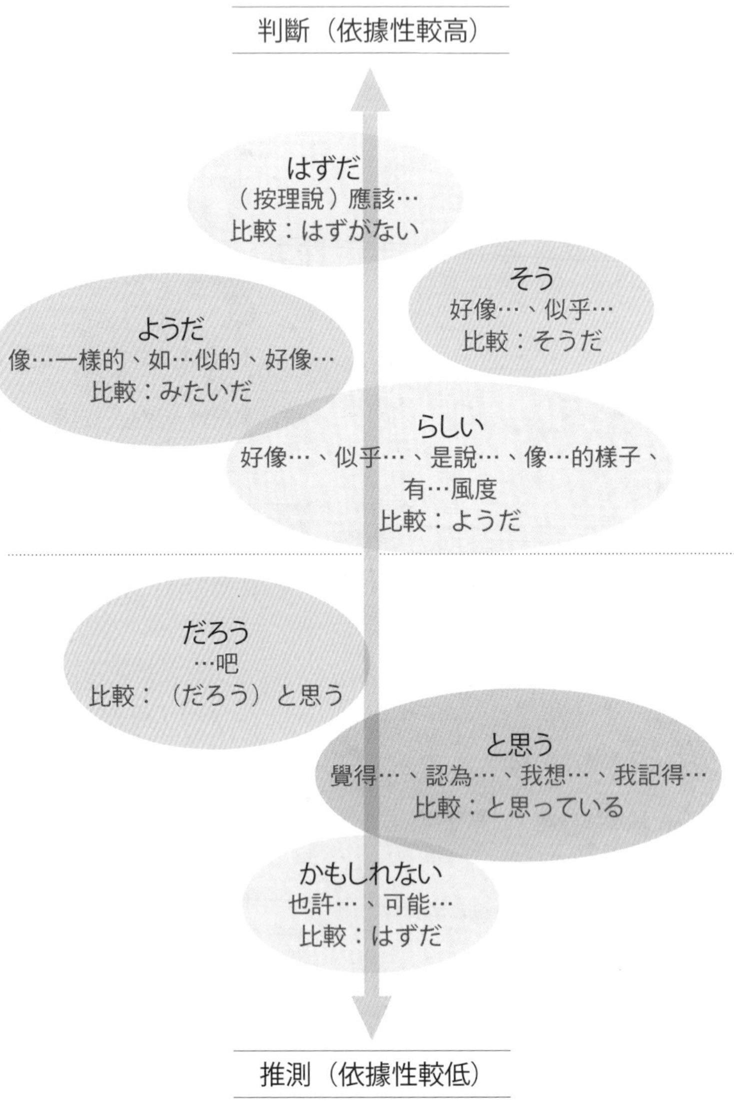

判斷（依據性較高）

はずだ
（按理說）應該…
比較：はずがない

そう
好像…、似乎…
比較：そうだ

ようだ
像…一樣的、如…似的、好像…
比較：みたいだ

らしい
好像…、似乎…、是說…、像…的樣子、有…風度
比較：ようだ

だろう
…吧
比較：（だろう）と思う

と思う
覺得…、認為…、我想…、我記得…
比較：と思っている

かもしれない
也許…、可能…
比較：はずだ

推測（依據性較低）

3 文法比較－判斷及推測的說法

T-05

1

だろう
…吧

比較

（だろう）と思う
（我）想…、（我）認為…

「動詞・形容詞終止形；體言；形容動詞詞幹＋だろう」使用降調，表示說話人對未來或不確定事物的推測，而且說話人對自己的推測有相當大的把握。常跟副詞「たぶん、きっと」等一起使用。口語時，女性多用「でしょう」。

例 **「今(いま)、何時(なんじ)？」「１時(じ)ごろだろう。」**

「現在幾點？」「大概１點左右吧。」

例 **試合(しあい)はきっと面白(おもしろ)いだろう。**

比賽一定很有趣吧！

「動詞・形容詞終止形；體言；形容動詞詞幹＋（だろう）と思う」意思幾乎跟「だろう」相同，不同的是，「と思う」比「だろう」更清楚地說出推測的內容，但推測的內容只是說話人主觀的判斷。由於「だろうと思う」說法比較婉轉，所以讓人感到比較鄭重。

例 **このお菓子(かし)は高(たか)かっただろうと思(おも)う。**

我想這種糕餅應該很貴吧。

比較點

＊ 自言自語的「推測」要用哪個？

「だろう」可以用在把自己的推測跟對方說，或自言自語時；「（だろう）と思う」只能用在跟對方說自己的推測，而且也清楚表達這個推測是說話人個人的見解。

2

と思(おも)う
覺得…、認為…、我想…、我記得…

比較

と思(おも)っている
認為…

「動詞・形容詞普通形；體言＋だ；形容動詞詞幹だ＋と思う」表示說話人有某個想法、感受或意見。「と思う」只能用在第一人稱。前面接名詞或形容動詞時，要加上「だ」。

例 **今日(きょう)は傘(かさ)を持(も)っていったほうがいいと思(おも)うよ。**

我想今天還是帶傘出門比較好喔。

「動詞・形容詞普通形；體言＋だ；形容動詞詞幹だ＋と思っている」表示某人一直的某個想法、感受或意見。請注意，主語不一定是說話人。

例 **お母(かあ)さんは、私(わたし)が嘘(うそ)をついたと思(おも)っている。**

媽媽認為我撒了謊。

比較點

＊「想法」哪裡不同？

「と思う」表示說話人當時的想法、意見等；「と思っている」表示想法從之前就有了，一直持續到現在。另外，「と思っている」的主語沒有限制一定是說話人。

3

かもしれない
也許…、可能…

比較

はずだ
（按理說）應該…；怪不得…

「用言終止形；體言＋かもしれない」表示說話人不確切的推測。推測內容的正確性雖然不高，但是有可能發生。肯定跟否定都可以用。跟「～かもしれない」相比，「～と思います」、「～だろう」的說話人，對自己推測都有較大的把握。推測把握度依序是：と思います＞だろう＞かもしれない。

例 **暗くなってきた。雨になるかもしれない。**
天色暗下來了。或許會下雨。

以「用言連體形；體言の＋はずだ」的形式，表示說話人根據事實、理論或自己擁有的知識來推測出結果，是主觀色彩強，較有把握的推斷；也可以表示說話人對原本不可理解的事物，在得知其充分的理由後，而感到信服。

例 **台湾のお正月は旧正月のはずだ。**
台灣的新年應該是過舊曆年吧。

例 **彼は弁護士だったのか。道理で法律に詳しいはずだ。**
他是律師啊。怪不得很懂法律。

比較點
＊ 是「也許」，還是「應該」？
「かもしれない」用在正確性較低的推測；「はずだ」是說話人根據事實或理論，做出有把握的推斷。

4

はずだ
（按理說）應該…；怪不得…

比較

はずがない
不可能…、不會…、沒有…的道理

以「用言連體形；體言の＋はずだ」的形式，表示說話人根據事實、理論或自己擁有的知識來推測出結果，是主觀色彩強，較有把握的推斷；表示否定判斷時，通常不會用「はずではない」，而是用「ないはずだ」。當過去預設的判斷和現在情況不合的時候，則用「はずではなかった」。另外，也可以表示說話人對原本不可理解的事物，在得知其充分的理由後，而感到信服。

例 **金曜日の3時ですか。大丈夫なはずです。**
星期五的3點嗎？應該沒問題。

例 **7月に雪は降らないはずだ。**
7月應該不會下雪。

以「用言連體形＋はずが（は）ない」的形式，表示說話人根據事實、理論或自己擁有的知識，來推論某件事不可能實現，屬於主觀色彩強、較有把握的推斷；「はずない」是較口語的用法。

例 **7月に雪が降るはずがない。**
7月絕不可能下雪。

例 **花子が知らないはずない。**
花子不可能不知道。

比較點
＊ 哪個是「應該」，哪個是「不可能」？
「はずだ」是說話人根據事實或理論，做出有把握的推斷；「はずがない」是說話人推斷某事不可能發生。

5

そう 好像…、似乎… 比較 そうだ 聽說…、據說…

「動詞連用形；形容詞・形容動詞詞幹＋そう」表示說話人根據自己的經驗，而做出判斷；形容詞「よい」、「ない」接「そう」，會變成「よさそう」、「なさそう」；當說話人是女性時，常將「そうだ」省略為「そう」。

例 空（そら）が暗（くら）くなってきた。雨（あめ）になりそうだよ。

天空變暗了。看起來好像會下雨耶！

例「これでどうかな。」「よさそうだね。」

「你覺得這樣好不好呢？」「看起來不錯啊。」

例 どうしたの。気分（きぶん）が悪（わる）そうね。

怎麼了？你好像不太舒服耶！

「用言終止形＋そうだ」、「名詞＋だそうだ」表示傳聞。指消息不是自己直接獲得的，而是從別人那裡，或報章雜誌等地方得到的；表示信息來源的時候，常用「～によると」（根據）或「〇〇の話では」（聽〇〇說…）等形式；說話人是女性時，有時會用「そうよ」。這個文法不能改成否定形或過去式。

例 今日（きょう）は、午後（ごご）から雨（あめ）になるそうだよ。

聽說今天下午會下雨喔。

例 先輩（せんぱい）の話（はなし）では、リーさんはテニスが上手（じょうず）だそうだ。

從學長姊那裡聽說，李小姐的網球打得很好。

例 彼（かれ）の話（はなし）では、桜子（さくらこ）さんは離婚（りこん）したそうよ。

聽他說櫻子小姐離婚了。

比較點

＊ 是「好像」，還是「聽說」？

「そう」前接動詞連用形或形容詞・形容動詞詞幹，意思是「好像」；「そうだ」前接用言終止形或「名詞＋だ」，意思是「聽說」。

6

ようだ
像…一樣的、如…似的；好像…

比較

みたいだ
好像…

以「用言連體形；體言の＋ようだ」的形式，表示把事物的狀態、形狀、性質及動作狀態，比喻成另一個不同的事物；另外，也可用在說話人從各種情況，來推測人或事物是後項的情況，但這通常是說話人主觀、根據不足的推測。「ようだ」的活用跟形容動詞一樣。

例 **あそこに羊のような形の雲があります。**

那邊有一朵形狀像綿羊的雲。

例 **公務員になるのは、難しいようです。**

要成為公務員好像很難。

以「體言；動詞・形容詞連體形；形容動詞詞幹＋みたい（だ）、みたいな」的形式，用在將某事物比喻成另一個不同的事物；也可表示不確定的推測或判斷；「みたいだ」的活用跟形容動詞一樣，後接名詞時，要用「みたいな＋名詞」。

例 **あれ、髪に虫みたいなのがついているよ。**

咦，你頭髮上黏著一個好像是蟲的東西耶！

比較點

＊「好像」但還是不一樣

「ようだ」跟「みたいだ」意思都是「好像」，但「ようだ」前接名詞時，用「N＋の＋ようだ」；「みたいだ」大多用在口語，前接名詞時，用「N＋みたいだ」。

7

らしい 好像…、似乎…；說是…、好像…；像…樣子、有…風度

比較

ようだ 好像…；像…一樣的、如…似的

以「動詞・形容詞終止形；形容動詞詞幹；體言＋らしい」的形式，表示從眼前可以觀察到狀況，來進行判斷；又指說話人根據外部聽來的內容，進行推測，含有推測、責任不在自己的語氣；也可表示充分反應出該事物的特徵或性質。

例 **王さんがせきをしている。風邪を引いているらしい。**

王先生在咳嗽。他好像是感冒了。

例 **テレビで言っていたが、犯人はまだ逃走中らしい。**

我聽電視節目裡說了，嫌犯目前似乎仍在逃亡。

例 **あの人は本当に男らしい。**

那個人真有男子氣概。

以「用言連體形；體言の＋ようだ」的形式，表示說話人從各種情況，來推測人或事物是後項的情況，但這通常是說話人主觀、根據不足的推測；另外，也可用在把事物的狀態、形狀、性質及動作狀態，比喻成另一個不同的事物。「ようだ」的活用跟形容動詞一樣。

例 **（N３の本を見て）私にはまだ難しいようです。**

（看著N３級的書）這對我來說似乎還太難。

例 **ここから見ると、家も車もおもちゃのようです。**

從這裡看下去，房子和車子都好像玩具一樣。

比較點

＊ 不一樣的「推測」法

「らしい」通常傾向根據傳聞或客觀的證據，做出推測；「ようだ」比較是以自己的想法或經驗，做出推測。

4 新日檢實力測驗

もんだい1

1 （教室で）

A「田中君は　今日は　学校を　休んで　いるね。」

B「風邪を　ひいて　いる　（　　　）　よ。」

1　ので　　2　とか　　3　らしい　　4　ばかり

2 A「山本君は　まだ　来ませんね。」

B「来ると　言って　いたから　必ず　来る　（　　　）。」

1　ところです　　2　はずです　　3　でしょうか　　4　と　いいです

3 あの　雲を　見て　ください。犬の　（　　　）　形を　してますよ。

1　みたいな　　2　そうな　　3　ような　　4　はずな

もんだい2

下の　文章は　「日本の　秋」に　ついての　作文です。

「台風」

エイミー・ロビンソン

去年の　秋、わたしの　住む　町に　台風が　きました。天気予報では　とても　大きい　台風だと　放送して　いました。

アパートの　となりの　人が、「部屋の　外に　置いて　ある　ものが　飛んで　いく　［ 4 ］　から、部屋の　中に　［ 5 ］　よ。」と　言いました。わたしは、外に　出して　ある　ものが　飛んで　［ 6 ］　、中に　入れました。

夜に　なって、とても　強い　風が　ずっと　ふいて　いました。まどの　ガラスが　［ 7 ］　、とても　こわかったです。

朝に　なって　外に　出ると、空は　うその　ように　晴れて　いました。風に　［ 8 ］　飛んだ　木の葉が、道に　たくさん　落ちて　いました。

4

1　と　いい　　2　かもしれない

3　はずが　ない　　4　ことに　なる

5

1　入れようと　する　　2　入れて　おくかもしれない

3　入れて　おく　はずです　　4　入れて　おいた　ほうが　いい

6

1　いくのに　　2　いくらしいので

3　いかないように　　4　いくように

7

1　われそうで　　2　われないで

3　われるらしく　　4　われるように

8

1　ふく　　2　ふいて　　3　ふかせて　　4　ふかれて

5 翻譯與解題

もんだい 1

1 Answer ❸

（教室で）

A「田中君は　今日は　学校を　休んで　いるね。」

B「風邪を　ひいて　いる（　　　）よ。」

1　ので　　2　とか　　3　らしい　　4　ばかり

（在教室裡）
A：「田中同學今天向學校請假了呢。」
B：「（聽說）他感冒了喔。」
1 因為　　2 說是　　3 聽說　　4 老是

見たり聞いたりしたことから判断したことを表す「らしい」を選ぶ。問題文では、Bは田中君が風邪をひいていることを、田中君か他の誰かから直接、または噂で、聞いたと考えられる。例：

- 駅前で人が騒いでいる。事故があったらしい。
- A：酷い雨ですね。
  B：台風が来ているらしいですよ。

《他の選択肢》

1「ので」は理由を表すが、「ので」に「よ」はつかない。「風邪をひいているので」なら○だが、これは相手に理由を説明していることから、はっきりと理由を知っているときに使う言い方。

2「とか」は、「らしい」のように、人から聞いた話を伝える言い方だが、「とか」に「よ」はつかない。「風邪をひいているとか」なら○。

應該選擇根據看見或聽到的訊息作出判斷的「らしい／聽說」。依照題目的敘述，B是從田中同學或其他人那裡直接或間接得知田中同學感冒了。例如：

- 車站前擠著一群人鬧烘烘的，好像發生意外了。
- A：好大的雨呀！
  B：聽說颱風快來了喔。

《其他選項》

選項1：雖然「ので／因為」是用來表示理由，但是「ので」後面不會接「よ／喔」。如果是「風邪をひいているので／因為得了感冒」則為正確的敘述方式，但這是在確切知道理由並向對方說明的時候使用。

選項2：「とか／說是」就像「らしい／聽說」，也是轉述從別人那裡聽到的訊息，但「とか」後面不會接「よ」，如果是「風邪をひいているとか／說是感冒了」則為正確的敘述方式。

3「風邪をひいてばかりいる」で、よく風邪をひく、という頻度を表す。「ひいているばかり」は不自然。

選項３：「風邪をひいてばかりいる／老是感冒」的意思是時常感冒，表示頻率的用法。但是「ひいているばかり」的敘述方式並不通順。

2

Answer ❷

A「山本君は　まだ　来ませんね。」
B「来ると　言って　いたから　必ず　来る　（　　）。」
1　ところです　　2　はずです　　3　でしょうか　　4　と　いいです

A：「山本同學還沒來呢。」
B：「他說要來，所以（應該）會來的。」
1 正要…的時候　2 應該　3 是那樣嗎　4 那就好了

「来ると言っていた」「必ず」と言っている。根拠（判断するための理由）があって、話者がそう信じていると伝えたいとき、「～はずです」を使う。
例：
・荷物は昨日送りましたから、今日そちらに着くはずです。
・高いワインですから、おいしいはずですよ。
「必ず」は可能性が非常に高いことを表す。
《他の選択肢》
1「（動詞辞書形）ところです」は、直前の様子を表す。事実を伝える言い方で、「必ず」はつかない。
3「でしょうか」は疑問を表す。「必ず」と強く信じていることから×。推測を表す「でしょう」なら○。

由於對話中提到「来ると言っていた／說要來」與「必ず／一定」。所以表達有所根據（做出某判斷的理由），且說話者也深信此根據並想借此傳達時，則用「～はずです／應該」。例如：
・包裹已於昨天寄出了，今天應該就會送達那裡。
・紅酒十分昂貴，應該很好喝喔。
「必ず」表示可能性非常高。
《其他選項》
選項１：「(動詞辭書形)ところです／正要…的時候」表示馬上要做的動作前的樣子。因為是用於傳達事實，所以後面不會接「必ず／一定」。
選項３：「でしょうか／是那樣嗎」用於表示疑問。而「必ず」是表示深信某事，所以不正確。如果改用表示推測的「でしょう／…吧」則正確。

4「来るといいです」は願望を表す、これも、「必ず」と信じていることから×。

選項４：「来るといいです／來那就好了」用於表示願望，也是因為和表示深信某事的「必ず」語意不合，所以不正確。

3

Answer ③

あの　雲を　見て　ください。犬の　（　　　）　形を　してますよ。

1　みたいな　　2　そうな　　3　ような　　4　はずな

請看那片雲！（好像）狗的形狀耶！

1 就像　　2 好像　　3 好像　　4 應該是

「（名詞）のような」で、例えを表す。

例：

・その果物はお菓子のような味がした。

・屋上から見る町は、おもちゃのようだ。

《他の選択肢》

1「犬みたいな」なら○。「～みたいな」と「～のような」は同じ意味だが、「～みたいな」のほうが口語的。

2「～そう（な）」は、動詞や形容詞について、直前の様子や今見える様子を表す。例：

・強い風で木が倒れそうです。

・おいしそうなスープですね。

3「はず」は、理由があって話者がそう信じているときの言い方。

「（名詞）のような／好像」表示舉例的意思。例如：

・那種水果嚐起來像糖果。

・從屋頂上俯瞰整座城鎮，猶如玩具模型一般。

《其他選項》

選項１：如果是「犬みたいな／像狗一樣」則為正確的敘述方式。雖然「～みたいな／好像」與「～のような」意思相同，但「～みたいな」較為口語。

選項２：「～そう（な）／好像」前接動詞或形容詞，表示動作發生稍前的狀況或現在所見所聞的狀態。例如：

・在強風吹襲下，樹木都快倒了。

・這湯看起來很美味喔。

選項３：「はず／應該」用在說話者有所依據（某判斷的理由）並且深信該依據時。

もんだい 2

4 ～ **8**

下の　文章は　「日本の　秋」に　ついての　作文です。

「台風」

エイミー・ロビンソン

去年の　秋、わたしの　住む　町に　台風が　きました。天気予報では　とても　大きい　台風だと　放送して　いました。

アパートの　となりの　人が、「部屋の　外に　置いて　ある　ものが　飛んで　いく　**4**　から、部屋の　中に　**5**　よ。」と　言いました。わたしは、外に　出して　ある　ものが　飛んで　**6**　、中に　入れました。

夜に　なって、とても　強い　風が　ずっと　ふいて　いました。まどの　ガラスが　**7**　、とても　こわかったです。

朝に　なって　外に　出ると、空は　うその　ように　晴れて　いました。風に　**8**　飛んだ　木の葉が、道に　たくさん　落ちて　いました。

下方的文章是以「日本的秋天」為主題所寫的文章。

〈颱風〉

艾咪・羅賓森

去年秋天，颱風侵襲了我居住的城鎮。電視上的氣象預報說這是一個威力非常強大的颱風。當時，公寓的鄰居告訴我：「放在屋外的東西說不定會飛走，最好先把東西搬進屋裡吧。」為了不讓東西飛走，我把放在外面的東西搬到了屋內。

到了晚上，強風不斷吹襲。窗戶的玻璃簡直快裂開了，我非常害怕。
天亮後到外面一看，晴朗的天空彷彿什麼事都沒發生過似的。滿地掉的都是被風吹落的樹葉。

4

Answer ❷

1　と　いい	2　かもしれない	3　はずが　ない	4　ことに　なる
1 就好了	2 說不定	3 不可能	4 決定

台風で、「…ものが飛んでいく（　）」と言っている。その可能性がある、という意味の「かもしれない」が○。

文中提到由於颱風而導致「…ものが飛んでいく（　）／東西飛走」，所以應該選擇具有「可能」含意的選項「かもしれない／可能、也許」。

《他の選択肢》

1「ものが飛んでいく」と「よくない」と考えて、1「といい」は反対なので×。

3「はずがない」は、その可能性はない、という意味で、本文の意味から×。

4「ことになる」は、そのことが（自分の意志と関係なく）決定しているという意味。例：

・来月から大阪工場で働くことになりました。

台風でものが飛んでいくことは、決まっていることではないので、×。

《其他選項》

選項1：「東西飛走」應該往「不好」的方向思考，但是選項1「といい／…就好了」與文意相反，所以不是正確答案。

選項3：「はずがない／不可能」表示不具有可能性，與本文文意不符，所以不是正確答案。

選項4：「ことになる／決定」表示這件事已經（於非出自本人意願的情況下）是既成事實了。例如：

・從下個月起要到大阪的工廠上班了。

但是颱風來襲，並不是一定就會把東西吹跑，所以不是正確答案。

5　　Answer 4

1　入れようと　する　　2　入れて　おくかもしれない
3　入れて　おく　はずです　　4　入れて　おいた　ほうが　いい

| 1 試著放進去　2 或許搬進去　3 應該搬進去了　4 最好先搬進去

「5よ。」の終助詞「よ」は、相手に何かを教えるときの言い方。アパートの隣の人は、台風が来たので、「部屋の外に置いてあるものを、部屋の中に入れる」ことを、私に勧め、教えてくれている。

※「（動詞た形）ほうがいい」は、相手に提案したり、勧めたりする言い方。例：

・朝ご飯はちゃんと食べたほうがいいですよ。

「5よ／喔」的語尾助詞「よ」可用於告知對方某些訊息的時候。因為颱風要來了，所以公寓的鄰居建議並教我，「部屋の外に置いてあるものを、部屋の中に入れる／把在外面的東西搬到屋內」。

※「（動詞た形）ほうがいい／最好」用於向對方提議或建議的時候。例如：

・早餐最好吃得營養。

※「（動詞て形）おきます」は準備をしたり、片付けたりするときの言い方。例：

・ビールを冷蔵庫に入れておいてください。

・使ったコップは洗っておきます。

※「（動詞て形）おきます／（事先）做好」用於準備或整理的時候。例如：

・請事先把啤酒放進冰箱裡。

・把用過的杯子清洗乾淨。

6 Answer **3**

1　いくのに　　2　いくらしいので　　3　いかないように　　4　いくように

| 1 都要飛走了　　2 因為似乎會飛走　　3 不讓東西飛走　　4 讓東西飛走

「（動詞辞書形／ない形）ように」で、目標を表す。

文の意味から、「外に出してあるものが飛でいかない」ことが望ましいので、３を選ぶ。例：

・子供にも読めるように、ひらがなで書きます。

・風邪をひかないように、部屋を暖かくします。

「（動詞辭書形／ない形）ように／為了不」用於表達目的。根據文章的意思，希望「外に出してあるものが飛でいかない／不讓放在外面的東西飛走」，所以正確答案是選項３。例如:

・為了讓孩童易於閱讀，標上平假名。

・為了怕感冒，把房間弄暖和。

7 Answer **1**

1　われそうで　　2　われないで　　3　われるらしく　　4　われるように

| 1 簡直快裂開了　　2 不讓玻璃裂開　　3 好像要裂了　　4 為了讓玻璃裂開

「（動詞ます形）そうだ」で、様態を表す。様子を見て、もうすぐそうなる、と思ったときの言い方。正解の「ガラスが割れそうで」は、「（私は）もうすぐガラスが割れると感じて」という意味。実際には割れていない。例：

「（動詞ます形）そうだ／簡直…似的」用於表達狀態，形容看到一個情境，覺得好像快要變成某一種狀態了。正確答案是「ガラスが割れそうで／窗戶的玻璃簡直快裂開了」，意思是「（我）覺得窗戶的玻璃好像就要裂開了」，而並非真的裂開了。例如：

・西の空が暗いですね。雨が降りそうです。

・シャツのボタンがとれそうですよ。

・おなかがすいて、死にそうです。

《他の選択肢》

2「とてもこわかった」と言っているので、「割れないで」は×。

3「〜らしい」は、見たり聞いたりしたことから判断したことを伝える言い方。例：

・裕子さんが泣いている。彼氏とけんかしたらしい。

次の「〜らしい」は伝聞を表している。例：

・天気予報によると、明日は雨らしい。

どちらも、問題文の意味にあわないので×。

4「（動詞辞書形）ように」は、目標を表す。

・西邊天色昏暗，看起來可能會下雨。

・襯衫的鈕扣好像要脫落了。

・肚子好餓，簡直就快餓死了。

《其他選項》

選項２：因為文章裡寫的是「とてもこわかった／我非常害怕」，所以不能選「割れないで／不讓玻璃裂開」。

選項３：「〜らしい／好像〜」是表示根據看到或聽到的事實下判斷的用法。例如：

・裕子小姐在哭。好像是和男朋友吵架了。

另外，「〜らしい」也可以用於表示傳聞。例如：

・根據氣象預報，明天可能會下雨。

兩種解釋都與題目的文意不符，所以不是正確答案。

選項４：「（動詞辭書形）ように／為了」用於表達目的。

8

Answer ❹

1　ふく	2　ふいて	3　ふかせて	4　ふかれて
1 吹	2 吹	3 讓風吹	4 被風吹

基本の文は「木の葉が道に落ちていました」。「風に 8 飛んだ」は「木の葉」を修飾する語句。この部分を文にすると、「木の葉が風に 8 飛んだ」となる。「木の葉」が主語なので、「ふく」の受身形の「ふかれる」を選ぶ。

→能動形の文：風がふいて、木の葉を飛ばした。（「飛ばす」は「飛ぶ」の他動詞）

基本句是「木の葉が道に落ちていました／滿地掉的都是被風吹落的樹葉」，而「風に 8 飛んだ／被風吹落」是修飾「木の葉／樹葉」的句子，兩個句子組合起來變成「木の葉が風に 8 飛んだ／樹葉被風吹落」。由於「木の葉」是主語，所以答案應該選「ふく／吹落」的被動形「ふかれる／被吹落」。

→能動形的句子：風吹過，把樹的葉子吹走。（「飛ばす／吹」是「飛ぶ」的他動詞）

Chapter 06

可能、難易、過度、引用及對象的說法

1 文法闖關大挑戰

文法知多少？請完成以下題目，從選項中，選出正確答案，並完成句子。

《答案詳見右下角。》

1 私はバイオリンが（　　）。

1. 弾くことができます
2. 弾けます

我會拉小提琴。
1.弾くことができます：會拉
2.弾けます：會拉

2 この本は字が大きいので、お年寄りでも読み（　　）です。

1. やすい　2. にくい

因為這本書的字體很大，所以上了年紀的讀起來也很輕鬆。
1.やすい：容易…
2.にくい：不容易…

3 飲み（　　）よ。もうやめたらどう。

1. すぎた　2. すぎだ

你酒喝得太多了啦！不要再喝了吧。
1.すぎた：太…
2.すぎだ：太…

4 週末はいい天気だろう（　　）。

1. そうだ
2. ということだ

聽說週末應該是好天氣。
1.そうだ：聽說…
2.ということだ：聽說…

5 天気予報では晴れ（　　）のに、雨が降ってきた。

1. という　2. と言った

氣象預報分明預測了是晴天，結果卻下起雨來了。
1.という：X
2.と言った：說…

6 彼女は、男性（　　）は態度が違う。

1. について　2. に対して

她對男性的態度就不一樣。
1.について：有關…
2.に対して：對於…

答案：(1) 2　(2) 1　(3) 2　(4) 2
(5) 2　(6) 2

2 可能、難易、過度、引用及對象的說法總整理

可能、程度

□ことができる 比較（ら）れる
□やすい 比較 にくい
□すぎる 比較 すぎだ

引用、對象

□そうだ 比較 ということだ
□という 比較 と言う／書く／聞く
□について 比較 に対して

心智圖

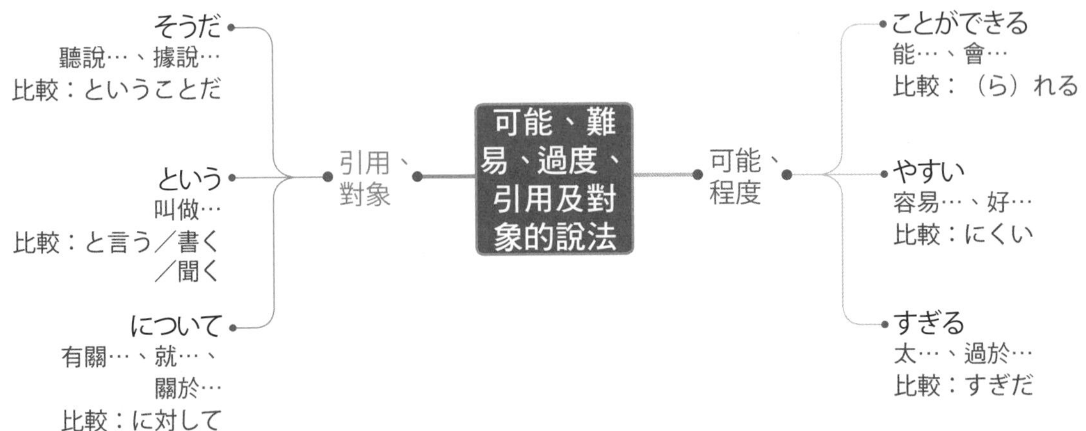

3 文法比較－可能、難易、過度、引用及對象的說法

T-06

1

ことができる 能…、會…　比較　**（ら）れる** 會…；能…

以「動詞辭書形＋ことができる」的形式，表示在外部的狀況、規定等客觀條件允許時可能辦到；或是技術上、身體的能力上，能夠做的。說法比「動詞可能形」還要書面語一些。

例 **私(わたし)も会場(かいじょう)に入(はい)ることができますか。**

我也可以進會場嗎？

例 **僕(ぼく)は 100 メートルを 11 秒(びょう)で走(はし)ることができる。**

我可以百公尺跑 11 秒。

「一段動詞・カ變動詞未然形＋られる」、「五段動詞未然形；サ變動詞未然形さ＋れる」表示可能，跟「ことができる」意思幾乎一樣。只是「動詞可能形」比較口語。表示具有某種能力；日語中，他動詞的對象用「を」表示，但是在使用可能形的句子裡，「を」常會改成「が」；從周圍的客觀環境條件來看，有可能做某事。

例 **卓也君(たくやくん)と俊君(しゅんくん)、どっちもすてきで選(えら)べない。**

卓也和俊兩個人都很迷人，我沒辦法作選擇。

例 **マリさんはお箸(はし)が使(つか)えますか。**

瑪麗小姐會用筷子嗎？

比較點

＊「能力」的不同表現方式

「ことができる」跟「（ら）れる」都表示能做到某事，但接續不同，前者用「動詞辭書形＋ことができる」；後者用「一段動詞・カ變動詞未然形＋られる」或「五段動詞未然形；サ變動詞未然形さ＋れる」。另外，「ことができる」是比較書面的用法。

2

やすい 容易…、好…　比較　**にくい** 不容易…、難…

「動詞ます形＋やすい」表示某行為、動作很容易做，或某件事很容易發生、性質上很容易有那樣的傾向。「やすい」的活用變化跟「い形容詞」一樣。

例 **このスカートは、茶色(ちゃいろ)なのでコーディネートしやすいです。**

這件裙子是褐色的，所以很容易搭配。

「動詞ます形＋にくい」表示某行為、動作不容易做，或某件事不太會發生、性質上不太會有那樣的傾向。「にくい」的活用跟「い形容詞」一樣。

例 **このペンは細(ほそ)くて持(も)ちにくいです。**

這枝筆太細了，不容易握。

比較點

＊ 哪個是「容易」，哪個是「不容易」？

「やすい」和「にくい」意思相反，「やすい」表示某事很容易做；「にくい」表示某事做起來有難度。

3

すぎる 太…、過於…　比較　**すぎだ** 太…

以「形容詞・形容動詞詞幹；動詞ます形＋すぎる」的形式，表示程度超過限度或一般水平，達到過份的狀態；前接「ない」，要用「なさすぎる」的形式。另外，前接「良い(いい／よい)」，不會用「いすぎる」，必須用「よすぎる」。

例 **おいしかったから、食(た)べ過(す)ぎた。**

因為太好吃了，結果吃太多了。

例 **君(きみ)は自分(じぶん)に自信(じしん)がなさすぎるよ。**

你對自己太沒信心了啦！

以「形容詞・形容動詞詞幹；動詞連用形＋すぎだ」的形式，表示某個狀況或事態，程度超過一般水平。

例 **あの子(こ)はちょっと痩(や)せ過(す)ぎだ。**

那個孩子有點太瘦了。

比較點

＊「超過」怎麼分？

「すぎる」跟「すぎだ」都用在程度超過一般狀態，但「すぎる」結合另一個單字，作動詞使用；「すぎだ」的「すぎ」結合另一個單字，作名詞使用。

4

そうだ 聽說…、據說…　比較　**ということだ** 聽說…、據說…

「用言終止形＋そうだ」、「名詞＋だそうだ」表示傳聞。指消息不是自己直接獲得的，而是從別人那裡，或報章雜誌等地方得到的，如例句；表示信息來源的時候，常用「～によると」（根據）或「〇〇の話では」(聽〇〇說…）等形式；說話人是女性時，有時會用「そうよ」。這個文法不能改成否定形或過去式。

例 **魏(ぎ)さんは独身(どくしん)だそうだ。**

聽說魏先生還是單身。

「簡體句＋ということだ」表示傳聞。用在傳達從別處聽來，而且內容非常具體、明確的訊息，或是說話人回想起之前聽到的消息。可以跟「とのことだ」替換。

例 **魏(ぎ)さんは独身(どくしん)だということだったが、実(じつ)は結婚(けっこん)していた。**

原本以為魏先生還是單身，其實他已經結婚了。

比較點

＊「傳聞」說法可不可以用過去形？

「そうだ」不能改成「そうだった」，不過「ということだ」可以改成「ということだった」。另外，當知道傳聞與事實不符，或傳聞內容是推測的時候，不用「そうだ」，而是用「ということだ」。

という
叫做…

比較

と言う／書く／聞く
說…（是）…；寫著…；聽說…

針對電話、通知、報章雜誌等訊息，或是規則、評價、事件等內容進行說明。後面要接名詞。

例 **息子から金を送ってくれという電話が来た。**
兒子打了電話來要錢。

「句子＋と言う／書く／聞く」表示引用。

例 **社長に「明日から来なくていい」と言われました。**
我被董事長說「從明天起不必再來了」。

比較點
＊ 是「內容說明」，還是「引用」？
「という」針對電話等內容提出來作說明；「と言う／書く／聞く」表示引用某人說過、寫過，或是聽到的內容。

6

について 有關…、就…、關於…

比較

に対して 向…、對（於）…

以「體言＋について（は）、につき、についても、についての」的形式，表示前項先提出一個話題，後項再針對這個話題進行說明。

例 **日本のアニメについて研究しています。**
我正在研究日本的卡通。

「體言＋に対して（は）、に対し、に対する」的形式，表示動作、感情施予的對象，有時候可以置換成「に」。

例 **彼の考えに対して、私は反対意見を述べた。**
對於他的想法，我陳述了反對的意見。

比較點
＊ 哪個是「關於」，哪個是「對於」？
「について」用來提示話題，再作說明；「に対して」表示動作施予的對象。

語法知識加油站！

▸動詞的可能形變化

1 第一類（五段動詞）

將動詞辭書形的詞尾，變為え段音(え、け、せ、て、ね…)假名，然後加上“る”就可以了。例如：

行(い)く→行(い)け→行(い)ける　泳(およ)ぐ→泳(およ)げ→泳(およ)げる　買(か)う→買(か)え→買(か)える

2 第二類（一段動詞）

去掉動詞辭書形的詞尾る，然後加上“られる”就可以了。例如：

居(い)る→居(い)られる　起(お)きる→起(お)きられる　あげる→あげられる

補　充

省略“ら”的口語用法

在日語口語中，習慣將“られる”中的“ら”省略掉，變成“れる”，這種變化稱為「ら抜き言葉」（省略ら的詞），但這是不正確的日語用法，因此在文章或正式場合中，仍普遍使用“られる”。

例如：

食(た)べられる → 食(た)べれる　見(み)られる → 見(み)れる

出(で)られる → 出(で)れる

3 第三類（カ・サ変動詞）

將来(く)る變成“来(こ)られる”；將する變成“できる”就可以了。例如：

来(く)る→来(こ)られる　する→できる　紹介(しょうかい)する→紹介(しょうかい)できる

4 新日檢實力測驗

もんだい 1

1 「桃太郎」（　　　）お話を　知って　いますか。

1　と　　2　と　いい　　3　と　いう　　4　と　思う

2 食べ（　　　）大きさに　野菜を　切って　ください。

1　ている　　2　そうな　　3　にくい　　4　やすい

3 (本屋で)

客「日本の　歴史に　（　　　）書かれた　本は　ありますか。」

店員「それなら　こちらの　棚に　ございます。」

1　ために　　2　ついての　　3　ついて　　4　つけて

4 歩き（　　　）足が　痛く　なりました。

1　させて　　2　やすく　　3　出して　　4　すぎて

5 先生の　話に　よると、高木君の　お母さんは　看護師　（　　　）。

1　に　なる　　2　だそうだ　　3　ばかりだ　　4　そうだ

もんだい 2

6 「お電話で　＿＿＿　＿＿＿　＿★＿　＿＿＿　ご説明いたします。」

1　お話し　　2　ついて　　3　した　　4　ことに

7 (デパートで)

店員「どんな　服を　おさがしですか。」

客「家で　＿＿＿　＿＿＿　＿★＿　＿＿＿　もめんの　服を　さがして　います。」

1　せんたく　　2　ことが　　3　できる　　4　する

8 A「日本語の　どんな　ところが　むずかしいですか。」

B「外国人には　＿＿＿　＿＿＿　＿★＿　＿＿＿　ので、そこが　いちばん　むずかしいです。」

1　言葉が　　2　発音　　3　ある　　4　しにくい

5 翻譯與解題

もんだい 1

1

Answer ❸

「桃太郎」（　　）お話を　知って　いますか。

1 と　　2 と　いい　　3 と　いう　　4 と　思う

你知道（有個叫做）《桃太郎》的故事嗎？

1 和　　2 就好了　　3 有個叫做　　4 我覺得

「（名詞）という～」は、話者や相手がよく知らないものの名前を言うときに使う。例：

- こちらの会社に下田さんという方はいらっしゃいますか。
- 『昔の遊び』という本を借りたいのですが。

「（名詞）という～／叫做…」用於當說話者或對方不太清楚名稱或者姓名的時候。例如：

- 貴公司是否有一位姓下田的先生？
- 我想借一本書，書名是《往昔的消遣》。

2

Answer ❹

食べ（　　）大きさに　野菜を　切って　ください。

1 ている　　2 そうな　　3 にくい　　4 やすい

請將蔬菜切成（容易）入口的大小。

1 正在　　2 好像　　3 困難　　4 容易

「（動詞ます形）やすい」で、動詞の動作をするのが簡単だ、という意味を表す。⇔「（動詞ます形）にくい」例：

- この本は字が大きくて、読みやすい。
- 佐藤先生の授業は、分かりやすいので人気だ。
- このお皿は薄くて割れやすいので、気をつけてください。

「（動詞ます形）やすい／容易」表示做動詞的動作很簡單。⇔「（動詞ます形）にくい／困難」表示做動詞的動作很困難。例如：

- 這本書字體較大，易於閱讀。
- 佐藤老師的講課清楚易懂，所以很受歡迎。
- 這枚盤子很薄，容易碎裂，請小心。

《他の選択肢》

1「（動詞ます形）ている」は進行形を表す。

2「（動詞ます形）そうだ」は様態を表す。例：

・風で木が倒れそうです。

3「（動詞ます形）にくい」は、動詞の動作をするのが難しいということを表す。例：

・この靴は、重くて歩きにくい。

文の意味から考えて、4が○。

《其他選項》

選項１：「（動詞ます形）ている／正在」表示進行式。

選項２：「（動詞ます形）そうだ／好像」表示樣態。例如：

・樹木快被風吹倒了。

選項３：「（動詞ます形）にくい／困難」表示做動詞的動作很困難。例如：

・這雙鞋太重了，不好走。

由題目的意思判斷，正確答案是選項４。

3 Answer ❸

（本屋で）

客「日本の　歴史に　（　　　）　書かれた　本は　ありますか。」

店員「それなら　こちらの　棚に　ございます。」

1　ために　　2　ついての　　3　ついて　　4　つけて

（在書店裡）

顧客：「請問有（關於）日本歷史的書嗎？」

店員：「那類書籍陳列在這邊的書架。」

１為了　　2 關於的　　3 關於　　4 帶上

「（名詞）について」は話す対象を表す。例：

・家族について、作文を書きます。

・韓国の文化について調べています。

問題文は、「日本の歴史について書かれた」が「本」を修飾している。「書かれた」は受身形。

《他の選択肢》

2「日本の歴史についての本」なら○。

「（名詞）について／關於」表示敘述的對象。例如：

・寫一篇關於家人的作文。

・蒐集關於韓國文化的資訊。

題目的句子是以「日本の歴史について書かれた／記載了關於日本歷史的」來修飾「本／書」。「書かれた／（被）記載了」是被動形。

《其他選項》

選項２：如果是「日本の歴史についての本／關於日本歷史的書」則為正確的敘述方式。

4 Answer **4**

歩き（　　）足が　痛く　なりました。

1　させて　　2　やすく　　3　出して　　4　すぎて

走（太久），腳開始痛了。

1 讓　　2 容易　　3 起來　　4 太久（過度）

後半の「足が痛くなりました」から前半の意味を考える。「（動詞ます形）過ぎる」で、程度がちょうどいい線を超えていてよくない、ということを表す。例：

・お酒を飲み過ぎて、頭が痛いです。

・この問題は中学生には難し過ぎる。

《他の選択肢》

1「歩き」（動詞ます形）に「させる」（動詞「する」の使役形）はつかない。

※「歩く」の使役受身形「歩かされて」なら○。

2「（動詞ます形）やすい」で、その行為が簡単であることを表す。意味から考えて×。例：

・この靴は軽くて、歩きやすい。

3「（動詞ます形）出す」で、その行為を始めることを表す。例：

・犬を見て、子供は泣き出した。

歩き始めて足が痛くなることは考えられるが、いちばんいいものは4の「歩き過ぎて」。

本題要從後半段的「腳開始痛」去推測前句的意思。「（動詞ます形）過ぎる／太…」表示程度正好超過一般水平，達到負面的狀態。例如：

・由於喝酒過量，而頭痛。

・這道題對國中生而言實在太難了。

《其他選項》

選項1：「歩き／走」（動詞ます形）後面不接「させる／讓…」（動詞「する／做」的使役形）。

※如果是用「歩く」的使役被動形「歩かされて／被迫走」則正確。

選項2：「（動詞ます形）やすい／容易」表示某個行為、動作很容易做。從意思判斷不正確。例如：

・這雙鞋很輕，走起來健步如飛。

選項3：「（動詞ます形）出す／起來」表示開始某個行為。例如：

・小孩一看到狗就哭了起來。

雖然走不到幾步路雙腳便感到疼痛的可能性是有的，但最合適的還是選項4的「歩き過ぎて／走太久」。

5 Answer **2**

先生の　話に　よると、高木君の　お母さんは　看護師　（　　　）。

1　に　なる　　2　だそうだ　　3　ばかりだ　　4　そうだ

（聽）老師（說），高木同學的媽媽是護士。

1 變成　　2 聽說　　3 光是　　4 聽說

「～によると」は、伝聞（人から聞いた話）の情報源（誰に聞いたか）を表す言い方。伝聞を表す文末は「～そうだ」。「看護師」は名詞なので、「看護師です」の普通形「看護師だ」に「そうだ」をつける。

※伝聞の「そうだ」の接続を確認しよう。

天気予報によると台風が来る／来ない／来た／来なかったそうだ…動詞

明日は寒いそうだ…形容詞

外出は危険だそうだ…形容動詞

午後の天気は晴れだそうだ…名詞

「～によると／聽說」表示傳聞（由他人口中聽說）的資訊來源（從誰那裡聽到的）的用法。表示傳聞的句子，句尾應該是「～そうだ／～聽說」。「看護師／護士」為名詞，因此以「看護師です／是護士」的普通形「看護師だ」連接「そうだ」。

※表示傳聞的「そうだ」如何接續，請順便學習一下吧！

根據氣象預報，颱風即將登陸／不會登陸／已登陸／並未登陸…動詞

據說明天可能會很冷…形容詞

聽說外出會很危險…形容動詞

據說下午可能會放晴…名詞

もんだい 2

6 Answer **4**

「お電話で　＿＿＿　＿＿＿　★　＿＿＿　ご説明いたします。」

1　お話し　　2　ついて　　3　した　　4　ことに

「請容我說明關於曾在電話裡提到的那件事。」

1 提到　　2 關於　　3 曾　　4 的那件事

正しい語順：お電話でお話したことについてご説明いたします。

「ついて」は「（名詞）について」という形で、話したり聞いたりする対象

正確語順：請容我說明關於曾在電話裡提到的那件事。

「ついて／關於」的用法是「（名詞）について」，表示對話中談論的對象，因此順序應

を表すので、「ことについてご説明いたします」とする。例：

・この町の歴史について調べます。

・アメリカに留学することについて、両親と話しました。

文の初めの「お電話で」に続くのは「お話した」なので、「（名詞）について」の（名詞）の部分は、「お電話でお話したこと」となる。「1→3→4→2」の順で問題の☆には4の「ことに」が入る。

為「ことについてご説明いたします／來說明關於」。例如：

・調查了這個城鎮的相關歷史。

・向父母報告了關於赴美留學的事。

由於句子一開始提到了「お電話で／在電話裡」，因此緊接著應該填入「お話した／提到的那件事」。至於「（名詞）について」的（名詞）的部分則是「お電話でお話したこと／您在電話中提到的那件事」。所以正確的順序是「1→3→4→2」，而☆的部分應填入選項4「ことに／的那件事」。

7 Answer **2**

（デパートで）

店員「どんな　服を　おさがしですか。」

客「家で ＿＿＿ ＿＿＿ ★ ＿＿＿ もめんの　服を　さがして　います。」

1　せんたく　2　ことが　3　できる　4　する

（在百貨公司裡）

店員：「請問您在找什麼樣的衣服呢？」

顧客：「我在找可以在家洗的棉質衣服。」

1 洗　2 X　3 可以　4 X

正しい語順：家で洗濯することができるもめんの服を探しています。

「洗濯＋できる」としたくなるが、それでは「ことが」と「する」が残ってしまう。「洗濯する」というする動詞と考えて、可能を表す「（動詞）ことができる」の形を使う。「家で洗濯することができる」が「（もめんの）服」にかかっている文である。「1→4→2→3」の順で問題の☆には2の「ことが」が入る。

正確語順：我在找可以在家洗的棉質衣服。

第一個考慮的排列組合是「洗濯＋できる／洗＋可以」，但這樣其他選項就會剩下「ことが」和「する」。考慮到「洗濯する／洗衣」是個する動詞，應該是表示可能形的用法「（動詞）ことができる／可以」。「家で洗濯することができる／可以在家洗的」的後面應填入「（もめんの）服／（棉質）衣服」。所以正確的順序是「1→4→2→3」，而☆的部分應填入選項2「ことが」。

8 Answer **4**

A「日本語の　どんな　ところが　むずかしいですか。」

B「外国人には　_____ _____ ★ _____　ので、そこが　いちばん　むずかしいです。」

1　言葉が　　2　発音　　3　ある　　4　しにくい

A：「你覺得日語的什麼部分學起來很難？」

B：「因為有些詞語對外國人而言不容易發音，我覺得那個部分最難。」

1 詞語　　2 發音　　3 有些　　4 不容易

正しい語順：外国人には発音しにくい言葉があるので、そこがいちばんむずかしいです。

「しにくい」は「する」のます形に「〜にくい」がついた形で、することが難しいという意味を表す。「する」という動詞をとるのは「発音」なので（「言葉がする」とは言いませんから）「発音」に「しにくい」がつくと分かる。「発音がしにくい」としたくなるが、「あるので」の前に「が」が必要だから、「発音する」というする動詞と考えて、「発音しにくい」とする。「２→４→１→３」の順で問題の☆には１の「言葉」が入る。

※「（動詞ます形）にくい」の例。

例：

- 新聞の字は小さくて読みにくいです。
- あなたのことはちょっと親に紹介しにくいな。

正確語順：因為有些詞語對外國人而言不容易發音，我覺得那個部分最難。

「しにくい／不容易」是「する／做」的ます形連接「〜にくい」的用法，表示難以做到的事。可以接「する」的詞是「発音／發音」（沒有「言葉がする」的用法），「発音」後應填入「しにくい」。這裡也可以說「発音がしにくい／不容易發音」，但是在「あるので／因為有些」前需要「が」，因此使用する動詞形式「発音する」，再變化成「発音しにくい」。正確的順序是「２→４→１→３」，問題☆的部分應填入選項１「言葉／詞語」。

※「（動詞ます形）にくい」之例。例如：

- 報紙的字太小難以閱讀。
- 把你介紹給家人對我而言有些為難。

語法知識加油站！

▸ 常用動詞可能形變化

送(おく)る	▶	送(おく)れる
飲(の)む	▶	飲(の)める
聞(き)く	▶	聞(き)ける
換(か)える	▶	換(か)えられる
待(ま)つ	▶	待(ま)てる
食事(しょくじ)する	▶	食事(しょくじ)できる
出(だ)す	▶	出(だ)せる
終(お)わる	▶	終(お)われる
走(はし)る	▶	走(はし)れる
休(やす)む	▶	休(やす)める
楽(たの)しむ	▶	楽(たの)しめる
買(か)い物(もの)する	▶	買(か)い物(もの)できる
かける	▶	かけられる
出(で)る	▶	出(で)られる
会(あ)う	▶	会(あ)える
切(き)る	▶	切(き)れる
吸(す)う	▶	吸(す)える
迎(むか)える	▶	迎(むか)えられる
借(か)りる	▶	借(か)りられる
怒(おこ)る	▶	怒(おこ)れる

Chapter

07 經驗、變化、比較及附帶狀況的說法

1 文法闖關大挑戰

文法知多少？請完成以下題目，從選項中，選出正確答案，並完成句子。
《答案詳見右下角。》

1 前(まえ)に屋久島(やくしま)に（　　）ことがある。
1. 行(い)った　2. 行(い)く

我曾經去過屋久島。
1. 行った：去過
2. 行く：去

2 20歳(はたち)になって、お酒(さけ)が飲(の)める（　　）。
1. ようにした　2. ようになった

到 20 歲，終於可以喝酒了。
1. ようにした：使其…了
2. ようになった：變得…了

3 雨(あめ)が降(ふ)っ（　　）。
1. ていきました
2. てきました

開始下起雨來了。
1. ていきました：…去了
2. てきました：…來了

4 納豆(なっとう)は臭豆腐(しゅうどうふ)ほど（　　）。
1. 臭(くさ)くない
2. 臭(くさ)い食(た)べ物(もの)はない

納豆沒有臭豆腐那麼臭。
1. 臭くない：不臭
2. 臭い食べ物はない：沒有臭的食物

5 クラスで（　　）がいちばん足(あし)が速(はや)いですか。
1. どちら　2. 誰(だれ)

班上誰跑得最快呢？
1. どちら：哪個
2. 誰：誰

6 歯(は)を（　　）寝(ね)てしまった。
1. 磨(みが)かずに
2. 磨(みが)いたまま

沒有刷牙就睡著了。
1. 磨かずに：沒有刷
2. 磨いたまま：刷著

答案：(1) 1 (2) 2 (3) 2 (4) 1
(5) 1 (6) 1

2 經驗、變化、比較及附帶狀況的說法總整理

變化

□ようにする 比較 ようになる

□ていく 比較 てくる

比較

□ほど～ない 比較 くらい（ぐらい）／ほど～はない

□と～とどちら 比較 の中で／のうちで／で～が一番

其他

□たことがある 比較 ことがある

□ず（に） 比較 まま

心智圖

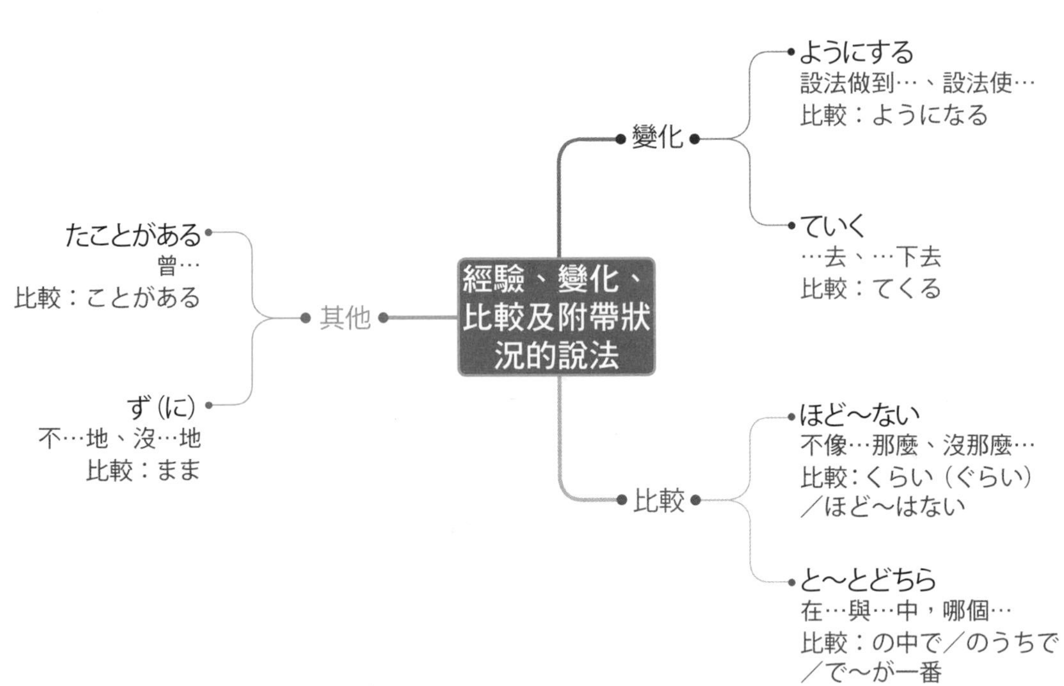

3 文法比較－經驗、變化、比較及附帶狀況的說法

1

ようにする 設法做到…、設法使… 比較 **ようになる（變得）…了**

以「動詞辭書形＋ようにする」的形式，表示某人將某個行為、狀況當作目標而努力；如果要表示設法將某行為變成習慣，則用「ようにしている」的形式；還可以表示對某人或事物，施予某動作，使其起作用。

例 **これからは、朝（あさ）ご飯（はん）はきちんと食（た）べるようにします。**

從現在開始，我每天都要好好地吃早餐。

例 **朝早（あさはや）く起（お）きるようにしています。**

我努力習慣早起。

例 **棚（たな）を作（つく）って、本（ほん）を置（お）けるようにした。**

作了棚架以便放書。

「動詞辭書形；動詞可能形＋ようになる」表示能力、狀態、行為等的變化。通常用在含有花費時間，才能養成的習慣或能力。動詞「なる」表示狀態的改變。

例 **うちの子（こ）は、やっと朝自分（あさじぶん）で起（お）きるようになった。**

我家小孩終於可以自己早上起床了。

比較點

＊ 哪個是「設法」，哪個是「（變得）…了」？

「ようにする」指設法做到某件事；「ようになる」表示養成了某種習慣、狀態或能力。

2

ていく
…去；…下去

比較

てくる
…來；…起來、…過來；去…

「動詞て形＋いく」用在某動作由近而遠；表示動作或狀態，越來越遠地移動或變化，或動作的繼續、順序，多指從現在向將來。

例 **毎日、犬を散歩に連れて行きます。**

每天都會帶狗去散步。

例 **今後も、真面目に勉強していきます。**

今後也會繼續用功讀書的。

「動詞て形＋くる」用在某動作由遠而近；表示動作從過去到現在的變化、推移，或從過去一直繼續到現在；也可表示在其他場所做了某事之後，又回到原來的場所。

例 **娘は８時ごろ帰ってくると思います。**

我想女兒會在８點左右回來。

例 **お祭りの日が、近づいてきた。**

慶典快到了。

例 **父がケーキを買ってきてくれました。**

爸爸買了蛋糕回來給我們。

比較點

＊ 是「…去」，還是「…來」？

「ていく」跟「てくる」意思相反，「ていく」表示某動作由近到遠，或是狀態由現在朝向未來發展；「てくる」表示某動作由遠到近，或是去某處做某事再回來。

3

ほど～ない
不像…那麼…、沒那麼…

以「動詞辭書形；體言＋ほど～ない」的形式，表示兩者比較之下，前者沒有達到後者那種程度。這個句型是以後者為基準，進行比較的。

例 **春奈（はるな）ちゃんは瑠璃香（るりか）ちゃんほどかわいくない。**

春奈不如琉璃香那般可愛。

比較

くらい（ぐらい）／ほど～はない
沒有…像…那麼…、沒有…比…的了

以「體言＋くらい（ぐらい）／ほど＋「體言」＋はない」的形式，表示前項程度極高，別的東西都比不上，是「最…」的事物；當前項主語是特定的個人時，後項不會使用「ない」，而是用「いない」。

例 **渋谷（しぶや）くらい楽（たの）しい街（まち）はない。**

沒有什麼街區是比澀谷還好玩的了。

例 **瑠璃香（るりか）ちゃんほどかわいい子（こ）はいない。**

再也找不到比琉璃香更可愛的女孩了。

比較點

＊ 是「不像…那麼…」，還是「沒有什麼…比…」？

「ほど…ない」表示前者比不上後者，其中的「ほど」不能跟「くらい（ぐらい）」替換；「…くらい（ぐらい）／ほど…はない」表示沒有任何人事物能比得上前者。

4

と～と、どちら
在…與…中，哪個…

以「體言＋と＋體言＋と、どちら（のほう）が＋形容詞；形容動詞」的形式，表示從兩個裡面選一個。也就是詢問兩個人或兩件事，哪一個適合後項。在疑問句中，比較兩個人或兩件事，用「どちら」。詢問東西、人物及場所等，都可以用「どちら」。

例 **海（うみ）と山（やま）と、どちらが好（す）きですか。**

海和山，你喜歡哪一種？

比較

の中（なか）で／のうちで／で、～が一番（いちばん）
…中，哪個最…、…中，誰最…

表示從某個範圍中，選出一個最符合敘述的。

例 **鏡（かがみ）よ鏡（かがみ）、世界（せかい）で一番（いちばん）美（うつく）しいのは誰（だれ）？**

魔鏡啊魔鏡，誰是世界上最美麗的人呢？

比較點

＊ 哪個是「二選一」，哪個是「多選一」？

「…と…と、どちら」用在從兩個項目之中，選出一項適合後面敘述的；「…の中で／のうちで／で、…が一番」用在從廣闊的範圍裡，選出最適合後面敘述的。

5

たことがある　曾…

「動詞た形＋ことがある」表示過去的一般經驗。

例 **フカヒレを食べたことがある。**

我曾經吃過魚翅。

比較

ことがある　有時…、偶爾…

「動詞辭書形＋ことがある」表示有時或偶爾發生某事。常搭配「時々」（有時）、「たまに」（偶爾）等表示頻度的副詞一起使用。

例 **フカヒレを食べることがある。**

我偶爾會吃魚翅。

例 **たまに自転車で通勤することがあります。**

有時會騎腳踏車上班。

比較點

＊ 是「過去經驗」還是「有時發生」？

「たことがある」用在過去的經驗；「ことがある」表示有時候會做某事。

6

ず（に）不…地、沒…地

「動詞未然形＋ず（に）」表示以否定的狀態或方式來做後項的動作，或產生後項的結果，語氣較生硬，相當於「～ない（で）」；當動詞是サ行變格動詞時，要用「せずに」。「ず」雖然是文言，但「ず（に）」現在使用得也很普遍。

例 **会社に行かずに、毎日遊んで暮らしたい。**

我希望過著不必去公司，天天吃喝玩樂的生活。

例 **連絡せずに、仕事を休みました。**

沒有聯絡而曠職了。

比較

まま　…著

「用言連體形；體言の＋まま」表示附帶狀況，指一個動作或作用的結果，在這個狀態還持續時，進行了後項的動作，或發生後項的事態。

例 **玄関の鍵をかけないまま出かけてしまった。**

沒有鎖上玄關的門鎖就出去了。

比較點

＊ 到底是在什麼「狀態下」做某事？

「ず（に）」表示沒做前項動作的狀態下，做某事；「まま」表示維持前項的狀態下，做某事。

4 新日檢實力測驗

もんだい１

1 王(おう)さんは　林(りん)さん　（　　　）　足(あし)が　速(はや)く　ない。

1　まで　　2　ほど　　3　なら　　4　ので

2 夕方(ゆうがた)に　なると　空(そら)の　色(いろ)が　（　　　）。

1　変(か)えて　ください　　2　変(か)わって　ください

3　変(か)えて　いきます　　4　変(か)わって　いきます

3 A「鈴木(すずき)さんを　知(し)って　いますか。」

B「はい。ときどき　電車(でんしゃ)の　中(なか)で　（　　　）。」

1　会(あ)わなくても　いいです　　2　会(あ)う　ことが　あります

3　会(あ)うと　思(おも)います　　4　会(あ)って　みます

4 電気(でんき)を　つけた（　　　）　寝(ね)て　しまった。

1　だけ　　2　まま　　3　まで　　4　ばかり

5 弟(おとうと)は　何(なに)も　（　　　）　遊(あそ)びに　行(い)きました。

1　食(た)べると　　2　食(た)べて　　3　食(た)べない　　4　食(た)べずに

6 コーヒーと　紅茶(こうちゃ)と、（　　　）　好(す)きですか。

1　とても　　2　ぜんぶ　　3　かならず　　4　どちらが

もんだい２

7 A「この　人(ひと)が　出(で)た　＿＿＿　＿＿＿　＿★＿　＿＿＿　ありますか。

B「10年前(ねんまえ)に　一度(いちど)　見(み)ました。」

1　ことが　　2　を　　3　見(み)た　　4　えいが

8 A「お昼(ひる)ごはんは　いつも　どうして　いるのですか。」

B「いつもは　近(ちか)くの　店(みせ)で　食(た)べるのですが、今日(きょう)は、

おべんとう　＿＿＿　＿＿＿　＿★＿　＿＿＿　きました。」

1　作(つく)って　　2　家(いえ)　　3　で　　4　を

もんだい 1

1

Answer 2

王さんは　林さん（　　　）足が　速く　ない。

1　まで　　2　ほど　　3　なら　　4　ので

王先生不如林先生跑得（那樣地）快。

1 直到　　2 那樣地　　3 如果　　4 因為

「AはBほど～ない」で、比較を表す。主語Aについて、「Aは～ない」ということをBと比較して言う言い方。

問題文から分かることは、林さんは足が速いということと、王さんは林さんより足が遅い（林さんと同じではない）ということ。例：

- 私は兄ほど勉強ができない。
- 私の育った町は、東京ほど便利じゃありません。

「AはBほど～ない／A不如B～」表示比較，意思是在「Aは～ない／A不～」的前提下，將主語A和B做比較。

從題目中得知的訊息是林先生跑得快，以及王先生跑得比林先生慢（與林先生速度不同）。例如：

- 我不像哥哥那麼會唸書。
- 我成長的城鎮沒有東京那麼方便。

2

Answer 4

夕方に　なると　空の　色が（　　　）。

1　変えて　ください　　2　変わって　ください

3　変えて　いきます　　4　変わって　いきます

一到傍晚，天空的顏色就會（出現變化）。

1 請改變　　2 請變化　　3 做出改變　　4 出現變化

「空の色」が主語なので、述語は、自動詞「変わる」を選ぶ。

自動詞「変わる」と他動詞「変える」の使い方。例：

- 彼の言葉を聞いて、彼女の顔色が変わった。（「彼女の顔色」が主語）

由於「空の色／天空的顏色」是主語，因此述語應該選擇自動詞的「変わる／變化」。

請留意自動詞「変わる」與他動詞「変える／改變」的使用方法。例如：

- 聽完他的話，她臉色都變了。（主語是「彼女の顔色／她的臉色」）

・彼の言葉を聞いて、彼女は顔色を変えた。（「彼女」が主語）

「～ていきます」は継続を表す。例：

・雪がどんどん積もっていきます。

・これからも研究を続けていきます。

・聽完他的話，她變了臉色。（主語是「彼女／她」）

「～ていきます／～下去」表示繼續。例如：

・雪越積越多。

・往後仍將持續進行研究。

3 Answer ❷

A「鈴木さんを　知って　いますか。」
B「はい。ときどき　電車の　中で　（　　）。」

1 会わなくても　いいです
2 会う　ことが　あります
3 会うと　思います
4 会って　みます

A：「你認識鈴木先生嗎？」
B：「認識。偶爾在電車裡（遇到他）。」
1 不見面也無所謂　2（偶爾）遇到　3 我覺得會見面　4 試著見面

「（動詞辞書形）ことがある」で、「いつもではないが、ときどきそうする、そうなる」という状況を表す。例：

・大阪へは新幹線で行きますが、急ぐときは飛行機に乗ることがあります。

・バスは急に止まることがありますから、気をつけてください。

3「会うと思います」は、推測、予想を表しているので×。

※「（動詞た形）ことがある」は経験を表し、「（動詞辞書形）ことがある」とは意味が違うので気をつけよう。例：

・私は飛行機に乗ったことがあります。

「（動詞辭書形）ことがある／偶爾」表示「不是每次都會這樣，但偶爾會這樣」的情況。例如：

・去大阪通常乘坐新幹線，但趕時間的時候也偶爾會搭飛機。

・公車有時會緊急煞車，請多加小心。

選項3：「会うと思います／我覺得會見面」是表示推測、預想的用法，所以不正確。

※「（動詞た形）ことがある／曾經」表示經驗，和「（動詞辭書形）ことがある」的意思不一樣，要多注意！例如：

・搭乘過飛機。

4 Answer **2**

電気を　つけた（　　　）寝て　しまった。

1　だけ　　2　まま　　3　まで　　4　ばかり

還亮著燈（就這樣）睡著了。

1 只有　　2 就這樣　　3 到　　4 才剛

「（動詞た形）まま」で、同じ状態が変わらずに続くことを表す。例：

・くつを履いたまま、家に入らないでください。

・その日、父は家を出たまま、帰らなかった。

《他の選択肢》

1「だけ」は限定を表す。

・休みは日曜日だけです。

3「まで」は範囲や目的地を表す。例：

・東京から大阪まで

・朝 10 時まで

・死ぬまで

4「（動詞た形）ばかり」で、時間があまり経っていないということを表す。例：

・さっき来たばかりです。

・買ったばかりなのに、もう壊れた。

「（勉強しようと）電気をつけたばかりなのに、（もう）寝てしまった」なら○。

「（動詞た形）まま／就這樣」表示持續同一個狀態。例如：

・請不要穿著鞋子走進家門。

・那一天，父親離開家，就再也沒回來了。

《其他選項》

選項 1：「だけ／只有」是表示限定的用法。例如：

・只有星期天休假。

選項 3：「まで／到」表示範圍和目的地。例如：

・從東京到大阪

・到早上 10 點為止

・到死為止

選項 4：「（動詞た形）ばかり／才剛…」表示時間沒過多久。例如：

・我才剛到。

・才剛買就壞了。

如果是「（勉強しようと）電気をつけたばかりなのに、（もう）寝てしまった／（正打算唸書）才剛打開燈，卻（已經）睡著了」則為正確的敘述方式。

5 Answer **4**

弟は　何も（　　　）　遊びに　行きました。

1　食べると　　2　食べて　　3　食べない　　4　食べずに

弟弟什麼都（沒吃）就去玩了。

1 吃了的話　　2 吃下　　3 不吃　　4 沒吃

「何も」は後に否定形をとる。例：

・私は何も知りません。

・何も持って来なくていいですよ。

選択肢の中で、否定形は３食べないと４食べずにの二つだが、「遊びに行きました」に繋がるのは４。３は「食べないで」なら○。

「（動詞ない形）ないで」と「（動詞ない形）ずに」は同じ意味で使われる。後ろに動詞の文が続く形で、「～しない状態で、～する」と言いたいときに使う。「～ずに」は書き言葉で「～ないで」より堅い言い方。例：

・高かったから、何も買わないで帰ってきたよ。

・彼女は誰にも相談せずに留学を決めた。

「何も／什麼都」後面接否定形。例如：

・我什麼都不知道。

・什麼都不用帶，直接來就可以了。

選項中屬於否定形的有選項３「食べない／不吃」以及選項４「食べずに／沒吃」，但可以連接「遊びに行きました／就去玩了」的只有選項４。選項３如果是「食べないで／沒吃」則為正確的敘述方式。

「（動詞ない形）ないで／不…」和「（動詞ない形）ずに／不…」語意相同，後面接動詞句，意思是「～しない状態で、～する／不做～的狀態下，做～」。「～ずに／沒～」是書面用語，比「～ないで／沒～」更為拘謹的用法。例如：

・太貴了，所以什麼都沒買就回來了。

・她沒和任何人商量就決定去留學了。

6 Answer **4**

コーヒーと　紅茶と、（　　　）　好きですか。

1　とても　　2　ぜんぶ　　3　かならず　　4　どちらが

咖啡和紅茶，你喜歡（哪一種）？

1 非常　　2 全部　　3 必定　　4 哪一種

文末が「か」なので疑問文。「AとBと、どちらが～か」は２つの中からひとつを選ばせる言い方。「Aですか、

由於句尾是「か」因此可知此句是疑問句。「AとBと、どちらが～か／A跟B哪一種呢」是在兩個選項中選出一項的用法。與「A

それともBですか」と同じ。例：

・連絡は電話とメールと、どちらがいいですか。

・山と海と、どちらに行きたいですか。

《他の選択肢》

1 質問文に「とても」は不自然。「私はコーヒーも紅茶もとても好きです」なら○。

2「コーヒーと紅茶」など選択肢が２つの場合は、「全部」ではなく「両方」や「どちらも」という。

3「必ず」は、ある結果になる様子を表し、「好きです」にはつかない。例：

・先生は毎日必ず宿題を出します。

・次は必ず来てくださいね。

ですか、それともＢですか／是Ａ呢？還是Ｂ呢？」意思相同。例如：

・聯繫方式你希望透過電話還是電子信件呢？

・山上跟海邊，你想去哪裡呢？

《其他選項》

選項１：「とても／非常」用於疑問句顯得不夠通順。如果是「私はコーヒーも紅茶もとても好きです／我不管是咖啡還是紅茶都非常喜歡」則為正確表達方式。

選項２：如題目的「コーヒーと紅茶／咖啡和紅茶」，有兩個選項時，不用「全部／全部」而用「両方／兩邊」或「どちらも／兩個都」。

選項３：「必ず／必定」用於表達形成某個結果的樣子，無法修飾「好きです／喜歡」。例如：

・老師每天都會出家庭作業。

・下次請務必賞光喔。

もんだい２

7 Answer ❸

A「この　人が　出た ＿＿＿ ＿＿＿ ＿★＿ ＿＿＿　ありますか。

B「10年前に　一度　見ました。」

1　ことが　　2　を　　3　見た　　4　えいが

A：「你曾看過這個人演出的電影嗎？」

B：「十年前看過一次。」

1 X　　2 X　　3 看過　　4 電影

正しい語順：この人が出た映画を見たことがありますか。

Bが「見ました」と言っているので、「えいが」は「映画」のことだと分かる。「（動詞た形）ことがあります」で経験を表すので、「あります」の前は「見たことが」。例：

・A：外国に行ったことがありますか。
　B：はい、アメリカとドイツに行ったことがあります。

「見たことがあります」の目的語（何を）は、「映画を」となる。

「この人が出た」は「映画」を修飾する言葉です。「4→2→3→1」の順で問題の☆には3の「見た」が入る。

正確語順：你曾看過這個人演出的電影嗎？

因為Ｂ說「見ました／看過」，由此可知「えいが」即為「映画／電影」。因為「（動詞た形）ことがあります／曾經」表示經驗，所以「あります／有」前面應填入「見たことが／曾看過」。例如：

・A：你出過國嗎？
　B：有，我曾經去過美國和德國。

「見たことがあります／曾看過」的目的語（何を／什麼）是「映画を／電影」。「この人が出た／這個人出演」是修飾「映画／電影」的詞句。

正確的順序是「４→２→３→１」，所以☆的部分應填入選項３「見た／看過」。

8

Answer ❸

A「お昼ごはんは　いつも　どうして　いるのですか。」
B「いつもは　近くの　店で　食べるのですが、今日は、おべんとう ＿＿＿ ＿＿＿ ＿★＿ ＿＿＿ きました。」

1　作って　　2　家　　3　で　　4　を

A：「你午餐通常怎麼解決？」
B：「平常都在附近的餐廳吃，不過今天在家做好便當帶來。」
1 做好　　2 家　　3 在　　4 X

正しい語順：今日、はお弁当を家で作ってきました。

「弁当」の後には目的語を表す「を」が、「家」の後には場所を表す「で」をつける。「きました」の前には、「作って」を入れる。「（動詞て形）てきます」は、その動作をしてここに来る、という意味を表す。例：

正確語順：今天在家做好便當帶來。

「おべんとう／便當」後面應該接表示目的語的「を」，「家／家」後面應該接表示場所的「で／在」。「きました／來了」的前面應填入「作って／做」。「（動詞て形）てきます／（去）…來」表示完成某個動作之後再來這裡之意。例如：

・ちょっとジュースを買ってきます。

・誰か来たようですね。外を見てきます。

「4→2→3→1」の順で問題の☆には3の「で」が入る。

・我去買個飲料回來。

・好像有人來了，我去外面看一下。

正確的順序是「4→2→3→1」，而問題☆的部分應填入選項3「で／在」。

Chapter

08 行為的進行狀況表現

1 文法闖關大挑戰

文法知多少？請完成以下題目，從選項中，選出正確答案，並完成句子。
《答案詳見右下角。》

1 ビールを冷(ひ)やし（　　）。
1. ておきましょうか
2. てありましょうか

要不要先把啤酒冰起來呢？
1. ておきましょうか：先…呢
2. てありましょうか：X

2 ピアノを習(なら)い（　　）つもりだ。
1. はじめる
2. だす

我打算開始學鋼琴。
1. はじめる：開始…
2. だす：…起來

3 もうすぐ7時(じ)のニュースが（　　）。
1. 始(はじ)まるところだ
2. 始(はじ)まっているところだ

再過不久就要開始播報7點的新聞。
1. 始まるところだ：就要開始
2. 始まっているところだ：正在開始

4 先月結婚(せんげつけっこん)（　　）なのに、夫(おっと)が死(し)んでしまった。
1. したところ　2. したばかり

上個月才剛剛結婚，沒想到丈夫竟然死了。
1. したところ：剛…
2. したばかり：剛…

5 失恋(しつれん)し（　　）。
1. てしまいました
2. 終(お)わりました

我失戀了。
1. てしまいました：了
2. 終わりました：結束

6 祭(まつ)りの夜(よる)、人々(ひとびと)は朝(あさ)まで踊(おど)り（　　）。
1. 続(つづ)けた　2. 続(つづ)けていた

在廟會那一晚，人們不停地跳舞直到天亮。
1. 続続けた：繼續…
2. 続続けていた：繼續…

答案：(1) 1　(2) 1　(3) 1　(4) 2
(5) 1　(6) 1

2 行為的進行狀況表現總整理

預先、開始

□ておく 比較 てある

□はじめる 比較 だす

事件開始前、後

□ところだ 比較 ているところだ

□たところだ 比較 たばかりだ

其他

□てしまう 比較 おわる

□つづける 比較 つづけている

心智圖

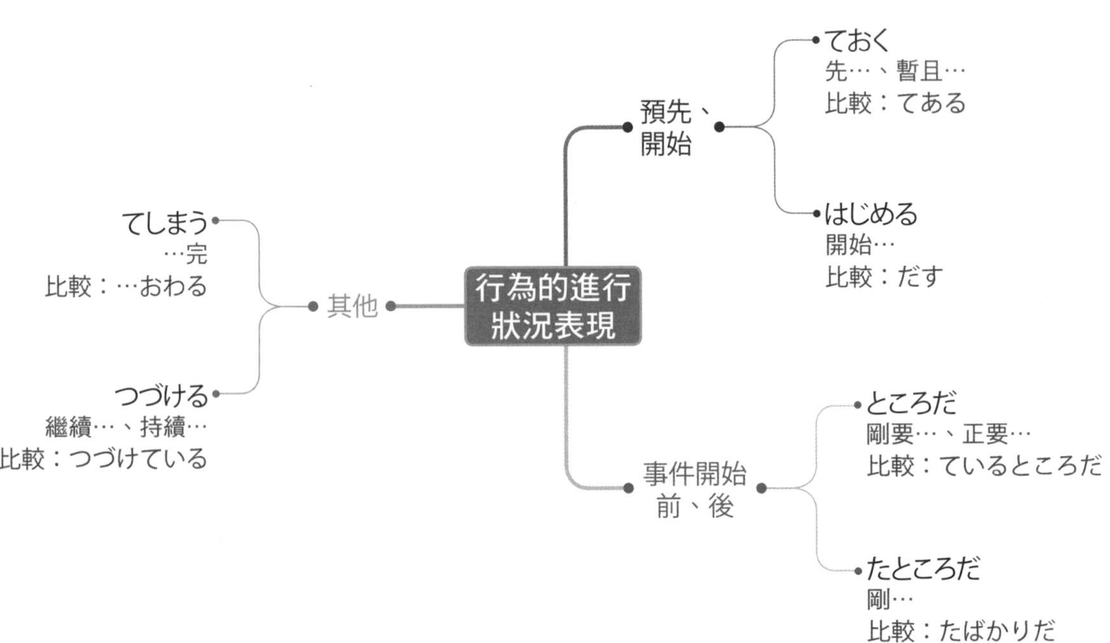

3 文法比較－行為的進行狀況表現

T-08

1

ておく 先…、暫且… 比較 **てある** …著、已…了

「動詞て形＋おく」表示為將來做準備，也就是為了以後的某一目的，事先採取某種行為；也表示考慮目前的情況，採取應變措施，將某種行為的結果保持下去。口語説法是簡略為「とく」。

例 **ビールを冷やしておく。**

先把啤酒冰起來。

「動詞て形＋ある」表示抱著某個目的、有意圖地去執行，當動作結束之後，那一動作的結果還存在的狀態。

例 **ビールを冷やしてある。**

已經冰了啤酒。

比較點

＊ 哪個是「事先」做，哪個「已經」做了？

「ておく」表示為了某目的，先做某動作；「てある」表示抱著某個目的做了某事，而且已完成動作的狀態持續到現在。

2

はじめる 開始… 比較 **だす** …起來、開始…

以「動詞ます形＋はじめる」的形式，表示前接動詞的動作、作用的開始。前面可以接他動詞，也可以接自動詞。

例 **ごはんを食べ始めたとき、地震が来ました。**

就在剛開動吃飯的時候，地震來了。

以「動詞ます形＋だす」的形式，表示某動作、狀態的開始，但不用在表示説話人意志的句子。

例 **先生が急に怒り出しました。**

老師突然火冒三丈了。

比較點

＊「開始」比一比

「はじめる」跟「だす」用法差不多，但表説話人意志的句子不用「～だす」。

3

ところだ 剛要…、正要… 比較 **ているところだ** 正在…

以「動詞辭書形＋ところだ」的形式，表示將要進行某動作，也就是動作、變化處於開始之前的階段。

例 **今、夕食の準備をするところだ。**

現在正要準備晚餐。

「動詞て形＋いるところだ」表示正在進行某動作，也就是動作、變化處於正在進行的階段。

例 **今、夕食の準備をしているところだ。**

現在正在準備晚餐。

比較點

＊ 是「正要」，還是「正在」？

「ところだ」是指正開始要做某事；「ているところだ」是指正在做某事，也就是動作進行中。

4

たところだ 剛… 比較 たばかりだ 剛…

たところだ 剛…

以「動詞た形＋ところだ」的形式，表示剛開始做動作沒多久，也就是在「…之後不久」的階段。多用在報告事情處理的階段。

例 **父は今ちょうど出かけたところです。**

爸爸剛剛出門了。

たばかりだ 剛…

以「動詞た形＋ばかりだ」的形式，表示心理上覺得某事件發生不久，但實際上那一事件不一定是剛剛發生的。

例 **このパソコンは先週買ったばかりです。**

這部電腦是上星期才剛買的。

比較點

＊「剛」「剛」語感大不同

「たところだ」跟「たばかりだ」意思都是「剛…」，但「たところだ」只表示開始做某事的階段，「たばかりだ」則是一種從心理上感覺到事情發生後不久的語感。

5

てしまう …完 比較 …終わる 結束、完了

てしまう …完

「動詞て形＋しまう」表示動作或狀態的完成，常接「すっかり、全部」等副詞、數量詞，如果是意志動詞，有時會表示積極地實行並完成其動作；也可表示出現了説話人不願意看到的結果，含有遺憾、惋惜、後悔等語氣，這時候一般接的是無意志動詞。若是口語縮約形的話，「てしまう」是「ちゃう」，「でしまう」是「じゃう」。

例 **小説を一晩で全部読んでしまった。**

小説一個晚上就全看完了。

例 **弟に風邪をうつされてしまった。**

我被弟弟傳染到感冒了。

…終わる 結束、完了

「終わる」接在動詞連用形後面，表示前接動詞的結束、完了。

例 **厚い本を１日で読み終わりました。**

厚厚的書只花一天就讀完了。

比較點

＊ 是帶有情緒的「完了」，還是單純敘述「完了」？

「てしまう」跟「終わる」都表示動作結束、完了，但「てしまう」用「動詞て形＋しまう」，常有説話人積極地實行，或感到遺憾、惋惜、後悔的語感；「終わる」用「動詞ます形＋終わる」，是單純的敘述。

つづける 繼續…、持續… 比較 つづけている 繼續…、持續…

「動詞ます形＋続ける」表示某動作或事情還沒有結束，還繼續、不斷地處於同樣狀態。

例 ゴッホは、売(う)れなくても絵(え)を描(か)き続(つづ)けました。

梵谷就算作品賣不出去，還是不停地作畫。

表示某動作或事情還沒有結束，而且直到現在也持續著。

例 15歳(さい)のときから、日記(にっき)を書(か)き続(つづ)けています。

從 15 歲的時候起，我就一直寫日記。

比較點

＊ 現在還「繼續」嗎？

「つづける」跟「つづけている」都是指某動作處在「繼續」的狀態，但「つづけている」表示動作、習慣到現在仍持續著。

4 新日檢實力測驗

もんだい1

1 （電話で）

山田「もしもし。田中君は　今　何を　して　いますか。」

田中「今　お昼ご飯を　食べて　いる　（　　　）。」

1 と　思います　2 そうです　3 ところです　4 ままです

2 友だちに　聞いた　（　　　）、誰も　彼の　ことを　知らなかった。

1 ところ　2 なら　3 ために　4 から

3 A「あなたが　帰る　前に、部屋の　そうじを　して（　　　）。」

B「ありがとうございます。」

1 おきます　2 いません　3 ほしい　4 ください

もんだい2

下の　文章は、ソンさんが　本田さんに　送った　お礼の　手紙です。

> 本田様
>
> **4** 暑い　日が　つづいて　いますが、その後、おかわり　ありませんか。
>
> 8月の　旅行では　たいへん　**5**　、ありがとう　ございました。海で　泳いだり、船に　**6**　して、とても　楽しかったです。わたしの　国では、近くに　海が　なかったので、いろいろな　ことが　みんな　はじめての　経験でした。
>
> わたしの　国の　料理を　いっしょに　作って　みんなで　食べたことを、ときどき　**7**　います。
>
> みな様と　いっしょに　とった　写真が　できましたので、**8**　。
>
> また、いつか　お会いできる　日を　楽しみに　して　おります。
>
> 9月10日
>
> ソン・ホア

4

1　もう　　2　まだ　　3　まず　　4　もし

5

1　お世話(せわ)をして　　2　お世話(せわ)いたしまして

3　世話(せわ)をもらい　　4　お世話(せわ)になり

6

1　乗(の)せたり　　2　乗(の)ったり　　3　乗(の)るだけ　　4　乗(の)るように

7

1　思(おも)い出(だ)すなら　　思(おも)い出(だ)したら　　3　思(おも)い出(だ)して　　4　思(おも)い出(だ)されて

8

1　お送(おく)りいただきます　　2　お送(おく)りさせます

3　お送(おく)りします　　4　お送(おく)りして　くれます

5 翻譯與解題

もんだい 1

1

Answer ❸

（電話で）
山田「もしもし。田中君は　今　何を　して　いますか。」
田中「今　お昼ご飯を　食べて　いる（　　）。」
1 と　思います　2 そうです　3 ところです　4 ままです

（在電話中）
山田：「喂？你現在在做什麼？」
田中：「我現在（正在）吃午餐。」
1 我認為　2 據說　3 正在　4 照那樣

「（動詞て形）ている＋ところです」で、進行中の動作を表す。例：

・A：もしもし、今どこですか。
　B：今、車でそちらに向かっているところです。
・来月結婚するので、今アパートを探しているところです。

《他の選択肢》

1「と思います」は推測、2「（辞書形）そうです」は伝聞を表す。問題文の会話で、田中さんは自分のことを答えているので、推測や伝聞の文はおかしい。

4「まま」は、た形について、状態が変わらないことを表す。例：

・スーツを着たまま、寝てしまった。

※「（動詞辞書形）ところです」は、直前の動作を表す。例：

・A：もしもし、今どこですか。
　B：まだ家にいます。今、家を出るところです。

「（動詞て形）ている＋ところです／正在」表示進行中的動作。例如：

・A：喂，你現在在哪裡？
　B：現在正開車去你那邊。
・下個月就要結婚了，所以目前正在找房子。

《其他選項》

選項１：「と思います／我認為」表示推測，選項２「（辭書形）そうです／據說」表示傳聞。題目的對話因為田中先生是回答自身的事，所以用推測或傳聞的形式回答顯然不合理。

選項４：「まま／照那樣」則連接た形表示狀態沒有改變。例如：

・還穿著西裝就睡著了。

※「（動詞辭書形）ところです／正要」表示馬上要做的動作。例如：

・A：喂，現在在哪裡？
　B：還在家裡。現在正要出門。

※「（動詞た形）ところです」は、直後の動作を表す。例：

・A：もしもし、今どこですか。
　B：まだ家にいます。今、起きたところです。

※「（動詞た形）ところです／才剛」表示剛做完的動作。例如：

・A：喂，你現在在哪裡？
　B：還在家裡。剛剛才起床。

2

Answer **1**

友だちに　聞いた（　　　）、誰も　彼の　ことを　知らなかった。

1 ところ　　2 なら　　3 ために　　4 から

問了朋友後（得知），沒有任何人認識他。

1 結果　　2 既然　　3 為了　　4 因為

「（動詞た形）ところ、…」は、その動作をしたらこうなった、という関係を表す。例：

・ホテルに電話したところ、週末は予約でいっぱいだと言われた。
・急いで部屋に入ったところ、もう全員集まっていた。

動作とその結果には特に関係はない。偶然そうなったという状況を表している。

《他の選択肢》

2「なら」は条件を表す。例：

・説明を聞いたなら、答えは分かりますね。

3「ために」と4「から」は原因・理由を表す。例：

・電車が遅れたために、間に合わなかった。
・あなたが呼んだから来たんですよ。

「（動詞た形）ところ、…／結果…」表示做了某個動作之後，得到了某個結果的偶然契機。例如：

・打了電話到飯店，結果櫃檯說週末已經預約額滿了。
・我急著衝進房間一看，大家已經全部到齊了。

動作和結果並沒有直接的因果關係，變成這種狀態純屬偶然。

《其他選項》

選項2：「なら／既然…」表示條件。例如：

・既然聽過說明，就該知道答案了吧！

選項3､4：選項3「ために／為了」和選項4「から／因為」都是表示原因和理由。

・由於電車誤點，所以沒能趕上。
・是你叫我來，我才來的吔！

3 Answer **1**

A「あなたが　帰る　前に、部屋の　そうじを　して（　　　）。」
B「ありがとうございます。」
1　おきます　　2　いません　　3　ほしい　　4　ください

A：「在你回來前，我（會先）打掃（完）房間。」
B：「謝謝。」
1 會先（做）完　　2 沒有　　3 想要　　4 請

Bが「ありがとうございます」と言っていることから、Aの言葉の内容を考えよう。「（動詞て形）ておきます」は準備を表す。例：

- 授業の前に、新しいことばを調べておきます。
- 飲み物は冷蔵庫に入れておきました。

從B的回答「ありがとうございます／謝謝」，來思考A所說的內容。「（動詞て形）ておきます／（事先）做好」表示事先做準備。例如：

- 在上課之前先查好新的生字。
- 飲料已經放進冰箱裡了。

もんだい2

4～**8**

下の　文章は、ソンさんが　本田さんに　送った　お礼の　手紙です。

本田様

4　暑い　日が　つづいて　いますが、その後、おかわり　ありませんか。

8月の　旅行では　たいへん　**5**　、ありがとう　ございました。海で　泳いだり、船に　**6**　して、とても　楽しかったです。わたしの国では、近くに　海が　なかったので、いろいろな　ことが　みんな　はじめての　経験でした。

わたしの　国の　料理を　いっしょに　作って　みんなで　食べたことを、ときどき　**7**　います。

みな様と　いっしょに　とった　写真が　できましたので、**8**　。

また、いつか　お会いできる　日を　楽しみに　して　おります。

9月10日
ソン・ホア

本田先生：

暑熱尚未遠離，闊別後是否一切如昔？

八月那趟旅行承蒙照顧，非常感謝。您帶我到海裡游泳，還帶我搭船，玩得非常開心。由於我家鄉並不靠海，所以您帶我做了各種體驗都是我從來不曾嘗試過的。我仍然不時回憶起和您一起做我的家鄉菜，並和大家一起享用的情景。

和大家一起拍的紀念照已經洗好了，謹隨信附上。

等待重逢之日的到來。

9月10日
宋．和雅

4 Answer 2

1 もう	2 まだ	3 まず	4 もし
1 已經	2 尚未	3 首先	4 如果

「（　）…続いています」とあるので、継続をあらわす「まだ」を入れる。例：

・午後は晴れると言っていたのに、まだ降っているね。

・まだ食べているの？早く食べなさい。

由於後文有「（　）…続いています／持續下去」，所以應該填入表示持續的「まだ／還」。例如：

・不是說下午就會放晴，怎麼還在下雨啊！

・你還在吃啊？快點吃。

5 Answer 4

1 お世話をして	2 お世話いたしまして	3 世話をもらい	4 お世話になり
1 照顧	2 照顧了	3 得到照顧	4 承蒙照顧

「お世話になりました」は決まった言い方。「わたしはあなたの世話になった」と言っている。

「世話をする」の例・毎朝、犬の世話をしてから学校へ行きます。

「お世話になりました／承蒙關照」是固定的說法。意思為「わたしはあなたの世話になった／我承蒙您的關照了」。

「世話をする／照顧，照料」的例子：每天早上都先照料好小狗才去上學。

6 Answer 2

1 乗せたり	2 乗ったり	3 乗るだけ	4 乗るように
1 讓我搭乘	2 搭乘或者	3 只有搭乘	4 為了搭乘

「～たり、～たり（して）」の文。「海で泳いだり」に合うのは「船に乗ったり」。「わたしは、楽しかったです」という文の楽しかった内容を「～たり、～たり（して）」で説明している。

這裡使用「～たり、～たり（して）／又是…又是…」這一句型。因此與「海で泳いだり／又是在海裡游泳」相呼應的是「船に乗ったり／又是坐船」。表達「わたしは、楽しかったです／我很開心」開心相關的內容則用句型「～たり、～たり（して）」進行說明。

7 Answer ❸

1　思い出すなら	2　思い出したら	3　思い出して	4　思い出されて
1 如果回憶起	2 若是回憶起	3 回憶起	4 被回憶起

「ときどき～います」とあるので、状態を表す「～ています」と考える。3「思い出して」と4「思い出されて」で、「…みんなで食べたことを」とあるので、能動態の「思い出して」が正解。

《他の選択肢》

1「思い出すなら」と2「思い出したら」は「います」に繋がらない。

4「みんなで食べたことが思い出されます」なら○。

前後文為「ときどき～います／不時」，因此從語意考量應該使用表示狀態的「～ています／表狀態」。即選項3的「思い出して／回憶起」或選項4的「思い出されて／被回憶起」。由於前文提到「…みんなで食べたことを／大家一起享用」，因此主動語態的「思い出して」為正確答案。

《其他選項》

選項1、2：選項1的「思い出すなら／如果回憶起」與選項2的「思い出したら／想到的話」無法連接「います」。

選項4：若是「みんなで食べたことが思い出されます／想起大家一起享用的往事」則正確。

8 Answer ❸

1　お送りいただきます	2　お送りさせます	3　お送りします	4　お送りして　くれます
1 X	2 請讓我附上	3 附上	4 請附上

「お（動詞ます形）します」。「お送りします」は「送ります」の尊敬表現。例：

・お荷物をお持ちします。

・A：これはいくらですか。
　B：ただいま、お調べしますので、お待ちください。

句型「お（動詞ます形）します／我為您做…」。「お送りします／附上」是「送ります」的尊敬表現。例如：

・讓我來幫您提行李。

・A：這要多少錢？
　B：現在立刻為您查詢，敬請稍候。

Chapter 09

理由、目的及並列的說法

1 文法闖關大挑戰

文法知多少？請完成以下題目，從選項中，選出正確答案，並完成句子。
《答案詳見右下角。》

1 のどが痛(いた)い（　　）、鼻水(はなみず)も出(で)る。
1. し　2. から

不只喉嚨痛，還流鼻水。
1. し：不僅…而且…
2. から：因為…

2 地震(じしん)（　　）、電車(でんしゃ)が止(と)まった。
1. のために
2. なので

由於發生地震，導致電車停止行駛了。
1. のために：因為…
2. なので：因為…

3 風邪(かぜ)をひかない（　　）、暖(あたた)かくしたほうがいいよ。
1. ために　2. ように

為了避免感冒，穿暖和一些比較好喔。
1. ために：為了…
2. ように：為了…

4 宿題(しゅくだい)をする（　　）5時間(じかん)もかかった。
1. のに　2. ために

只不過寫個功課，居然花了5個小時！
1. のに：X
2. ために：為了…

5 宿題(しゅくだい)、お兄(にい)ちゃんに（　　）教(おし)えてもらおう。
1. でも　2. とか

我想作業還是向哥哥請教請教。
1. でも：X
2. とか：X

答案：(1) 1　(2) 1　(3) 2　(4) 1　(5) 1

2 理由、目的及並列的說法總整理

理由
□し 比較 から

目的
□ため（に） 比較 ので
□ように 比較 ため（に）
□のに 比較 ため（に）

並列
□でも 比較 とか

心智圖

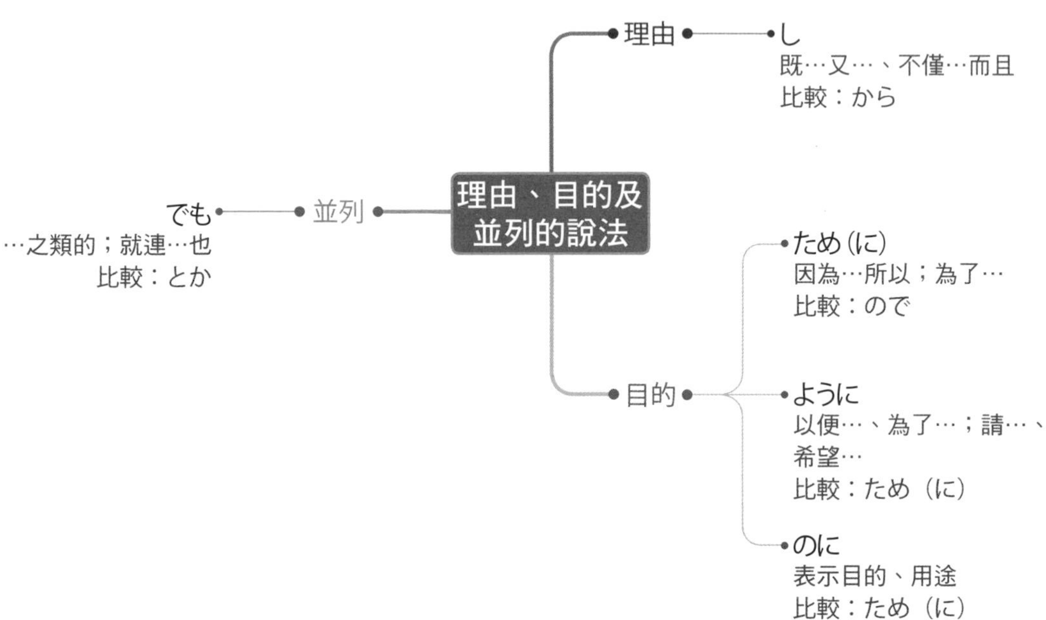

3 文法比較－理由、目的及並列的說法

T-09

1

し 既…又…、不僅…而且…等　比較　**から** 因為…

「用言終止形＋し」用在並列陳述性質相同的複數事物，或說話人認為兩事物是有相關連的時候；暗示還有其他理由，是一種表示因果關係較委婉的説法，但前因後果的關係沒有「から」跟「ので」那麼明顯。

例 **三田村は、奥さんはきれいだし子どももよくできる。**

三田村先生不但太太很漂亮，孩子也很成器。

例 **勉強好きじゃないし、大学には行かない。**

我又不喜歡讀書什麼的，所以不去上大學。

表示原因、理由。一般用於說話人出於個人主觀理由，進行請求、命令、希望、主張及推測，是種較強烈的意志性表達。

例 **勉強好きじゃないから、大学には行かない。**

我不喜歡讀書，所以不去上大學。

比較點

＊「理由」有幾種？

「し」跟「から」都可表示理由，但「し」暗示還有其他理由，「から」則表示說話人的主觀理由，前後句的因果關係較明顯。

2

ため（に） 因為…所以…；以…為目的，做…、為了…　比較　**ので** 因為…

以「用言連體形；體言の＋ため(に)」的形式，表示由於前項的原因，引起後項的結果，如例句；另外，「動詞辭書形；體言の＋ため（に）」表示為了某一目的，而有後面積極努力的動作、行為，前項是後項的目標，如果「ため（に）」前接人物或團體，就表示為其做有益的事。

例 **寝坊したために、試験を受けられなかった。**

就因為睡過頭，以致於沒辦法參加考試。

表示原因、理由。前句是原因，後句是因此而發生的事。「～ので」一般用在客觀的自然的因果關係，所以也容易推測出結果。

例 **寝坊したので、学校に遅れた。**

由於睡過頭了，所以上學遲到了。

比較點

＊「因為」後面不一樣

「ため（に）」跟「ので」都可表示原因，但「ため（に）」後面會接一般不太發生，比較不尋常的結果，前接名詞時用「N＋のため（に）」；「ので」後面多半接自然會發生的結果，前接名詞時用「N＋なので」。

3

ように
以便…、為了…；請…、希望…

比較

ため（に）
以…為目的，做…、為了…；因為…所以…

以「動詞辭書形＋ように」的形式，表示為了實現「ように」前的某目的，而採取後面的行動或手段，以便達到目的；也可以表示祈求、願望、希望、勸告或輕微的命令等。有希望成為某狀態，或希望發生某事態，向神明祈求時，常用「動詞ます形＋ますように」；也用在老師提醒學生時。

例 **赤ちゃんでも食べられるように、野菜を小さく切る。**

把蔬菜切得細碎，以便讓嬰兒也能食用。

例 **どうか試験に合格しますように。**

請神明保佑讓我考上！

例 **集合時間には遅れないように。**

集合時間不要遲到了。

以「動詞辭書形；體言の＋ため(に)」的形式，表示為了某一目的，而有後面積極努力的動作、行為，前項是後項的目標；如果「ため(に)」前接人物或團體，就表示為其做有益的事；另外，「用言連體形；體言の＋ため(に)」表示由於前項的原因，引起後項的結果。

例 **いい学校に入るために、今はがり勉する。**

為了上好學校，因此現在拚命K書。

例 **私は、彼女のためなら何でもできます。**

只要是為了她，我什麼都辦得到。

比較點

＊「目的」怎麼分？

「ように」跟「ため（に）」都表示目的，但「ように」用在為了某個期待的結果發生，所以前面常接不含人為意志的動詞（自動詞或動詞可能形等）；「ため（に）」用在為了達成某目標，所以前面常接有人為意志的動詞。

4

のに
表示目的、用途

比較

ため（に）
以…為目的，做…、為了…；因為…所以…

「のに」是表示將前項詞組名詞化的「の」，加上助詞「に」而來的。「動詞辭書形＋のに」表示目的、用途；後接助詞「は」時，常會省略掉「の」。

例 お茶を入れるのに使う道具を、急須と言います。

沏茶所使用的器具，叫作「急須（茶壺）」。

例 部長を説得するには実績が必要です。

要說服部長就需要有實際的功績。

以「動詞辭書形；體言の＋ため（に）」的形式，表示為了某一目的，而有後面積極努力的動作、行為，前項是後項的目標，如例句；如果「ため（に）」前接人物或團體，就表示為其做有益的事；另外，「用言連體形；體言の＋ため（に）」表示由於前項的原因，引起後項的結果。

例 お茶を入れるために、お湯を沸かした。

為了沏茶而燒了熱水。

比較點

＊「目的」不一樣

「のに」跟「ため（に）」都表示目的，但「のに」後面要接「使う」（使用）、「必要だ」（必須）、「便利だ」（方便）、「かかる」（花＜時間、金錢＞）等詞，用法沒有像「ため（に）」自由。

5

でも …之類的；就連…也　比較　とか …啦…啦、…或…、及…

「體言＋でも」用於舉例。表示雖然含有其他的選擇，但還是舉出一個具代表性的例子；另外，也可能先舉出一個極端的例子，再表示其他情況當然是一樣的。加入助詞時，用「名詞＋助詞＋でも」。

例 海（うみ）にでも行（い）きたい。

我想去一去海邊之類的。

「體言；用言終止形＋とか＋體言；用言終止形＋とか」表示並列。「とか」上接同類型事物的名詞之後，表示從各種同類的人事物中選出幾個例子來說，或羅列一些事物，暗示還有其它，是口語的說法；有時「～とか」僅出現一次。加入助詞時，通常用「名詞＋とか＋名詞＋とか＋助詞」。另外，跟「～とか～とか」相比，「～や～（など）」為較正式的說法，但只能接體言。

例 海（うみ）とか山（やま）とかに行（い）きたい。

我想去海邊或是山上。

例 ときどき運動（うんどう）したほうがいいよ。テニスとか。

最好有時要運動比較好喔，比方打打網球什麼的。

比較點

＊ 到底舉了幾個「例」？

「でも」跟「とか」都用在舉例，但「でも」只能提出一個例子，是委婉舉例的說法；「とか」通常會提出兩個的例子，是口語用法。只出現一次時，大多是委婉舉例的說法，但並不是正規用法。

4 新日檢實力測驗

もんだい1

1 佐藤さんは　優しい　（　　　）、みんなから　好かれて　います。

1　ので　　2　まで　　3　けど　　4　ように

2 大学へ　行く　（　　　）、一生懸命　勉強して　います。

1　ところ　　2　けれど　　3　ために　　4　からも

3 おすしも　食べた　（　　　）、ケーキも　食べた。

1　し　　2　でも　　3　も　　4　や

4 兄は　どんな　スポーツ　（　　　）　できます。

1　にも　　2　でも　　3　だけ　　4　ぐらい

5 赤とか　青　（　　　）、いろいろな　色の　服が　あります。

1　とか　　2　でも　　3　から　　4　にも

6 A「ずいぶん　ピアノが　上手ですね。」
B「毎日　練習したから　上手に　（　　　）　んです。」

1　弾けるように　なった　　2　弾けるように　した
3　弾ける　かもしれない　　4　弾いて　もらう

もんだい2

7 A「コンサートで　ピアノを　ひきます。聞きに　きて　いただけますか。」
B「すみません。＿＿＿　＿＿＿　＿★＿　＿＿＿　行けません。」

1　が　　2　用　　3　ので　　4　ある

8 「はい、上田です。父は　いま　るすに　して　おります。もどりましたら　こちらから　＿＿＿　＿＿＿　＿★＿　＿＿＿　ます。」

1　ように　　2　つたえて　　3　おき　　4　お電話する

5 翻譯與解題

もんだい 1

1

Answer ❶

佐藤さんは　優しい　（　　　）、みんなから　好かれて　います。

1　ので　　2　まで　　3　けど　　4　ように

（因為）佐藤小姐很親切，所以被大家喜愛。

1 因為　　2 之前　　3 雖然　　4 為了

原因・理由の助詞「ので」を入れる。

《他の選択肢》

3「けど」は逆説を表す。口語。

4「ように」の使い方：

・みんなに聞こえるように大きな声で話します。（目的）

・日本語が話せるようになりました。（状況の変化）

・健康のために野菜を食べるようにしています。（習慣、努力）

應填入表示原因或理由的助詞「ので／因為」。

《其他選項》

選項３：「けど／雖然」是表達反論的口語說法。

選項４：「ように／為了」的使用方法：

・提高聲量以便讓大家聽清楚。（表目的）

・日語已經講得很流利了。（表狀況的變化）

・為了健康而盡量多吃蔬菜。（表習慣、努力。）

2

Answer ❸

大学へ　行く　（　　　）、一生懸命　勉強して　います。

1　ところ　　2　けれど　　3　ために　　4　からも

（為了）上大學而拚命用功讀書。

1 正當…的時候　　2 可是　　3 為了　　4 由…來判斷

目的を表す「ために」を選ぶ。「ために」の前には、意志を表す動詞がくる。例：

・大会で優勝するために、毎日練習しています。

本題要選表示目的「ために／為了」。「ために」的前面要用表示意志的動詞。例如：

・為了在大賽中獲勝，每天勤於練習。

・論文を書くために、資料を集めます。

《他の選択肢》

1（今、大学へ行く）ところ（です）

2「けれど」は逆接を表す。口語的。例：

・私は行ったけれど、彼は来なかった。

4「から」は理由を表す。

・為了寫論文而蒐集資料。

《其他選項》

選項1：（現在）正在（去大學的路上）。

選項2：「けれど／可是」是逆接的口語用法。例如：

・雖然我去了，他卻沒來。

選項4：「から／因為」用於表示理由。

3 Answer ❶

おすしも　食べた　（　　　　）、ケーキも　食べた。

1 し　　2 でも　　3 も　　4 や

（又）吃了壽司，（又）吃了蛋糕。

1 又　　2 即使　　3 也　　4 或

並列の「～し」が正解。「Aです。そしてBです」を「A（だ）し、B」のように1つの文にするときに使う。例：

・あの店はおいしいし、安い。

問題文のような「（名詞）も～し、（名詞）も」は、同じようなものを並べるときの言い方。例：

・お金もないし、おなかもすいた。

《他の選択肢》

3「も」や4「や」は、名詞につく。例：

・おすしもケーキも食べた。（いろいろたくさん食べた、と言いたいとき）

以表示並列的「～し／又…又…」為正確答案。要將如「Aです。そしてBです／是A。而且是B」兩個句子，結合成一個句子時，要用「A（だ）し、B／又A又B」的形式。例如：

・那家店不但餐點美味，價格也便宜。

題目中的「（名詞）も～し、（名詞）も／（名詞）又～，（名詞）又～」句型，用於並列相同性質的事物時。例如：

・不但沒錢，而且肚子也餓了。

《其他選項》

選項3：「も／也」，以及選項4的「や／或」都要連接名詞。例如：

・不僅吃了壽司，還吃了蛋糕。（用在表示吃了許多之時）

→問題文とだいたい同じ意味。
例：
・おすしやケーキを食べた。（何を食べたか説明したいとき）

→和題目意思幾乎相同。例如：
・吃了壽司和蛋糕等。（用在說明吃了些什麼之時）

4 Answer ❷

兄は　どんな　スポーツ　（　　　）　できます。

1　にも　　2　でも　　3　だけ　　4　ぐらい

任何運動哥哥（都）會。
1 都　　2 無論　　3 只有　　4 大約

「どんな（名詞）でもA」で、「全部の（名詞）がAである」ことをいう。
例：
・彼女は、どんな時でも笑っている。
・どんな客でも大切な客だ。
※「疑問詞＋でも」で、「全部の」という意味を表す。例：
・希望者は誰でも入会できます。
・ドラえもんの「どこでもドア」を知っていますか。

「どんな（名詞）でもＡ／無論什麼（名詞）都Ａ」表示「全部の（名詞）がＡである／全部的（名詞）都是Ａ」的意思。例如：
・她無論任何時候總是笑臉迎人。
・無論是什麼樣的客人都是我們重要的顧客。
※「疑問詞＋でも／無論」表示「全部的～」的意思。例如：
・志願參加的人，不管是誰都可以入會。
・你知道多啦Ａ夢的「任意門」嗎？

5 Answer ❶

赤とか　青（　　　）、いろいろな　色の　服が　あります。

1　とか　　2　でも　　3　から　　4　にも

有紅的啦、綠的（啦）等等各種顏色的衣服。
1 …啦　　2 無論　　3 因為　　4 在…也

「～とか～とか」は例を挙げるときの言い方。他にもあるがここでは主なものをあげるというとき。「～や～など」

「～とか～とか／…啦…啦」是表示列舉的用法。意指雖然還有其他，但在此舉出主要的事物。和「～や～など／…或…等」

と同じだが、「～とか～とか」の方が口語的。例：

・この学校には、アメリカとかフランスとか、いろんな国の留学生がいる。

・この街には、果物とか魚とか、おいしいものがたくさんありますよ。

意思相同，而「～とか～とか」是較口語的說法。例如：

・這所學校有來自美國啦，法國啦等世界各國的留學生。

・這條街上賣著許多水果啦、魚啦等等美食喔。

6

Answer **1**

A「ずいぶん　ピアノが　上手ですね。」
B「毎日　練習したから　上手に（　　　）んです。」

1 弾けるように　なった　　2 弾けるように　した
3 弾ける　かもしれない　　4 弾いて　もらう

A：「你鋼琴彈得真好呀！」
B：「因為每天練習，（才能練到現在）得心應手（的彈奏程度）。」
1 才能練到現在…的彈奏程度　　2 X
3 也許會彈　　4 幫我彈

「（動詞・可能動詞辞書形）ようになる」で、状況や能力、習慣などの変化を表す。例：

・女の子は病気が治って、よく笑うようになった。

・日本に来て、刺身が食べられるようになりました。

※「（動詞ない形）なくなる」も同じ。例：

・女の子は病気になってから、笑わなくなった。

・最近、年のせいか、あまり食べられなくなった。

「（動詞・可能動詞辭書形）ようになる／變得…」，表示狀況、能力、習慣等的變化。例如：

・女孩的病痊癒之後，笑容變得比以往多了。

・來到日本之後，變得敢吃生魚片了。

※「（動詞ない形）なくなる／變得不…」也是一樣的用法。例如：

・自從女孩生病之後，臉上就失去了笑容。

・大概是年齡的關係，最近食慾變得比較差了。

《他の選択肢》

2「（動詞・可能動詞辞書形／ない形）ようにする」は、気をつけてそうする、習慣的に努力することを表す。例：

・毎朝一時間くらい歩くようにしています。

・お酒は飲み過ぎないようにしましょう。

《其他選項》

選項２：「（動詞・可能動詞辭書形／ない形）ようにする／儘量…」表示謹慎小心，努力養成習慣的用法。例如：

・我現在每天早上固定走一個小時左右的路。

・請勿飲酒過量。

もんだい 2

7

Answer 4

A「コンサートで　ピアノを　ひきます。聞きに　きて　いただけますか。」
B「すみません。＿＿＿　＿＿＿　＿★＿　＿＿＿　行けません。」

1　が　　2　用　　3　ので　　4　ある

A：「我將在音樂會演奏鋼琴，你願意來聽嗎？」
B：「不好意思，我有事所以沒辦法去。」

1 X　　2 事情　　3 所以　　4 有

正しい語順：すみません。用があるので行けません。

Bは「すみません」と謝っているので、その後の文は、コンサートに行けない理由を説明していると考える。理由を表す助詞「ので」を「行けません」の前に置くと「～ので、行けません」となる。「～」の部分は、その理由「用がある（ので）」となる。「2→1→4→3」の順で問題の☆には4の「ある」が入る。

正確語順：不好意思，我有事所以沒辦法去。

B回答「すみません／不好意思」，所以這之後應說明無法去演唱會的理由。表示理由的助詞「ので／所以」應填入「行けません／沒辦法去」之前，變成「～ので、行けません／因為～所以沒辦法去」。「～」的部分則填入理由「用がある（ので）／(因為）有事」，所以正確的順序是「２→１→４→３」，而☆的部分應填入選項４「ある／有」。

8 Answer ❷

「はい、上田です。父は　いま　るすに　して　おります。もどりましたら
こちらから ＿＿＿ ＿＿＿ ＿★＿ ＿＿＿ ます。」

1　ように　　2　つたえて　　3　おき　　4　お電話する

「您好，敝姓上田。家父目前外出，回來以後必定轉告他回電。」

1 必定　　2 轉告　　3 做好　　4 回電

正しい語順：もどりましたらこちらからお電話するように伝えておきます。

父が留守のときに、父に電話がかかってきたときの言葉だと考える。問題の部分は、「（こちらから）電話することを（父に）伝える」という内容だと分かる。「（動詞辞書形／ない形）ように（言います・伝えます等）」は、命令や指示の内容を示すときの言い方である。例：

- 木村さんに、明日はゆっくり休むように伝えてください。
- 医者は佐藤さんに、お酒を飲まないように言いました。

選択肢は「お電話するように伝えて」と並べ、「伝えて」に「おきます」を繋げる。

「（動詞て形）ておきます」は、準備や片付けなどを表す。例：

- 使ったお皿は洗っておきます。
- 明日までにこれを20部印刷しておいてください。

「4→1→2→3」の順で問題の☆には2の「伝えて」が入る。

正確語順：回來以後必定轉告他回電。

從父親不在家，有人致電給父親，這時該如何回應來看。可以得知問題部分的內容是「（こちらから）電話することを（父に）伝える／轉告（父親）（從這邊）打電話過去」。「（動詞辭書形・ない形）ように(言います・伝えます等）／（動詞辭書形・否定形）要，會（告知，轉達）」用在表達指示、命令時。例如：

- 請轉告木村先生，明天在家裡好好休息。
- 醫生叫佐藤先生盡量別再喝酒了。

排列完「お電話するようにつたえて／必定轉告他回電」這些選項之後，再將「おきます／（事先）做好…」接在「つたえて／轉告」後面。

「（動詞て形）ておきます／（事先）做好…」表示事先準備。例如：

- 使用過的盤子先洗乾淨。
- 這份資料明天之前先拷貝好20份。

正確的順序是「4→1→2→3」，而問題☆的部分應填入選項2「つたえて／轉告」。

語法知識加油站！

▸ 再複習一次

し（既…又…、不僅…而且…）

→表示原因，前後的因果關係，沒有「から」那麼緊密。暗示還有其他原因。

から（因為）

→説話人出自主觀的請求、推測、命令、主張等的原因。

ため（に）（以…為目的）

→後項可接好的或不好的結果，説話者不含痛恨等語氣。

せいで（由於…）

→後接不好的結果，説話者對前項含有不滿、痛恨的語氣。

でも（儘管…也）

→表示列舉，語含還有其他可選擇的。

とか（…啦…啦、…或…、及…；連，甚至）

→用在列舉一些類似的事物。但，最近也含有婉轉表示「だけ（僅只這個）」之意。如「お茶とか飲みに行かない」（要不要去喝杯茶）。

Chapter 10

條件、順接及逆接的說法

1 文法闖關大挑戰

文法知多少？請完成以下題目，從選項中，選出正確答案，並完成句子。
《答案詳見右下角。》

1 夏休みが（　　）、海に行きたい。
1.来ると　2.来たら

等到放暑假，我想去海邊玩。
1.来ると：一來…就…
2.来たら：要是來…的話

2 20歳に（　　）、お酒が飲める。
1.なれば
2.なるなら

等到 20 歲的時候，就可以喝酒了。
1.なれば：如果成為…
2.なるなら：如果成為…

3 疲れていたので、布団に（　　）すぐ寝てしまった。
1.入ったら　2.入ると

由於很疲倦，一鑽進被窩裡就馬上睡著了。
1.入ったら：要是鑽進…
2.入ると：一鑽進…就…

4 天気予報を（　　）、今日は降らないようだ。
1.見たところ　2.見たら

看了氣象預報，今天似乎不會下雨。
1.見たところ：看了…
2.見たら：看了…

5 （　　）、彼が好きなんです。
1.夫がいても
2.誰がいても

即使我有丈夫，還是喜歡他。
1.夫がいても：即使我有丈夫
2.誰がいても：不管是誰

6 高い店（　　）、どうしてこんなにまずいんだろう。
1.なのに　2.だけど

明明是價格昂貴的店，為什麼會這麼難吃呢？
1.なのに：明明…
2.だけど：雖然…

答案：(1) 2 (2) 1 (3) 2 (4) 1
(5) 1 (6) 1

2 條件、順接及逆接的說法總整理

條件

□と（繼起）比較 たら

□ば 比較 なら

□たら～た（確定條件）比較 と（繼起）

順接、逆接

□たところ 比較 たら～た（確定條件）

□ても／でも 比較 疑問詞＋ても／でも

□のに（逆接對比）比較 けれど（も）／けど

心智圖

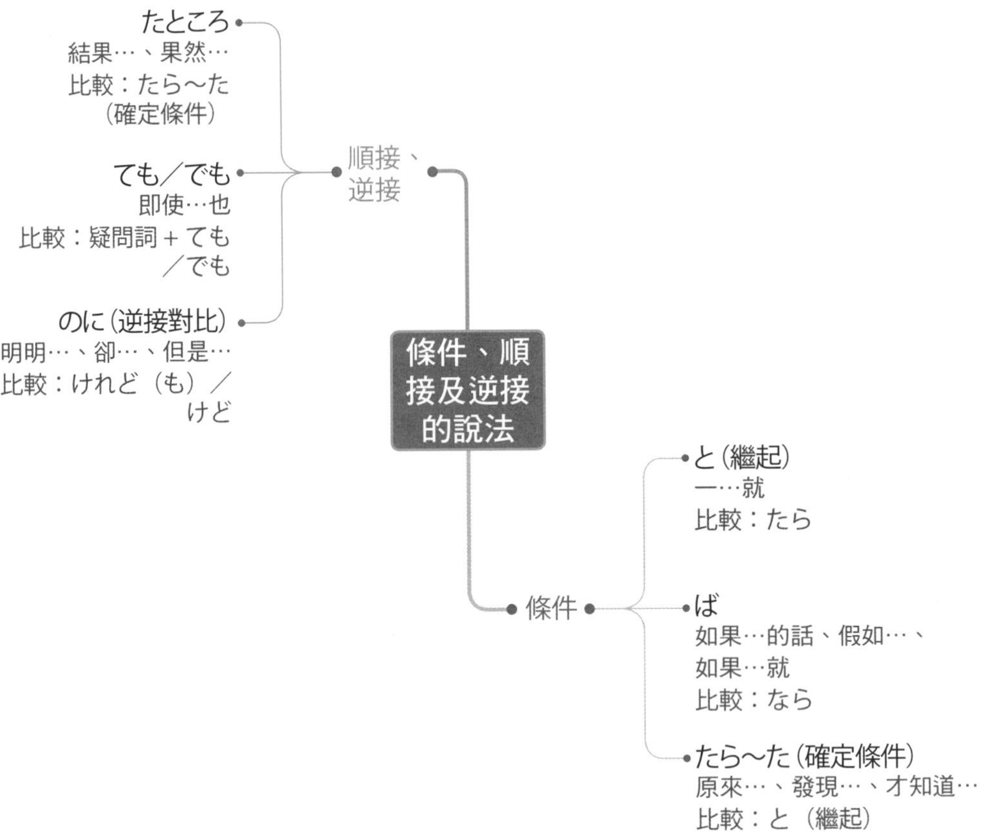

3 文法比較－條件、順接及逆接的說法

T-10

1

と（繼起）
一…就

比較

たら
要是…；如果要是…了、…了的話

以「用言終止形；體言だ＋と」的形式，表示陳述人和事物的一般條件關係，常用在機械的使用方法、説明路線、自然的現象及反覆的習慣等情況，此時不能使用表示説話人的意志、請求、命令、許可等語句；「動詞辭書形；動詞て形＋いる＋と」表示在前項成立的情況下，就會發生後項的事情，或是説話人因此有了新的發現。

例 **このボタンを押すと、切符が出てきます。**

一按這個按鈕，票就出來了。

例 **氷が溶けると水になる。**

冰融化就會變成水。

例 **家に帰ると、電気がついていました。**

回到家，發現電燈是開著的。

「用言連用形＋たら」表示假定條件，當實現前面的情況時，後面的情況就會實現，但前項會不會成立，實際上還不知道；表示確定條件，知道前項一定會成立，以前項為契機做後項。

例 **彼女に携帯を見られたら、困る。**

要是手機被女友看到的話，就傷腦筋了。

例 **大きくなったら、僕のお嫁さんになってくれる？**

等妳長大以後，願意當我的新娘嗎？

比較點

＊ 是一般條件，還是個別條件？

「と」通常用在一般事態的條件關係，後面不接表示意志、希望、命令及勸誘等詞；「たら」多用在單一狀況的條件關係，跟「と」相比，後項限制較少。

2

ば
如果…的話、假如…、如果…就…

比較

なら
如果…的話、要是…的話

「用言假定形＋ば」用在一般客觀事物的條件關係。如果前項成立，後項就一定會成立；後接意志或期望等詞，表示前項受到某種條件的限制；對特定的人或物，表示對未實現的事物，只要前項成立，後項也當然會成立。前項是焦點，敘述需要的是什麼，後項大多是被期待的事。

例 **早く医者に行けば良かったです。**

如果早點去看醫生就好了。

例 **時間が合えば、会いたいです。**

如果時間允許，希望能見一面。

例 **安ければ、買います。**

便宜的話我就買。

以「動詞・形容詞終止形；形容動詞詞幹；體言＋なら」的形式，表示接收了對方所説的事情、狀態、情況後，説話人提出了意見、勸告、意志、請求等；也可用於舉出一個事物列為話題，再進行説明；以對方發話內容為前提進行發言時，常會在前面「なら」加「の」，「の」較草率、口語的説法為「ん」。如果發生的事情是理所當然，或是經過一段時間自然會發生的事情，就不可使用「なら」。

例 **私があなたなら、きっとそうする。**

假如我是你的話，一定會那樣做的。

例 **中国語はできませんが、英語ならできます。**

我雖然不會中文，倒是會英文。

例 **そんなに痛いんなら、なんで今まで言わなかったの。**

要是真的那麼痛，為什麼拖到現在才説呢？

比較點

＊「如果」有差別

「ば」前接用言假定形，表示前項成立，後項就會成立；「なら」前接動詞・形容詞終止形、形容動詞詞幹或名詞，指説話人接收了對方説的話後，假設前項要發生，提出意見等。另外，「なら」前接名詞時，也可表示針對某人事物進行説明。

3

たら～た（確定條件）
原來…、發現…、才知道…

比較

と（繼起）
一…就

以「動詞た形＋ら＋た形」的形式，表示說話人完成前項動作後，有了新發現，或是發生了後項的事情。

例 **トイレに入(はい)ったら、紙(かみ)がなかった。**

進到廁所後，才發現沒有衛生紙了。

例 **彼氏(かれし)の携帯(けいたい)に電話(でんわ)したら、知(し)らない女(おんな)が出(で)た。**

撥了男友的電話，結果是個陌生女子接聽的。

「動詞終止形＋と；動詞て形＋いる＋と」表示在前項成立的情況下，就會發生後項的事情，或是說話人因此有了新的發現，如例句；「用言終止形；體言だ＋と」表示陳述人和事物的一般條件關係，常用在機械的使用方法、說明路線、自然的現象及反覆的習慣等情況，此時不能使用表示說話人的意志、請求、命令、許可等語句。

例 **トイレに行(い)くと、ゴキブリがいた。**

去到廁所，發現了裡面有蟑螂。

比較點

＊ 前項成立後，哪裡不一樣？

「…たら…た」表示前項成立後，發生了某事，或說話人新發現了某件事，這時前、後項的主詞不會是同一個；「と」表示前項一成立，就緊接著做某事，或發現了某件事，前、後項的主詞有可能一樣。此外，「と」也可以用在表示一般條件，這時後項就不一定接た形。

4

たところ
結果…、果然…

比較

たら～た（確定條件）
原來…、發現…、才知道…

以「動詞た形＋ところ」的形式，表示完成前項動作後，偶然得到後面的結果、消息，常含有說話人覺得訝異的語感。或是後項出現了預期中的好結果。前項和後項之間沒有絕對的因果關係。

例 **斉藤(さいとう)さんのうちを訪(たず)ねたところ、引(ひ)っ越(こ)した後(あと)だった。**

去拜訪齊藤先生家的時候，才發現他已經搬走了。

以「動詞た形＋ら＋た形」的形式，表示說話人完成前項動作後，有了新發現，或是發生了後項的事情。

例 **臭豆腐(しゅうどうふ)を食(た)べてみたら、意外(いがい)とおいしかった。**

嘗試吃了臭豆腐，居然挺好吃的。

比較點

＊ 前項成立後，然後呢？

「たところ」後項是以前項為契機而成立，或是因為前項才發現的，後面不一定會接た形；「…たら…た」表示前項成立後，發生了某事，或說話人新發現了某件事，後面一定會接た形。

5

てもノでも
即使…也

比較

疑問詞＋てもノでも
不管（誰、什麼、哪兒）…；無論…

「動詞て形＋も」、「形容詞く＋ても」或「體言；形容動詞詞幹＋でも」表示後項的成立，不受前項的約束，是一種假定逆接表現，後項常用各種意志表現的説法，如例句；表示假定的事情時，常跟「たとえ、どんなに、もし、万が一」等詞一起使用。

例 **さっちゃんは、たくさん食べても太らない。**
小幸就算吃很多也不會變胖。

「疑問詞＋動詞て形＋も」、「疑問詞＋形容詞く＋ても」或「疑問詞＋體言；形容動詞詞幹＋でも」表示不論什麼場合、什麼條件，都要進行後項，或是都會產生後項的結果；表示全面肯定或否定，也就是沒有例外，全部都是。

例 **いくら謝っても許してもらえない。**
任憑我再怎麼道歉也沒能得到原諒。

例 **どちらが選ばれてもうれしいです。**
不論哪一種被選上我都很開心。

比較點

＊ 是「即使…也」，還是「不管…也」？
「てもノでも」表示即使前項成立，也不會影響到後項；「疑問詞＋てもノでも」表示不管前項是什麼情況，都會進行或產生後項。

6

のに（逆接・對比）
明明…、卻…、但是…

比較

けれど（も）ノけど
雖然、可是、但…

「動詞・形容詞普通形；體言＋な；形容動詞な＋のに」表示逆接，用於後項結果違反前項的期待，含有説話人驚訝、懷疑、不滿、惋惜等語氣；也可表示前項和後項呈現對比的關係。

例 **クリスマスなのに、いっしょに過ごす人がいない。**
現在可是耶誕節，身邊卻沒有能夠一起歡度佳節的人。

例 **この店は、おいしくないのに値段は高い。**
這家店明明就不好吃卻很貴。

「用言終止形＋けれど（も）、けど」是逆接用法。表示前項和後項的意思或內容是相反的、對比的。是「が」的口語説法。「けど」語氣上會比「けれど（も）」還來得隨便。

例 **彼はもてるけれども、女性には興味がない。**
他雖然異性緣佳，卻對女人沒有興趣。

比較點

＊「逆接」差在哪？
「のに」跟「けれど（も）ノけど」都表示前、後項是相反的，但要表達結果不符合期待，説話人的不滿、惋惜等心情時，只有「のに」可以使用。

4 新日検實力測驗

もんだい 1

1 だれでも　練習(れんしゅう)　すれ　(　　　)　できるように　なります。

1　や　　2　が　　3　たら　　4　ば

2 かわいい　服(ふく)が　あった　(　　　)、高(たか)くて　買(か)えませんでした。

1　のに　　2　から　　3　だけ　　4　ので

3 朝(あさ)　起(お)き　(　　　)、もう　11時(じ)でした。

1　れば　　2　なら　　3　でも　　4　たら

4 ベルが　(　　　)　書(か)くのを　やめてください。

1　鳴(な)ったら　　2　鳴(な)ったと　　3　鳴(な)るたら　　4　鳴(な)ると

5 A「交番(こうばん)は　どこに　ありますか。」

B「そこの　角(かど)を　右(みぎ)に　曲(ま)がる　(　　　)、左側(ひだりがわ)に　あります。」

1　と　　2　が　　3　も　　4　な

もんだい 2

6 A「もし　動物(どうぶつ)に　＿＿＿　＿＿＿　＿★＿　＿＿＿　ですか。」

B「わたしは　ねこが　いいです。」

1　なりたい　　2　なる　　3　何(なに)に　　4　なら

7 (駅(えき)で)

A「新宿(しんじゅく)に　行(い)きたいのですが、どこから　電車(でんしゃ)に　乗(の)れば　よいですか。」

B「　＿＿＿　＿＿＿　＿★＿　＿＿＿　ください。」

1　３番線(ばんせん)　　2　お乗(の)り　　3　むこうの　　4　から

8 中村(なかむら)「本田(ほんだ)さん、あすの　音楽会(おんがくかい)は　どこに　集(あつ)まりますか。」

本田(ほんだ)「６時(じ)に　＿＿＿　＿＿＿　＿★＿　＿＿＿　どうでしょう。」

1　うけつけの　　2　集(あつ)まったら　　3　会場(かいじょう)の　　4　ところに

もんだい 1

1 Answer 4

だれでも　練習　すれ（　　　）できるように　なります。

1　や　　2　が　　3　たら　　4　ば

無論是誰（只要）練習就可以做到。

1 才剛　　2 但是　　3 如果　　4 只要

条件を表す助詞「ば」。「Aば、B」で、Bであるためには A が必要（条件）である、という関係を示す。問題文は、「練習する」と「できるようになる」の関係について、「できるようになるためには、練習することが必要だ」と言っている。例：

- 春になれば、桜が咲きます。
- 雨が降れば、旅行は中止です。
- このボタンを押せば、おつりが出ますよ。

※「だれでも」は、どんな人も全部、という意味。「疑問詞＋でも」で、全部に当てはまる、例外はない、ということを表す。例：

- いつでも遊びにきてください。
- 父は、妹の言うことは何でもきく。

表示條件的助詞用「ば／只要…的話」。「Aば、B／如果A的話，B」，表示A是B成立的必要條件。題目中「練習する／練習」和「できるようになる／可以做到」兩句的關係是「為了可以做到，練習是必須的」。例如：

- 只要到了春天，櫻花就會盛開。
- 假如下雨，就取消旅行。
- 只要按下這顆按鈕，找零就會掉出來喔。

※「だれでも／無論是誰」指的是任何人全部都是。「疑問詞＋でも／無論」用於表示統統包括在內，沒有例外。例如：

- 歡迎隨時來玩。
- 爸爸對妹妹所說的話一向言聽計從。

2 Answer 1

かわいい　服が　あった（　　　）、高くて　買えませんでした。

1　のに　　2　から　　3　だけ　　4　ので

（明明）有可愛的衣服，卻因為太貴了而沒有買。

1 明明　　2 因為　　3 只有　　4 由於

「かわいい服がありました」と「買えませんでした」の関係は対立するので、逆接の助詞「のに」を選ぶ。例：

- 薬を飲んだのに、熱が下がりません。
- タクシーで行ったのに、パーティーに間に合いませんでした。

※ 後半の文が「買いました」のときは、順接の助詞「ので」を使う。原因・理由を表す。例：

- かわいい服があったので、買いました。
- 薬を飲んだので、熱が下がりました。

因為「かわいい服がありました／有可愛的衣服」與「買えませんでした／沒有買」這兩句話的意思是相互對立的，所以應該選逆接助詞「のに／明明」。例如：

- 藥都已經吃了，高燒還是沒退。
- 我都已經搭計程車去了，還是趕不上派對。

※ 當後半段的句子是「買いました／買了」的時候，則用順接助詞「ので／因為」來表示原因或理由。例如：

- 看到可愛的衣服就買了。
- 吃了藥以後，高燒就退了。

3

Answer ❹

朝　起き　（　　　）、もう　11 時でした。

1　れば　　2　なら　　3　でも　　4　たら

早上起床（一看），已經 11 點了。

1 若是　　2 如果　　3 即使　　4 一看

「（動詞た形）たら、～た」で、動詞の行為をした結果、「～」のことを見つけた、という意味を表す。驚きの気持ちを表すことが多い。例：

- カーテンを開けたら、外は雪だった。
- 会場に着いたら、コンサートはもう始まっていました。

※「（動詞辞書形）と、～た」も同じ。

「（動詞た形）たら、～た／一…，才發現」的句型可用於表達做了前項動詞的行為之後，發現了「～」這件事的意思。通常用來表示驚訝的意思。例如：

- 一拉開窗簾，原來外面下雪了。
- 一抵達會場，發現音樂會已經開始了。

※（動詞辭書形）と、～た／一…就」也是相同的意思。

4 Answer **1**

ベルが（　　）書くのを　やめてください。

1　鳴ったら　　2　鳴ったと　　3　鳴るたら　　4　鳴ると

鈴聲（一響）請停筆。

1 一響　　2 響了就　　3 如果正在響的話　　4 一響就

「ベルが鳴る」→「書くのをやめる」という条件を表す文。

選択肢の中で条件を表すのは、1「鳴ったら」と4「鳴ると」だが、「～と」は話者の意志や依頼を表すことはできない。例：

- 春になったら、旅行しよう。
  （× 春になると、旅行しよう。）
- 疲れたら、休んでください。
  （× 疲れると、休んでください。）

「と」が使える例：

- 春になると、桜が咲きます。
- 疲れると、頭が痛くなります。

「ベルが鳴る／鈴聲一響」→「書くのをやめる／停筆」是表示條件的句子。

選項中表示條件的用法有選項 1「鳴ったら／一響」和選項 4「鳴ると／一響就」，但是「～と／一…就」無法表現說話者的意志或請託。例如：

- 要是到了春天，就去旅行吧。
  （× 一到春天就去旅行。）
- 如話累了的話，就休息吧。
  （× 一累就休息。）

也請學習「と／一…就」的使用方法。例如：

- 每逢春天，櫻花盛開。
- 一疲勞頭就痛。

5 Answer **1**

A「交番は　どこに　ありますか。」

B「そこの　角を　右に　曲がる（　　）、左側に　あります。」

1　と　　2　が　　3　も　　4　な

A：「請問派出所在哪裡呢？」

B：「在那個轉角右轉（後），派出所（就）在左側。」

1 後…就（完成～之後，即可～）　　2 X

3 也　　4 X

「（動詞①辞書形）と、動詞②文」で、動詞①をすると、必ず動詞②になるということを表す。例：

- 春になると、桜が咲きます。
- このボタンを押すと、お釣りが出ます。

句型「（動詞①辭書形）と、動詞②／只要、一旦（動詞①），就會（動詞②）」，表示在動詞①之後，必定會發生動詞②的情況。例如：

- 每逢春天，櫻花就會盛開。
- 只要按下這顆按鈕，找零就會掉出來。

もんだい 2

6 Answer ❸

A「もし　動物に　＿＿＿　＿＿＿　＿★＿　＿＿＿　ですか。」
B「わたしは　ねこが　いいです。」

1　なりたい　　2　なる　　3　何に　　4　なら

A：「如果要變成動物，你希望變成什麼呢？」
B：「我想變成貓。」
1 希望　　2 變成　　3 變成什麼　　4 要

正しい語順：もし動物に<u>なるなら何になりたい</u>ですか。

文の初めに「もし」があるので、「もし～なら」という条件文と考える。文末「ですか」の前に入るものは、「なる＋ですか」とは言わないので、「なりたい＋ですか」。「もし動物に～なら」の「～」には「なる」を入れて「もし動物になるなら」、後半の文に疑問詞「何に」を入れて「何になりたいですか」とする。「2→4→3→1」の順で問題の☆には3の「何に」が入る。

正確語順：如果要變成動物，你希望變成什麼呢？

因為句子一開始有「もし／如果」，可以想見應該是「もし～なら／如果的話」的條件句型。由於沒有「なる＋ですか」的用法，所以句末的「ですか／嗎」之前應填入「なりたい＋ですか／想變成＋嗎」。「もし動物に～なら／如果～動物的話」的「～」應填入「なる／變成」成為「もし動物になるなら／如果變成動物的話」，而之後則填入疑問詞「何に／哪種」變成「何になりたいですか／想變成哪種呢」。所以正確的順序是「2→4→3→1」，而☆的部分應填入選項3「何に／什麼」。

7 Answer ❹

(駅で)
A「新宿に　行きたいのですが、どこから　電車に　乗れば　よいですか。」
B「　＿＿＿　＿＿＿　＿★＿　＿＿＿　ください。」

1　3番線　　2　お乗り　　3　むこうの　　4　から

（在車站內）
A：「我想去新宿，該從哪裡搭車才好呢？」
B：「請從對面的三號月台搭乘。」
1 三號月台　　2 搭乘　　3 對面的　　4 從

正しい語順：むこうの３番線からお乗りください。

「どこから電車に乗ればよいですか」と聞かれているので、返事は「（場所）から乗ります」や「（場所）から乗ってください」と予想できる。文末が「ください」なので、尊敬語で「お乗りください」だと分かる。「から」の前には場所を表す名詞が来るので、「むこうの３番線から」となる。「３→１→４→２」の順で問題の☆には４の「から」が入る。

正確語順：請從對面的三號月台搭乘。

因為被詢問「どこから電車に乗ればよいですか／該從哪裡搭車才好呢」，所以可以推測回答應該是「（場所）から乗ります／從（場所）搭乘」或「（場所）から乗ってください／請從（場所）搭乘」。由於句尾是「ください／請」，因此可知要用敬語的「お乗りください／請搭乘」。「から／從」前應填入表示場所的名詞，所以是「むこうの３番線から／從對面的三號月台」。因此正確的順序是「３→１→４→２」，而☆的部分應填入選項４「から／從」。

8

Answer ❹

中村「本田さん、あすの　音楽会は　どこに　集まりますか。」
本田「６時に　＿＿＿　＿＿＿　＿★＿　＿＿＿　どうでしょう。」
1　うけつけの　　2　集まったら　　3　会場の　　4　ところに

中村：「本田先生，明天的音樂會要在哪裡集合呢？」
本田：「六點在會場的櫃台處集合如何？」
1 櫃台　　2 集合的話　　3 會場的　　4 在…處

正しい語順：６時に会場の受付けのところに集まったらどうでしょう。

「どこに集まりますか」に対する返事で、述語が「どうでしょう」となっている。提案をするとき「（動詞た形）たらどうですか」という言い方がある。例：

・今日は雨ですよ。買い物は明日にしたらどうですか。

問題の文末は「～たらどうですか」と同じ意味の「～たらどうでしょう」と考える。

正確語順：六點在會場的櫃台處集合如何？

本題要回答「どこに集まりますか／在哪裡集合」，而述語也已經確定是「どうでしょう／如何」了。另外，可以用「（動詞た形）たらどうですか／如何呢」的句子表示提議。例如：

・今天下雨喔，東西要不要明天再買呢？

而本題的句尾使用的是「～たらどうですか／～如何呢」意思相同的「～たらどうでしょう／～如何呢」。

場所を表すとき「（場所）に集まる」となるから、「〜ところに集まったら」となる。残りの「うけつけの」と「会場の」は、会場の中に受付けがある（会場＞受付け）ので、「会場のうけつけのところに」となる。「３→１→４→２」の順で問題の☆には４の「ところに」が入る。

「（場所）に集まる／在（場所）集合」用來表示場所，所以是「〜ところに集まったら／在〜集合的話呢」。而剩下的選項「うけつけの／櫃臺」和「会場の／會場的」，可知會場中有一個櫃臺（會場＞櫃臺），因此變成「会場のうけつけのところに／在會場的櫃台處」。所以正確的順序是「３→１→４→２」，而☆的部分應填入選項４「ところに／在…處」。

語法知識加油站！

假定形用來表示條件，意思是「假如…的話，就會…」。假定形的變化如下：

動詞	辭書形	假定形
五段動詞	行く	行けば
	飲む	飲めば
一段動詞	食べる	食べれば
	受ける	受ければ
カ・サ變動詞	来る	来れば
	する	すれば

形容詞	辭書形	假定形
	白い	白ければ

形容動詞	辭書形	假定形
	綺麗だ	綺麗なら

名詞	辭書形	假定形
	学生だ	学生なら

▸ 假定形的否定形

- 動詞：～ない　⇒　～なければ

  行かない → 行かなければ　　しない → しなければ

  食べない → 食べなければ　　来ない → 来なければ

- 形容詞：～くない　⇒　～くなければ

  白くない → 白くなければ

- 形容動詞及名詞：～ではない　⇒　～でなければ

  綺麗ではない → 綺麗でなければ　　学生ではない → 学生でなければ

Chapter

11 授受表現

1 文法闖關大挑戰

文法知多少？請完成以下題目，從選項中，選出正確答案，並完成句子。
《答案詳見右下角。》

1 私はカレに手編みのマフラーを（　　）。
1. あげました　2. やりました

我送了親手編織的圍巾給男友。
1. あげました：送了
2. やりました：給了

2 私はカレに肉じゃがを作っ（　）。
1. てあげました
2. てやりました

我為男友煮了馬鈴薯燉肉。
1. てあげました：為…做…
2. てやりました：為…做…

3 私は先生から、役に立ちそうな本を（　　）。
1. 差し上げました 2. いただきました

我從老師那裡收到了應該有所助益的書籍。
1. 差し上げました：給了
2. いただきました：收到了

4 先生に分からない問題を教え（　）。
1. て差し上げました
2. ていただきました

承蒙老師教了我不懂的題目。
1. て差し上げました：為…做…
2. ていただきました：承蒙…了

5 浦島太郎は乙姫様から玉手箱を（　　）。
1. もらいました 2. くれました

浦島太郎從龍宮仙女那裡得到了玉匣。
1. もらいました：得到了
2. くれました：得到了

6 倉田さんが見舞いに（　　）。
1. 来てもらった
2. 来てくれた

倉田先生特地來探了病。
1. 来てもらった：（為某人）來…
2. 来てくれた：（為我）來…

7 あなたにこれを（　　）。
1. くださいましょう
2. 差し上げましょう

這個東西送給你吧！
1. くださいましょう：X
2. 差し上げましょう：送給…吧

8 この手袋は姉が買って（　　）。
1. くださいました
2. くれました

這雙手套是姊姊買給了我的。
1. くださいました：給了
2. くれました：給了

答案：(1) 1　(2) 1　(3) 2　(4) 1　(5) 1
(6) 2　(7) 2　(8) 2

2 授受表現總整理

あげる的變化
□あげる 比較 やる
□てあげる 比較 てやる
□さしあげる 比較 いただく
□てさしあげる 比較 ていただく

もらう的變化
□もらう 比較 くれる
□てもらう 比較 てくれる

くれる的變化
□くださる 比較 さしあげる
□てくださる 比較 てくれる

心智圖

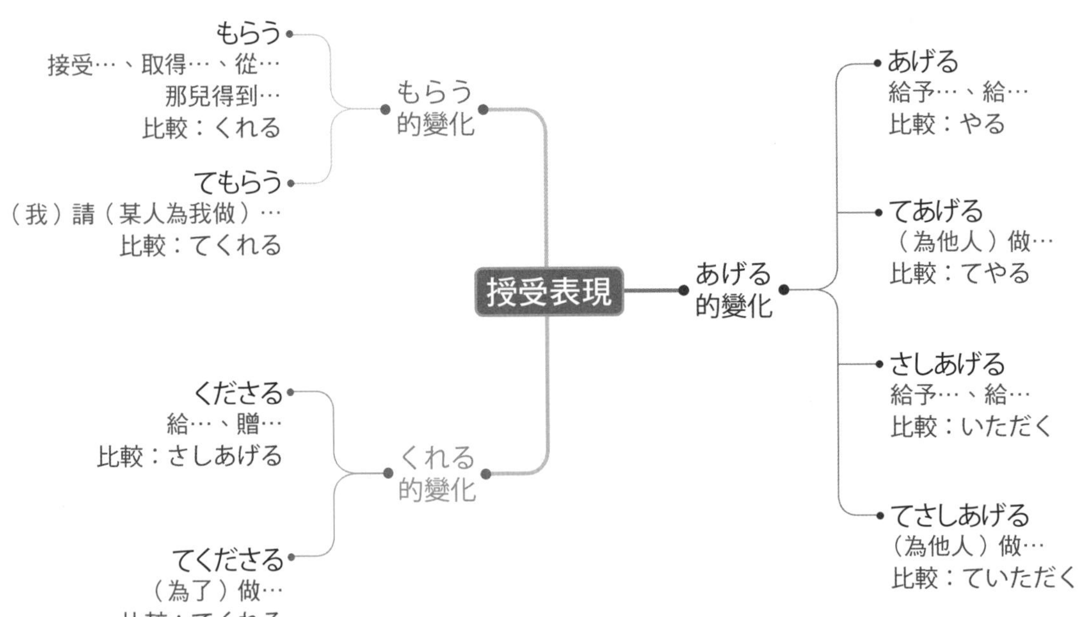

3 文法比較－授受表現

T-11

1

あげる 給予…、給… 比較 **やる** 給予…、給…

あげる 給予…、給…

授受物品的表達方式。表示給予人（說話人或說話一方的親友等），給予接受人有利益的事物。句型是「給予人は（が）接受人に～をあげる」。給予人是主語，這時候接受人跟給予人大多是地位、年齡同等的同輩。

例 **私は友達に誕生日プレゼントをあげました。**

我送了朋友生日禮物。

やる 給予…、給…

授受物品的表達方式。表示給予同輩以下的人，或小孩、動植物有利益的事物。句型是「給予人は（が）接受人に~をやる」。這時候，接受人大多和給予人關係親密，且年齡、地位比給予人低。或接受人是動植物。

例 **私は息子に誕生日プレゼントをやりました。**

我給了兒子生日禮物。

比較點

＊ 是誰「給」誰？

「あげる」跟「やる」都是「給予」的意思，「あげる」基本上用在給同輩東西；「やる」用在給晚輩、小孩或動植物東西。

2

てあげる（為他人）做… 比較 **てやる**（為他人）做…

てあげる（為他人）做…

「動詞て形＋あげる」表示自己或站在說話人一方的人，為他人做前項利益的行為。基本句型是「給予人は（が）接受人に~を~てあげる」。這時候，接受人跟給予人大多是地位、年齡同等的同輩。是「~てやる」的客氣說法。

例 **私は友達の宿題を手伝ってあげました。**

我幫忙朋友一起寫了作業。

てやる（為他人）做…

「動詞て形＋やる」表示以施恩或給予利益的心情，為下級或晚輩（或動、植物）做有益的事；由於說話人的憤怒、憎恨或不服氣等心情，而做讓對方有些困擾的事，或說話人展現積極意志時使用。

例 **私は息子の宿題を手伝ってやりました。**

我幫兒子一起寫了作業。

例 **こんなブラック企業、いつでも辞めてやる。**

這麼黑心的企業，我隨時都可以辭職走人！

比較點

＊ 是誰「為」誰「做」什麼？

「てあげる」跟「てやる」都是「（為他人）做」的意思，「てあげる」基本上用在為同輩做某事；「てやる」用在為晚輩、小孩或動植物做某事。

3

さしあげる 給予…、給… 比較 いただく 承蒙…、拜領…

授受物品的表達方式。表示下面的人給上面的人物品。句型是「給予人は（が）接受人に～をさしあげる」。給予人是主語，這時候接受人的地位、年齡、身份比給予人高。是一種謙虛的説法。

例 今週中(こんしゅうちゅう)にご連絡(れんらく)を差(さ)し上(あ)げます。

本週之內會與您聯絡。

表示從地位、年齡高的人那裡得到東西。是以説話人是接受人，或説話人站是在接受人的角度來表現，這時主語是接受人。句型是「接受人は（が）給予人に～をいただく」。用在給予人身份、地位、年齡比接受人高的時候。比「もらう」説法更謙虛，是「もらう」的謙讓語。

例 佐伯先生(さえきせんせい)に絵(え)をいただきました。

收到了佐伯老師致贈的畫作。

比較點

＊ 是「給予」還是「得到」？

「さしあげる」用在給地位、年齡、身份較高的對象東西；「いただく」用在説話人從地位、年齡、身份較高的對象那裡得到東西。

4

てさしあげる（為他人）做… 比較 ていただく 承蒙…

「動詞て形＋さしあげる」表示自己或站在自己一方的人，為他人做前項有益的行為。基本句型是「給予人は（が）接受人に～を～てさしあげる」。這時候，給予人是主語，而接受人的地位、年齡、身份比給予人高。是「～てあげる」更謙虛的説法。由於有將善意行為強加於人的感覺，所以直接對上面的人説話時，最好改用「お～します」。

例 私(わたし)は先生(せんせい)の資料(しりょう)を整理(せいり)して差(さ)し上(あ)げました。

我協助整理了老師的資料。

「動詞て形＋いただく」表示接受人從給予人某行為中得到好處，且對那一行為帶著感謝的心情。是以説話人站是在接受人的角度來表現。用在給予人身份、地位、年齡都比接受人高的時候。句型是「接受人は（が）給予人に（から）～を～ていただく」。這是「～てもらう」的自謙形式。

例 私(わたし)は先生(せんせい)によい参考書(さんこうしょ)を教(おし)えていただきました。

承蒙老師告訴了我很有用的參考書。

比較點

＊ 是「為他人做」，還是「他人為自己做」？

「てさしあげる」用在為地位、年齡、身份較高的對象做某事；「ていただく」用在他人替説話人做某事，而這個人的地位、年齡、身份比説話人還高。

5

もらう
接受…、取得…、從…那兒得到…

比較

くれる
給…

表示接受別人給的東西。是以説話人是接受人，或説話人站是在接受人的角度來表現，這時主語是接受人。句型是「接受人は（が）給予人に～をもらう」。這時候接受人跟給予人大多是同輩。給予人也可以是晚輩。

例 **猿は桃太郎にきびだんごをもらいました。**

猴子從桃太郎那裡得到了黍丸子。

表示他人給説話人（或説話一方）物品。這時候接受人跟給予人大多是同輩。句型是「給予人は（が）接受人に~をくれる」。給予人是主語，而接受人是説話人，或説話人一方的人（家人）。給予人也可以是晚輩。

例 **（猿の発言）桃太郎さんは私にきびだんごをくれました。**

（猴子説）桃太郎給了我黍丸子。

比較點

＊ 是「受」還是「施」？

「もらう」用在從同輩、晚輩那裡得到東西；「くれる」用在同輩、晚輩給我（或我方）東西。

6

てもらう （我）請（某人為我做）…

比較

てくれる （為我）做…等

「動詞て形＋もらう」表示接受人從給予人某行為中得到好處，且對那一行為帶著感謝的心情。也就是接受人由於給予人的行為，得到恩惠、利益。一般是接受人請求給予人採取某種行為的。這時候接受人跟給予人大多是地位、年齡同等的同輩。句型是「接受人は（が）給予人に（から）～を～てもらう」。給予人也可以是晚輩。

例 **友達に宿題をやってもらった。**

讓朋友幫忙做了作業。

「動詞て形＋くれる」表示他人為我，或為我方的人做前項有益的事，用在帶著感謝的心情，接受別人的行為，此時接受人跟給予人大多視同被或關係親密者；給予人也可能是晚輩；常用「給予人は（が）接受人に～を~てくれる」之句型，此時給予人是主語，而接受人是説話人，或説話人一方的人。

例 **お父さんが理科の問題を教えてくれた。**

請爸爸教了我理科的題目。

例 **子どもたちも、「お父さん、がんばって」と言ってくれました。**

孩子們也對我説了:「爸爸，加油喔!」

例 **花子は私に傘を貸してくれました。**

花子借傘給我。

比較點

＊ 誰是「給予人」，誰是「接受人」？

「てもらう」用「接受人は（が）給予人に（から）～を～てもらう」句型，表示他人替接受人做某事，而這個人通常是接受人的同輩、晚輩或親密的人；「てくれる」用「給予人は（が）接受人に～を～てくれる」句型，表示同輩、晚輩或親密的人為我（或我方）做某事。

7

くださる 給…、贈… 比較 **さしあげる 給予…、給…**

對上級或長輩給自己（或自己一方）東西的恭敬說法。這時候給予人的身份、地位、年齡要比接受人高。句型是「給予人は（が）接受人に~をくださる」。給予人是主語，而接受人是說話人，或說話人一方的人（家人等）。

例 **先生(せんせい)が果物(くだもの)をくださいました。**

老師送了水果給我。

授受物品的表達方式。表示下面的人給上面的人物品。句型是「給予人は（が）接受人に~をさしあげる」。給予人是主語，這時候接受人的地位、年齡、身份比給予人高。是一種謙虛的說法。

例 **先生(せんせい)に果物(くだもの)を差(さ)し上(あ)げました。**

我送了水果給老師。

比較點

＊ 誰是「給予人」，誰是「接受人」？

「くださる」用「給予人は（が）接受人に～をくださる」句型，表示身份、地位、年齡較高的人給予我（或我方）東西；「さしあげる」用「給予人は（が）接受人に～をさしあげる」句型，表示給予身份、地位、年齡較高的對象東西。

8

てくださる（為我）做…等 比較 **てくれる（為我）做…等**

「動詞て形＋くださる」是「～てくれる」的尊敬說法。表示他人為我，或為我方的人做前項有益的事，用在帶著感謝的心情，接受別人的行為時，此時給予人的身份、地位、年齡要比接受人高；常用「給予人は（が）接受人に（を・の…）～を～てくださる」之句型，此時給予人是主語，而接受人是說話人，或說話人一方的人。

例 **部長(ぶちょう)、その資料(しりょう)を貸(か)してくださいませんか。**

部長，您方便借我那份資料嗎？

例 **先生(せんせい)が私(わたし)によい参考書(さんこうしょ)を教(おし)えてくださいました。**

承蒙老師告訴了我很有用的參考書。

「動詞て形＋くれる」表示他人為我，或為我方的人做前項有益的事，用在帶著感謝的心情，接受別人的行為，此時接受人跟給予人大多是地位、年齡同等的同輩，如例句；給予人也可能是晚輩；常用「給予人は（が）接受人に～を～てくれる」之句型，此時給予人是主語，而接受人是說話人，或說話人一方的人。

例 **友達(ともだち)が私(わたし)によい参考書(さんこうしょ)を教(おし)えてくれました。**

朋友告訴了我很有用的參考書。

比較點

＊ 是誰「為我做」？

「てくださる」表示身份、地位、年齡較高的對象為我（或我方）做某事；「てくれる」表示同輩、晚輩為我（或我方）做某事。

4 新日検實力測驗

もんだい 1

1 先生(せんせい)に　分(わ)からない　問題(もんだい)を　教(おし)えて　（　　　）。

1　くださいました　　　2　いただきました

3　いたしました　　　4　さしあげました

2 佐藤君(さとうくん)（　　　）かさを　貸(か)して　くれました。

1　で　　2　と　　3　や　　4　が

3 先生(せんせい)が　作文(さくぶん)の　書(か)き方(かた)を　教(おし)えて　（　　　）。

1　いただきました　　　2　さしあげました

3　くださいました　　　4　なさいました

4 私(わたし)は　李(リ)さんに　いらなく　なった　本(ほん)を　（　　　）。

1　くれました　　　2　くださいました

3　あげました　　　4　いたしました

5 宿題(しゅくだい)が　終(お)わったので、弟(おとうと)と　遊(あそ)んで（　　　）。

1　やりました　　2　くれました　　3　させました　　4　もらいなさい

6 彼女(かのじょ)から　プレゼントを　（　　　）。

1　くれました　　2　くだされます　　3　やりました　　4　もらいました

7 おじに　京都(きょうと)の　おみやげを　（　　　）。

1　あげさせました　　　2　くださいました

3　さしあげました　　　4　ございました

もんだい 2

8 A「日曜日(にちようび)は　ゴルフにでも　行(い)きますか。」

B「そうですね。それでは　＿＿＿　＿＿＿　＿★＿　＿＿＿　しましょう。」

1　に　　2　行(い)く　　3　ゴルフ　　4　ことに

もんだい 1

1 Answer **2**

先生に　分からない　問題を　教えて　（　　　）。

1　くださいました　　2　いただきました

3　いたしました　　4　さしあげました

（承蒙）老師指導了我不懂的問題。

1 給了　2 承蒙　3 做了　4 獻給了

主語「私は」が省略されている。「私は先生に～を教えてもらいました」という文。「もらいます」の謙譲語は「いただきます」。

《他の選択肢》

1「くださいます」は「くれます」の尊敬語。例：

・先生は私に漢字を教えてくださいました。

2「いたします」は「します」の謙譲語。例：

・試験結果は明日発表いたします。

3「差し上げます」は「あげます」の謙譲語。例：

・先生にお茶を差し上げました。

主語「私は／我」被省略了。完整的句子是「私は先生に～を教えてもらいました／請老師教我～」。「もらいます／接受」的謙讓語是「いただきます／接受」。

《其他選項》

選項１：「くださいます／為我（做）」是「くれます／為我（做）」的尊敬語。例如：

・承蒙老師教了我漢字。

選項２：「いたします／做」是「します／做」的謙讓語。例如：

・考試的結果將於明天公布。

選項３：「差し上げます／獻給」是「あげます／給」的謙讓語。例如：

・為老師送上一杯茶了。

2 Answer ❹

佐藤君（　　）かさを　貸して　くれました。

1　で　　2　と　　3　や　　4　が

佐藤同學將傘借給了我。

1 在　　2 和　　3 或　　4 ×

述語が「～てくれました」なので、主語は、「私」ではなく「佐藤君」だと分かる。主語をあらわすのは、助詞「が」。問題文は目的語（私に）が省略されている。

→「～てくれる」「～てもらう」を確認しよう。例：

- 父が（私に）時計を買ってくれました。
- （私は）父に時計を買ってもらいました。

因為述語是「～てくれました／（為我）做…」，由此可知主語不是「私／我」而是「佐藤君／佐藤同學」。表示主語的助詞是「が」。而題目中的目的語（私に／為我）則被省略了。

→請順便學習「～てくれる／給」和「～てもらう／得到」的用法吧。例如：

- 爸爸買了手錶（給我）。
- （我）請爸爸（幫我）買了手錶。

3 Answer ❸

先生が　作文の　書き方を　教えて　（　　）。

1　いただきました　　2　さしあげました

3　くださいました　　4　なさいました

老師教（給了我）寫作文的方法。

1 承蒙　　2 獻給了　　3 給了　　4 做了

1「いただきました」は「もらいました」の謙譲語。2「さしあげました」は「あげました」の謙譲語。3「くださいました」は「くれました」の謙譲語。4「なさいました」は「しました」の尊敬語。

問題文は主語が「先生」なので、3の「くださいました」を選ぶ。

選項1：「いただきました／承蒙」是「もらいました／接受了」的謙讓語。選項2：「さしあげました／獻給了」是「あげました／給了」的謙讓語。選項3：「くださいました／給了」是「くれました／給了」的謙讓語。選項4：「なさいました／做了」是「しました／做了」的尊敬語。

題目的主語是「先生／老師」，所以選擇選項3的「くださいました」。

《他の選択肢》

1（私は先生に…教えて）いただきました。

2（私は先生に私の国のことばを教えて）さしあげました。

4（先生は私たちに挨拶を）なさいました。

《其他選項》

選項１：（老師教我…）承蒙。

選項２：（我告訴老師關於我的國家的事情）給了。

選項４：（老師向我打了招呼）做了。

4 Answer ❸

私は　李さんに　いらなく　なった　本を（　　）。

1　くれました　　2　くださいました

3　あげました　　4　いたしました

我把不需要的書（給了）李先生。

1 給我了　2 給我了　3 給了　4 做了

「私は李さんに」に続くのは「あげました」。

《他の選択肢》

1（李さんは私に）くれました。

2「くださいました」は「くれました」の謙譲表現。

4「いたしました」は「しました」の謙譲表現。「本をしました」という文はおかしい。

接在「私は李さんに／我把～李先生」之後的應該是「あげました／給了」。

《其他選項》

選項1：（李先生）給了（我）。

選項2：「くださいました／給我了」是「くれました／給我了」的謙讓用法。

選項4：「いたしました／做了」是「しました／做了」的謙讓用法。「本をしました／做了書」的語意並不通順。

5 Answer ❶

宿題が　終わったので、弟と　遊んで（　　）。

1　やりました　2　くれました　3　させました　4　もらいなさい

做完作業了，所以（陪了）弟弟一起玩。

1 陪了　2 給了我　3 讓他做了　4 接受

主語「私は」が省略されている。「私は弟と遊んで（　）」に続くのは「やりました」。例：

・弟の入学祝いにかばんを買ってやりました。

《他の選択肢》

2「くれました」は他者が主語の言い方。例：

・父は私に時計を買ってくれました。

3「させました」は「しました」の使役形。例：

・お母さんは子供に掃除をさせました。

4「もらいなさい」は「もらいます」の命令形。親が子供に「勉強が分からないときは、先生に教えてもらいなさい」というとき、教えるのは先生、教えてもらうのは子供。

主語「私は／我」被省略了。「私は弟と遊んで（　）／我跟弟弟一起玩」後面應該接「やりました／陪了」。例如：

・我買了包包送給弟弟作為入學賀禮。

《其他選項》

選項２：句型「くれました／給了我」的主語是其他人而不是自己。例如：

・爸爸買了手錶給我。

選項３：「させました／讓他做了」是「しました／做了」的使役形。例如：

・媽媽囑咐了孩子幫忙打掃。

選項４：「もらいなさい／接受」是「もらいます／收下」的命令形。父母告訴孩子「勉強が分からないときは、先生に教えてもらいなさい／課業有不懂的地方，就去請教老師」，這句話裡教導的人是老師，而得到指導的是孩子。

6

Answer **4**

彼女から　プレゼントを　（　　　）。

1　くれました　　2　くだされます　　3　やりました　　4　もらいました

（收到）她送的禮物。

1 給了我　　2 給我　　3 做了　　4 收到了

「彼女から」の前の、主語「私は」が省略されている。プレゼントは「彼女から私へ」と移動している。私はプレゼントをもらったと分かる。

「彼女から／從她那裡」前面省略了主語「私は／我」。而禮物則是以「彼女から私へ／從她到我」的方向移動。由此可知是我收到了禮物。

7 Answer ❸

おじに　京都の　おみやげを　(　　　)。

1　あげさせました　　2　くださいました

3　さしあげました　　4　ございました

(送給了)叔叔京都的土產。

1 讓對方給了　2 給了　3 獻給了　4 是

「おじに」の前の、主語「私は」が省略されている。授受表現で「私」を主語にとるのは、「あげます」か「もらいます」。

選択肢３「さしあげました」は「あげました」の謙譲語。

《他の選択肢》

1「あげさせます」は「あげます」の使役形と考えられるが、文章としておかしい。

2「くださいます」は「くれます」の尊敬語。「くれます」の主語は「私」ではなく他者。例：先生は私に本をくださいました。

4「ございます」は「あります」や「です」の丁寧な言い方。

※「おじ」は漢字で「伯父」か「叔父」。

※「彼女からプレゼントをもらいました」の「から」は「AからBへ」で、物の動きが「彼女→私」であることが分かる。したがって、「彼女からプレゼントを」の後には必ず「もらう」が続く。これに対して、「おじに」の「に」は、「AはBにもらう」も「AはBにあげる」もどちらも言えるので、物の動きはどちらか分からない。

「おじに／給叔叔」前面省略了主語「私は／我」。在授受表現中以「私」為主語的有「あげます／給」或「もらいます／接受」。

選項3的「さしあげました／獻給了」是「あげました」的謙讓語。

《其他選項》

選項1：「あげさせます／讓…給」可以假設是「あげます／給」的使役形，但不成文章，無此用法。

選項2：「くださいます／給」是「くれます／給」的敬語說法。「くれます」的主語不是「私／我」而是他人。例如：老師給了我書。

選項4：「ございます／有，是」是「あります／有」或「です／是」的鄭重說法。

※「おじ」的漢字是「伯父」或「叔父」。

※「彼女からプレゼントをもらいました／從她那裡收到了禮物」中的「から／從」是「AからBへ／從A到B」的用法，由此可知東西是以「她→我」的方向移動。因此，「彼女からプレゼントを」的後面一定是接「もらう／收到」。對此，「おじに／給叔叔」的「に」可能是「AはBにもらう／A從B處得到」也可能是「AはBにあげる／A送給B」，兩者皆無法確定東西的移動方向。

もんだい 2

8

Answer ❷

小川「らいしゅうの　月曜日に　ひっこす　予定です。」
竹田「月曜日は　じゅぎょうが　ないので、＿＿＿　＿＿＿　＿★＿　＿＿＿。」

1　が　　2　てつだって　　3　わたし　　4　あげましょう

小川：「我準備下周一搬家。」
竹田：「星期一沒課，我去幫忙吧！」
1 ×　　2 幫忙　　3 我　　4 給…吧

正しい語順：月曜日は授業がないので、わたしが手伝ってあげましょう。

主語「わたし」に助詞「が」つく。文末は「あげましょう」と分かりますから、その前に「手伝って」を置く。「（動詞て形）てあげます」は、相手のために自分がする、と言いたいときの言い方である。例：

- 友達と仲良く遊べたら、お菓子を買ってあげよう。

「3→1→2→4」の順で問題の☆には2の「手伝って」が入る。

※「〜てあげます」は上から下に言う言い方なので、失礼な印象を与えることがある。

×「先生、私がかばんを持ってあげます。」
○「先生、私がかばんをお持ちします。」

正確語順：星期一沒課，我去幫忙吧！

主語「わたし／我」的助詞要用「が」。從選項可知句尾是「あげましょう／給…吧」，因此在這之前應填入「てつだって／幫忙」。「（動詞て形）てあげます／（為他人）做…」用於表達自己想為對方做某件事。例如：

- 如果你可以和朋友相親相愛一起玩耍，就給你買糖果喔。

正確的順序是「3→1→2→4」，所以☆的部分應填入選項2「てつだって／幫忙」。

※「〜てあげます／（為他人）做…」是上位者對下位者的表述方式，聽起來讓人感到失禮。

×「老師，我給你拿公事包吧。」
○「老師，讓我來為您拿公事包。」

語法知識加油站！

日語中，授受動詞是表達物品的授受，以及恩惠的授受。因為主語(給予人、接受人)的不同，所用的動詞也會不同。遇到此類題型時，一定要先弄清楚動作的方向詞，才不會混淆了喔！

授受的表現一覽

<table>
<tr><td rowspan="5">給予的人是主語</td><td>やる</td><td>給予的人＞接受的人
接受的人的地位、年紀、身分比給予的人低（特別是給予一方的親戚）、或者接受者是動植物</td></tr>
<tr><td>さしあげる</td><td>給予的人＜接受的人
接受的人的地位、年紀、身分比給予的人高</td></tr>
<tr><td>あげる</td><td>給予的人≧接受的人
給予的人和接受的人，地位、年紀、身分相當，或比接受的人高</td></tr>
<tr><td>くれる</td><td>給予的人＝接受的人
接受的人是説話者（或屬説話者一方的），且給予的人和接受的人的地位、年紀、身分相當</td></tr>
<tr><td>くださる</td><td>給予的人＞接受的人
接受的人是説話者（或屬説話者一方的），且給予的人比接受的人的地位、年紀、身分高</td></tr>
<tr><td rowspan="2">接受的人是主語</td><td>もらう</td><td>給予的人＝接受的人
給予的人和接受的人的地位、年紀、身分相當</td></tr>
<tr><td>いただく</td><td>給予的人＞接受的人
給予的人的地位、年紀、身分比接受的人高</td></tr>
</table>

補充：親子或祖孫之間的授受表現，因關係較親密所以大多以同等地位來表現。

Chapter 12

受身、使役、使役受身及敬語表現

1 文法闖關大挑戰

文法知多少？請完成以下題目，從選項中，選出正確答案，並完成句子。
《答案詳見右下角。》

1 財布を泥棒に（　　）。
1. 盗まれた
2. 盗ませた

錢包被小偷給偷走了。
1. 盗まれた：被…偷走了
2. 盗ませた：讓…偷走了

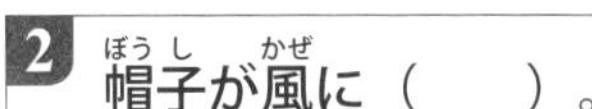

2 帽子が風に（　　）。
1. 飛ばせた
2. 飛ばされた

帽子被風吹走了。
1. 飛ばせた：讓…吹走了
2. 飛ばされた：被…吹走了

3 （同僚に）これ、今日の会議で使う資料（　　）。
1. でございます　2. です

（對同事）這個是今天開會要用的資料。
1. でございます：X
2. です：X

4 この問題、（　　）。
1. できられますか
2. おできになりますか

這道問題您會做嗎？
1. できられますか：X
2. おできになりますか：您會做嗎

5 明日、こちらから（　　）。
1. ご電話します
2. お電話いたします

明天會主動致電。
1. ご電話します：X
2. お電話いたします：致電

6 こちらに（　　）ください。
1. お来て
2. 来て

請過來這邊。
1. お来て：X
2. 来て：來

7 お父さん。結婚する相手は、自分で決め（　　）。
1. させてください
2. てください

爸爸，請讓我決定自己的結婚對象。
1. させてください：請讓我…
2. てください：請…

答案：(1) 1　(2) 2　(3) 2　(4) 2
(5) 2　(6) 2　(7) 1

2 受身、使役、使役受身及敬語表現總整理

受身、使役、使役受身

□（ら）れる（被動） 比較 （さ）せる

□（さ）せる 比較 （さ）せられる

敬語表現

□（名詞）でございます 比較 です

□（ら）れる（尊敬） 比較 お～になる

□お～する 比較 お～いたす

□お～ください 比較 てください

□（さ）せてください 比較 てください

心智圖

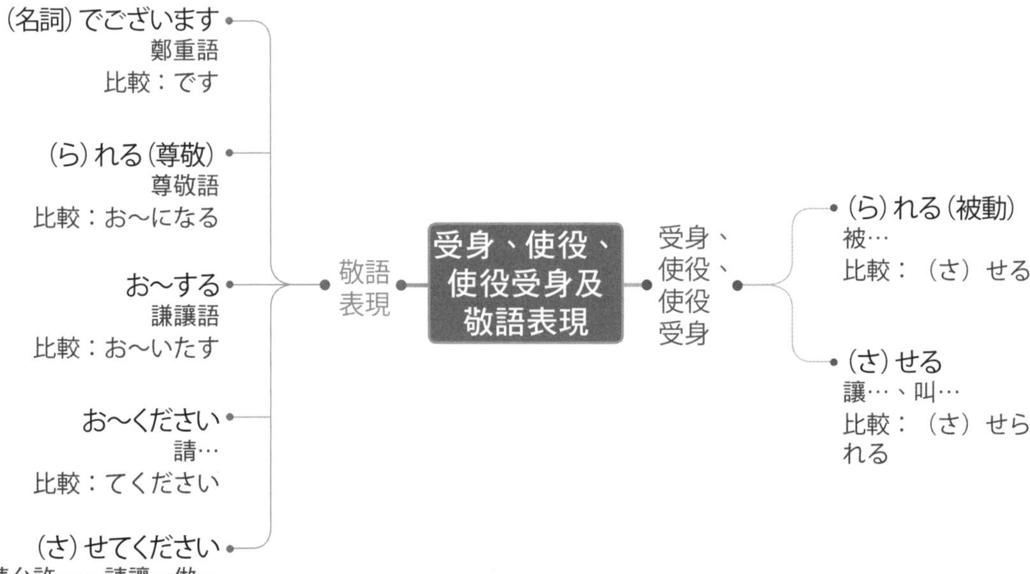

3 文法比較－受身、使役、使役受身及敬語表現

(T-12)

1

（ら）れる（被動）被… 比較 **（さ）せる 讓…、叫…等**

「一段動詞・カ變動詞未然形＋られる」、「五段動詞未然形；サ變動詞未然形さ＋れる」表示某人直接承受到別人的動作，「被…」的意思；表示社會活動等普遍為大家知道的事，是種客觀的事實描述；由於某人的行為或天氣等自然現象的作用，而間接受到麻煩。

例 **道路にごみを捨てたところを、好きな人に見られた。**

正在路上隨手丟垃圾的時候，被心儀的人看見了。

例 **試験は２月に行われます。**

考試將在２月舉行。

例 **学校に行く途中で、雨に降られました。**

去學校途中，被雨淋濕了。

以「一段動詞・カ變動詞未然形；サ變動詞詞幹＋させる」、「五段動詞未然形＋せる」的形式，表示某人強迫他人做某事，由於具有強迫性，只適用於長輩對晚輩或同輩之間，如例句；另外，表示某人用言行促使他人自然地做某種行為，常搭配「泣く、笑う、怒る」等當事人難以控制的情緒動詞；以「～させておく」形式，表示允許或放任。

例 **勉強の役に立つテレビ番組を子どもに見せた。**

讓小孩觀賞了有助於課業的電視節目。

比較點

＊ 是「被動」，還是「使役」？

「（ら）れる」表示「被動」，指某人承受他人施加的動作，「被…」的意思；「（さ）せる」是「使役」用法，指某人強迫他人做某事，「讓…」的意思。

2

（さ）せる　讓…、叫…等　比較　（さ）せられる　被迫…、不得已…

（さ）せる　讓…、叫…等

「一段動詞・カ變動詞未然形；サ變動詞詞幹＋させる」、「五段動詞未然形＋せる」的形式，表示某人強迫他人做某事，只適用於長輩對晚輩或同輩之間；另外，表示某人用言行促使他人自然地做某種行為，常搭配「泣く、笑う、怒る」等難以控制的情緒動詞；以「～させておく」形式，表示允許或放任。

例 **子どもに家事の手伝いをさせた。**

要求小孩幫忙了家事。

例 **聞いたよ。ほかの女と旅行して奥さんを泣かせたそうだね。**

我聽説囉！你帶別的女人去旅行，把太太給氣哭了喔。

例 **奥さんを悲しませておいて、何をいうんだ。**

你讓太太那麼傷心，還講這種話！

（さ）せられる　被迫…、不得已…

「動詞未然形＋（さ）せられる」表示被迫。被某人或某事物強迫做某動作，且不得不做。含有不情願、感到受害的心情。這是從使役句的「XがYにNをV-させる」變成為「YがXにNをV-させられる」來的，表示Y被X強迫做某動作。

例 **親に家事の手伝いをさせられた。**

被父母要求幫忙了家事。

比較點

＊ 是「使役」，還是「使役被動」？

「（さ）せる」是「使役」用法，指某人強迫他人做某事，「讓…」的意思；「（さ）せられる」是「使役被動」用法，表示被某人強迫做某事，「被迫…」的意思。

3

（名詞）でございます　比較　です

（名詞）でございます

「でございます」是比「です」的鄭重與表達方式。鄭重語用於和長輩或不熟的對象交談時，也可用在車站、百貨公司等公共場合。相較於尊敬語用於對動作的行為者表示尊敬，鄭重語則是對聽話人表示尊敬。

例 **新田様は、あちらのお席でございます。**

貴賓新田先生，您的座位在那邊。

です

「です」是「だ」的陣重語，用在句尾，表示對主題的斷定或説明。

例 **新田さんは、あちらの席です。**

新田先生，您坐那邊。

比較點

＊ 哪個比較「鄭重」？

「でございます」是比「です」還鄭重的語詞，主要用在接待貴賓、公共廣播等狀況。如果只是跟長輩、公司同事有禮貌地對談，一般用「です」就行了。

4

（ら）れる（尊敬） 比較 **お～になる**

以「一段動詞・カ變動詞未然形＋られる」、「五段動詞未然形；サ變動詞未然形さ＋れる」的形式，表示對對方或話題人物的尊敬，就是在表敬意的對象的動作上，用尊敬助動詞。尊敬程度低於「お～になる」。

例 **白井(しらい)さんは、もう駅(えき)に向(む)かわれました。**

白井先生已經前往車站了。

「お動詞ます形＋になる」是動詞尊敬語的形式，比「（ら）れる」的尊敬程度要高。表示對對方或話題中提到的人物的尊敬，這是為了表示敬意而抬高對方行為的表現方式，所以「お～になる」中間接的就是對方的動作；當動詞是サ行變格動詞時，用「ご～になる」。

例 **先生(せんせい)の奥(おく)さんがお倒(たお)れになったそうです。**

聽說師母病倒了。

例 **黒川(くろかわ)さんは、もうご出発(しゅっぱつ)になりました。**

黑川小姐已經出發了。

比較點

＊ 哪個「尊敬語」尊敬程度較高？

「（ら）れる」跟「お…になる」都是尊敬語，用在抬高對方行為，以表示對他人的尊敬，但「お…になる」的尊敬程度比「（ら）れる」高。

5

お～する 比較 **お～いたす**

「お動詞ます形＋する」表示動詞的謙讓形式。對要表示尊敬的人，透過降低自己或自己這一邊的人，以提高對方地位，來向對方表示尊敬；當動詞是サ行變格動詞時，用「ご～する」。

例 **いいことをお教(おし)えしましょう。**

我來告訴你一個好消息吧。

例 **それはこちらでご用意(ようい)します。**

那部分將由我們為您準備。

「お動詞ます形＋いたす」是比「お～する」語氣上更謙和的謙讓形式。對要表示尊敬的人，透過降低自己或自己這一邊的人的說法，以提高對方地位，來向對方表示尊敬；當動詞是サ行變格動詞時，用「ご～いたす」。

例 **車(くるま)でお送(おく)りいたしましょう。**

搭我的車送你去吧。

例 **またメールでご連絡(れんらく)いたします。**

容我之後再以電子郵件與您聯繫。

比較點

＊ 哪個「謙讓語」謙讓程度較高？

「お…する」跟「お…いたす」都是謙讓語，用在降低我方地位，以對對方表示尊敬，但語氣上「お…いたす」是比「お…する」更謙和的表達方式。

6

お～ください 請…　比較　てください 請…

「お動詞ます形＋ください」尊敬程度比「～てください」要高。「ください」是「くださる」的命令形「くだされ」演變而來的。用在對客人、屬下對上司的請求表示敬意，而抬高對方行為的表現方式；當動詞是サ行變格動詞時，用「ご～ください」。當遇到「する・来る」，以及詞幹和詞尾沒有分別（「る」的前面只有一個字）的一段動詞，沒辦法使用這個文法，而要用其他說法，如：「お見ください」是錯誤的用法，正確用法是「見てください」或「ご覧ください」。

例 こちらにおかけになってお待ちください。

請坐在這邊等候。

例 どうぞご自由にご利用ください。

敬請隨意使用。

以「動詞て形＋ください」的形式，表示請求、指示或命令某人做某事。一般常用在老師對學生、上司對部屬、醫生對病人等指示、命令的時候。

例 住所を教えてください。

請告訴我住址。

比較點

＊ 哪個「請託」說法更尊敬？

「お…ください」跟「てください」都表示請託或指示，但「お…ください」的說法比「てください」更尊敬，主要用在上司、客人身上；「てください」則是一般有禮貌的說法。

7

（さ）せてください 請允許…、請讓…做…　比較　てください 請…

「動詞未然形；サ變動詞語幹＋（さ）せてください」的形式，表示「我請對方允許我做前項」的意思，是客氣地請求對方允許、承認的說法。用在當說話人想做某事，而那一動作一般跟對方有關的時候。

例 お父さん。私をあの人と結婚させてください。

爸爸，請讓我和他結婚。

以「動詞て形＋ください」的形式，表示請求、指示或命令某人做某事。一般常用在老師對學生、上司對部屬、醫生對病人等指示、命令的時候。

例「結婚してください。」「考えさせてください。」

「請和我結婚。」「請讓我考慮一下。」

比較點

＊ 是「請允許」，還是「請」？

「（さ）せてください」表示客氣地請對方允許自己做某事，所以「做」的人是說話人；「てください」表示請對方做某事，所以「做」的人是聽話人。

4 新日檢實力測驗

もんだい 1

1 明日、学校で　試験が　（　　　）　ます。

1 行い　　2 行われ　　3 行った　　4 行う

2 母が　子どもに　部屋の　そうじを　（　　　）。

1 しました　　2 させました

3 されました　　4 して　いました

3 先生が　（　　　）　本を　読ませて　ください。

1 お書きした　　2 お書きに　しない

3 お書きに　する　　4 お書きに　なった

4 校長先生が　あいさつを　（　　　）　ので　静かに　しましょう。

1 した　　2 しよう　　3 される　　4 すれば

5 どうぞ　こちらに　お座り　（　　　）。

1 に　なる　　2 いたす　　3 します　　4 ください

6 私が　パソコンの　使い方に　ついて　ご説明　（　　　）。

1 ございます　　2 なさいます　　3 いたします　　4 くださいます

もんだい 2

7 （デパートで）

「お客さま、この　シャツは　少し　小さいようですので、もう

少し　＿＿＿　＿＿＿　＿★＿　＿＿＿　か。」

1 しましょう　　2 お持ち　　3 大きい　　4 ものを

8 学生「日本の　お米は　＿＿＿　＿＿＿　＿★＿　＿＿＿　いるのですか。」

先生「九州から　北海道まで、どこでも　生産して　います。」

1 て　　2 どこ　　3 作られ　　4 で

5 翻譯與解題

もんだい 1

1

Answer ❷

明日、学校で　試験が　（　　　）　ます。

1　行い　　2　行われ　　3　行った　　4　行う

明天，考試將在學校（被舉行）。（亦即：明天將有考試在學校舉行。）

1 舉行　　2 被舉行　　3 舉行了　　4 舉行

「行う」の受身形「行われる」が正解。問題文の主語は「試験」。問題文で、試験を行うのは「先生」だが、その情報が重要でない場合、「試験」を主語にして受身動詞を使って表す。例：

・東京で国際会議が開かれます。

・関東地方で大雨注意報が出されました。

・このお寺は、今から1300年前に建てられました。

《他の選択肢》

1「試験が」ではなく「試験を」なら「行います」が正解。この場合、主語は「私」や「先生」など、試験を行う人。このときの主語も普通省略される。

※ 下の解説参照。

受身形の文を作るとき、助詞の変化に気をつけよう。例：

・明日、先生は試験を行います。

→明日、試験が行われます。（受身形）

・学者は新しい星を発見しました。

→新しい星が発見されました。

正確答案是「行う／舉行」的被動形「行われる／被舉行」。題目的主語是「試験／考試」。以這一題來說，舉行考試的雖然是「先生／老師」，但由於這項訊息並不重要，因此將「試験」視為主語，而動詞則用被動形來表示。例如：

・將在東京舉行國際會議。

・關東地區發佈大雨特報。

・這座寺院是距今1300年前落成的。

《其他選項》

選項1：若題目不是「試験が」而是「試験を」，「行います／舉行」則為正確答案。此時的主語是「私／我」或「先生／老師」等舉行考試的人。這種情形的主語通常也會被省略。

※ 請參照下面的解說。

寫被動形的句子時，請注意助詞的變化！例如：

・明天老師將要舉行考試。

→明天考試將會被舉行。（被動形）

・研究學家發現了新的星球。

→新的星球被發現了。

2 Answer ❷

母が　子どもに　部屋の　そうじを　（　　　）。

1　しました　　　　　2　させました

3　されました　　　　4　して　いました

媽媽（要求了）孩子打掃房間。
1 做了　2 要求了　3 被做了　4 已經在做了

「母が子どもに」とあるので、使役形の文と考える。「します」の使役形「させます」を選ぶ。

■使役形の文

使役形は、働きかける人（下の例の母）と実際に動作をする人（下の例の子）の行動を表す。

使役文は助詞の違いに気をつけよう。

他動詞の例：

・母は子に掃除をさせます。（「します」は他動詞）

自動詞の例：

・母は子を学校へ行かせます。（「行きます」は自動詞）

由於句中提到「母が子どもに／媽媽要求了孩子」，應該想到使役形的句子，所以選擇「します／做」的使役形「させます／要求做」。

■使役形的句子

使役形的句子用於表達使別人動作的人（下述例子中的媽媽）和實際動作的人(下述例子中的小孩）的行動。

請注意使役形的句子所使用助詞的不同。

他動詞的例子：

・媽媽叫孩子打掃。(「します／做」是他動詞）

自動詞的例子：

・媽媽讓孩子去上學。(「行きます／去」是自動詞）

3 Answer ❹

先生が　（　　　）　本を　読ませて　ください。

1　お書きした　　　　2　お書きに　しない

3　お書きに　する　　4　お書きに　なった

請讓我拜讀老師（所撰寫）的書。
1 撰寫了　2 不撰寫　3 撰寫　4 所撰寫

「お（動詞ます形）になる」で尊敬を表す。例：

・先生はもうお帰りになりました。

・何時にお出かけになりますか。

用「お（動詞ます形）になる／您做…」表示尊敬。例如：

・老師已經回家了。

・您何時出門呢？

4

Answer ❸

校長先生が　あいさつを　（　　　）ので　静かに　しましょう。

1　した　　2　しよう　　3　される　　4　すれば

校長正要致詞，所以請保持安靜。

1 做了　　2 做吧　　3 您做　　4 做的話

「される」は「する」の尊敬形。

《他の選択肢》

1「静かにしましょう」と、今、注意しているので、校長先生の挨拶は今からすると分かる。「した」という過去形は×。

2「しよう」と4「すれば」は、（　）の後の「ので」には繋がらない。

「される／您做」是「する／做」的尊敬形。

《其他選項》

選項1：從「静かにしましょう／保持安靜」知道要求學生注意的時間點是在“現在”，由此可知校長的演講現在才正要開始。但「した／做了」為過去式所以不正確。

選項2、4：選項2「しよう／做吧」跟選項4「すれば／做的話」的後面都不能接「ので／所以」。

5

Answer ❹

どうぞ　こちらに　お座り（　　　）。

1　に　なる　　2　いたす　　3　します　　4　ください

（請）坐在這裡。

1 您做　　2 做　　3 做　　4 請

「お（動詞ます形）ください」は「（動詞て形）てください」の尊敬表現。問題文は「どうぞ」があるので、相手に話しかけている言葉だと分かる。例：

・どうぞお入りください。

（部屋に入ってくださいというとき）

「お（動詞ます形）ください／請」是「（動詞て形）てください／請…」的尊敬表現。因為題目有「どうぞ／請」，由此可知是用於向對方搭話的時候。例如：

・請進。

（表達「請進入房間裡」時）

・楽しい夏休みをお過ごしください。

《他の選択肢》

1「お（動詞ます形）になる」は、動詞の尊敬表現。例：

・これは先生がお書きになった本です。

2「いたす」は「する」の謙譲語。

3「お（動詞ます形）します」は動詞の謙譲表現。例：

・お荷物は私がお持ちします。

・祝您有個愉快的暑假！

《其他選項》

選項１：「お（動詞ます形）になる／您做…」是動詞的尊敬用法。例如：

・這是老師所撰寫的書。

選項２：「いたす／做」是「する／做」的謙讓語。

選項３：「お（動詞ます形）します／我為您做…」是動詞的謙讓用法。例如：

・讓我來幫您提行李。

6 Answer ❸

私が　パソコンの　使い方に　ついて　ご説明（　　　）。

1　ございます　　2　なさいます　　3　いたします　　4　くださいます

（請由）我來為您說明關於電腦的使用方式。

1 是　　2 請做　　3 請由　　4 給

「ご（する動詞の語幹）いたします」は謙譲表現。「ご（する動詞の語幹）します」より謙譲の気持ちが強い。例：

・私が館内をご案内いたます。

・資料はこちらでご用意いたします。

《他の選択肢》

1「ございます」は「です」の丁寧な形。主語「私が」に対して述語「説明です」は文としておかしい。

2「なさいます」は「します」の尊敬形。「私」が主語なので、尊敬形は×。

「ご（する動詞的語幹）いたします／我為您做…」是謙遜用法，比「ご（する動詞的語幹）します／我為你做」的語氣更為謙卑。例如：

・我來帶您參觀館內。

・我來幫您準備資料。

《其他選項》

選項１：「ございます／是」為「です／是」的丁寧語。主語是「私が／我」述語是「説明です／說明」的句子，並不適用這種變化。

選項２：「なさいます／請做」是「します／做」的尊敬形。由於主語是

4「くださいます」は「くれます」の尊敬形。

「私」，所以不能用尊敬形。

選項４：「くださいます／給」是「くれます／給」的尊敬形。

もんだい２

7

Answer ❷

（デパートで）

「お客さま、この　シャツは　少し　小さいようですので、もう少し　＿＿＿　＿＿＿　★　＿＿＿　か。」

1　しましょう　　2　お持ち　　3　大きい　　4　ものを

（在百貨公司裡）

「先生，這件襯衫似乎有點小，要不要我另外拿 一件大一點的給您呢？」

1 要不要　　2 拿　　3 大　　4 的（襯衫）

正しい語順：もう少し大きいものをお持ちしましょうか。

「お（動詞ます形）します」は謙譲表現。「お持ちしましょう」は「持ってきましょう」の謙譲形にしたもの。持ってくるのは、「（もう少し）大きいもの」で、「もの」は「シャツ」のことです。「３→４→２→１」の順で問題の☆には２の「お持ち」が入る。

※「お持ちします」は、ふつう「持ちます」の謙譲形として使われますが、問題文では、「持ってきます」という意味で使われている。次の例は「持って行きます」という意味である。例：

・資料は明日、私がそちらにお持ちします。

正確語順：要不要我另外拿 一件大一點的給您呢？

「お（動詞ます形）します」是謙讓用法。「お持ちしましょう／幫您拿來」為「持ってきましょう」的謙讓形。

要拿來的是「（もう少し）大きいもの／(稍微）大一點的」，因此可知「もの／東西」意指「シャツ／襯衫」。正確的順序是「３→４→２→１」，問題☆的部分應填入選項２「お持ち／拿」。

※「お持ちします」一般是當「持ちます」的謙讓形使用，但在本題是「持ってきます／拿來」的意思。以下例句為「持って行きます／拿過去」的意思。例如：

・資料我明天會幫您拿過去。

8

Answer ❸

学生「日本の　お米は ＿＿＿ ＿＿＿ ＿★＿ ＿＿＿ いるのですか。」
先生「九州から　北海道まで、どこでも　生産して　います。」

1　て　　2　どこ　　3　作られ　　4　で

學生：「日本的米是在哪裡種出來的呢？」
老師：「從九州到北海道，到處都產米。」
1 X　　2 哪裡　　3 種出來的　　4 在

正しい語順：日本のお米は<u>どこで作られて</u>いるのですか。

先生の答えから、質問はお米を作る場所を聞いていると分かる。文の最初に疑問詞「どこ」、これに場所を表す助詞「で」をつける。述語は受身文で「作られて」となる。「2→4→3→1」の順で問題の☆には3の「作られ」が入る。

※ 無生物主語の受身文の例：

・このビールは北海道で作られています。

・このお寺は400年前に建てられました。

正確語順：日本的米是在哪裡種出來的呢？

從老師的回答可以得知對方是在詢問稻米的產地。句首是疑問詞「どこ／哪裡」，後面要接上表示場所的助詞「で／在」，而述語是被動形的「作られて／中出來的」。所以正確的順序是「2→4→3→1」，而☆的部分應填入選項3「作られ／種出來的」。

※ 當主語是非生物時需用被動語態的例句：

・這是北海道所釀製的啤酒。

・這座寺院是距今400年前建造而成的。

語法知識加油站！

▶特別形

特別形動詞	尊敬語	謙譲語
します	なさいます	いたします
来ます	いらっしゃいます	まいります
行きます	いらっしゃいます	まいります
います	いらっしゃいます	おります
見ます	ご覧になります	拝見します
言います	おっしゃいます	申します
寝ます	お休みになります	
飲みます	召し上がります	いただきます
食べます	召し上がります	いただきます
会います		お目にかかります
着ます	お召しになります	
もらいます		いただきます
聞きます		伺います
訪問します		伺います
知っています	ご存じです	存じております
…ています	…ていらっしゃいます	…ております
…てください	お…ください	

JLPT

新制日檢模擬考題

第１回　新制日檢模擬考題　言語知識—文法

もんだい１　（　　　）に　何を　入れますか。１・２・３・４から　いちばん　いい　ものを　一つ　えらんで　ください。

1　弟は　今朝　ご飯を　三杯　（　　　）　食べました。

1　に　　2　も　　3　と　　4　を

2　外に　だれが　いる（　　　）　見て　きて　ください。

1　と　　2　の　　3　か　　4　も

3　A「この　パンを　（　　　）。おいしいよ。」

B「本当だ！とても　おいしい！」

1　食べた　とき　　2　食べながら　　3　食べないで　　4　食べて　みて

4　A「今から　一緒に　遊びませんか。」

B「ごめんなさい。今日は　母と　買い物に　（　　　）。」

1　行きなさい　　2　行きました

3　行く　つもりです　　4　行く　はずが　ありません

5　毎日　花に　水を　（　　　）。

1　くれます　　2　やります

3　もらいます　　4　いただきます

6　雨が　降り（　　　）。建物の　中に　入りましょう。

1　はじまりました　　2　つづきました

3　おわりました　　4　だしました

7　出かけ（　　　）　したら　雨が　降って　きた。

1　ないと　　2　ように　　3　ようと　　4　でも

8　そんなに　お酒を　（　　　）　だめだ。

1　飲んでは　　2　飲んしゃ　　3　飲んちゃ　　4　飲んじゃ

9 A「疲れて　いる　（　　　）　休んだ　ほうが　いいよ。」
B「そうですね。少し　休みます。」

1　けど　　2　なら　　3　のに　　4　まで

10 王「太郎君は　北京へ　行った　（　　　）。」
太郎「はい。子どもの　ときに　一度　あります。」

1　ときですか　　2　ことが　ありますか
3　ことが　できますか　　4　ことに　しますか

11 A「どうか　ぼくに　ひとこと　（　　　）　ください。」
B「はい。どうぞ。」

1　言われて　　2　言わなくて　　3　言わせて　　4　言わさせて

12 昨日は　今年一番の　寒（　　　）だった　そうです。

1　い　　2　が　　3　く　　4　さ

13 遠くから　電車の　音が　聞こえ（　　　）。

1　て　みる　　2　て　いく　　3　て　くる　　4　て　もらう

14 宿題を　忘れて、ろうかに　（　　　）。

1　立たせた　　2　立たされた　　3　立たれた　　4　立てた

15 (先生が　生徒の　作文を　見て)
先生「ここの　ところが　分かり　（　　　）　から　書き直しなさい。」
生徒「はい。書き直します。」

1　にくい　　2　やすい　　3　たがる　　4　わるい

もんだい２　＿★＿　に　入る　ものは　どれですか。１・２・３・４から　いちばん　いい　ものを　一つ　えらんで　ください。

16　先生「あなたは　しょうらい　＿＿＿　＿＿＿　＿★＿　＿＿＿　ですか。」
学生「まだ、考えて　いません。」

1　なり　　2　何　　3　たい　　4　に

17　「あさっての　＿＿＿　＿＿＿　＿★＿　＿＿＿　かならず　もって　くるように　ということです。」

1　なので　　2　じしょが　　3　必要　　4　じゅぎょうには

18　A「学校の　よこの　食堂には　いつも　たくさん　客が　来て　いますね。」
B「とても＿＿＿　＿＿＿　＿★＿　＿＿＿よ。」

1　ひょうばんの　　2　おいしいと　　3　ようです　　4　店の

19　A「その　仕事は　いつ　終わりますか。」
B「午後６時　＿＿＿　＿＿＿　＿★＿　＿＿＿　します。」

1　には　　2　ように　　3　まで　　4　終わる

20　A「何を　して　いるのですか。」
B「今、＿＿＿　＿＿＿　＿★＿　＿＿＿　です。」

1　ところ　　2　いる　　3　宿題を　　4　して

もんだい3　[21]　から　[25]　に　何を　入れますか。ぶんしょうの　いみを　かんがえて、1・2・3・4から　いちばん　いい　ものを　一つ　えらんで　ください。

下の　文章は　「買い物」に　ついての　作文です。

「夕方の買い物」

陳亭瑩

夕方、母に　[21]　近くの　肉屋さんに　買い物に　行きました。肉屋の　おじさんが、「今から　肉を　安く　しますよ。どうぞ　[22]　。」と　言いました。

私が、「ハンバーグを　作るので　牛のひき肉*を　300グラム　ください。」と　言うと、おじさんは、「さっきまで　100グラム　300円だった　[23]　、夕方だから、200円に　して　おくよ。」と　言います。安いと　思ったので、その　肉を　400グラム　買いました。

家に　帰って　母に　その　話を　すると、母は　とても　うれし　[24]　、「ありがとう。夕方に　なると、お肉や　お魚は　安く　なるのよ。また、明日　[25]　夕方に　買い物に　行ってね。」と　言いました。

＊ひき肉：とても細かく切った肉

21　1　たのんで　　2　たのませて　　3　たのまらせて　　4　たのまれて

22　1　買いますか　　2　買って　ください　　3　買いましょう　　4　買いませんか

23　1　だから　　2　し　　3　けれど　　4　のに

24　1　そうに　　2　らしく　　3　くれて　　4　すぎて

25　1　は　　2　が　　3　に　　4　も

第 1 回　もんだい 1　翻譯與解題

1

Answer ❷

弟は　今朝　ご飯を　三杯　（　　　）　食べました。

1　に　　2　も　　3　と　　4　を

弟弟今天早上吃了（多達）三碗飯。

1 向　　2 多達　　3 和　　4 以

数が多いことを言いたいとき、助詞「も」を使う。例：

・彼は３台も車を持っています。

・自転車の修理に六千円もかかりました。

※「も」は、それが多いという話者の気持ちを表している。事実だけを伝えたいときは、「おとうとは今朝ご飯を三杯（×）食べました」として、「三杯」の後に助詞は入れない。例：

・彼は毎晩４時間勉強します。

要表達數量很多的時候，使用助詞「も／多達」。例如：

・他擁有的車子多達３輛。

・腳踏車的修理費高達了六千圓。

※ 說話者可使用「も」來強調數量之多。若只是單純陳述事實，僅需說「おとうとは今朝ご飯を三杯（×）食べました／弟弟今天早上吃了三碗飯」，在「三杯／三碗」後面不必加入助詞。例如：

・他每晚用功四小時。

2

Answer ❸

外に　だれが　いる（　　　）　見て　きて　ください。

1　と　　2　の　　3　か　　4　も

誰在外面（呢）請去查看一下。

1 和　　2 的　　3 呢　　4 也

疑問詞「だれ」があるので、疑問を表す助詞「か」が入る。問題文は、「外にだれがいますか」と「見てきてください」という二つの文を、一つの文につなげたもの。

因為句中出現疑問詞「だれ／誰」，所以相對應的助詞應該是「か／呢」。題目是由「外にだれがいますか／誰在外面呢」與「見てきてください／請去查看一下」兩個短句組合而成的長句。

※二つの文を一つにするとき、文中の動詞の形が変わることに気をつけよう。例：

・「外にだれがいますか」「見てきてください」
→「外にだれがいるか見て来てください」

※當兩個短句結合成一個長句時，請注意句中的動詞變化！例如：

・「外面有誰在嗎」「請去看一下」
→請去看一下外面有誰在嗎？

3

Answer **4**

A「この　パンを　（　　　）。おいしいよ。」
B「本当だ！とても　おいしい！」

1　食べた　とき　　2　食べながら　　3　食べないで　　4　食べて　みて

A：「你（吃吃看）這個麵包。很好吃哦！」
B：「真的耶！好吃極了！」
1 吃的時候　　2 一邊吃　　3 不要吃　　4 吃吃看

「食べてみてください」の「ください」が省略されている。「（動詞て形」てみる」で、試しに何かをする、よいか悪いか、できるかできないかなどを確かめるという意味を表す。例：

・靴を買うときは、履いて少し歩いてみるといいですよ。
・佐藤さんはまだ来ませんか。ちょっと電話してみましょう。

《他の選択肢》

「このパンを（ ）。」で、最後に「。」があることから、ここで文が終わっていることがわかる。1と2は、この形で文が終わることはないので×。3と4は、どちらも、この後に「ください」が省略されていると考える。文の意味から、4が正解。

「食べてみてください／請吃吃看這個麵包」的「ください／請…」被省略。「（動詞て形）てみる／嘗試」用於表示嘗試做某事，也具有確認好或不好、做得到或做不到的意味。例如：

・買鞋子的時候最好穿上試走幾步比較好喔。
・佐藤先生還沒來嗎？打個電話問一下吧!

《其他選項》

由於題目是以「このパンを（　）。／這個麵包」的句子開頭，最後劃下「。」，由此得知整句話到此結束了。

選項 1 和 2 並不是以這種形式結束句子，所以不是正確答案。而選項 3 和 4 後面同樣都省略了「ください／請」。從題意判斷，選項 4 才是正確答案。

4

Answer ❸

A「今から　一緒に　遊びませんか。」
B「ごめんなさい。今日は　母と　買い物に　（　　　）。」

1　行きなさい　　　2　行きました
3　行く　つもりです　　　4　行く　はずが　ありません

A：「要不要現在跟我一起去玩呢？」
B：「對不起，今天（要）和媽媽（去）買東西。」
1 請去　　2 去了　　3 要去　　4 不可能去

「今から」と未来のことを言っているので、過去形の２「～ました」は×。文の意味から、命令形の１「～なさい」と、可能性を否定する意味の４「～はずがありません」は×。予定を表す３「～つもりです」が正解。

「今から／現在」是講述未來的事，因此選項２的「～ました／了（過去式）」並不正確。從文意上來看，選項１的命令形「～なさい／要」和表示可能形否定的選項４「～はずがありません／不可能」也都不對。正確答案是表示預定用法的選項３「～つもりです／打算」。

5

Answer ❷

毎日　花に　水を　（　　　）。

1　くれます　　2　やります　　3　もらいます　　4　いただきます

每天（給）花澆水。
1 給（我）　　2 給（花）　　3 得到　　4 領受

主語「わたしは」が省略されている。わたしが花に水を与える、という文になるのは、「あげます」という意味の「やります」。
自分より目下の存在、弟や妹、子ども、動物、植物等に何かを与えるとき、「あげる」ではなく「やる」を使う。例：
・弟に勉強を教えてやった。
・カラスにえさをやらないでください。

主語「わたしは／我」被省略了。如果要表達「我澆花」，應該使用含有「あげます／給予」意思的「やります／給」。
給比自己身份低的弟弟、妹妹、小朋友、動物、植物等人事物的時候，不用「あげる／給」而是用「やる／給」。例如：
・教了弟弟讀書。
・請不要給烏鴉餵食。

《他の選択肢》

4の「いただきます」は、3「もらいます」の謙譲語で、意味は同じ。

1の「くれます」は、物の移動の方向は「もらいます」と同じ(相手→私)だが、主語を私ではなく、相手にする言い方。例：

・私は友達にテレビをもらいました。

・私は先生に辞書をいただきました。

・友達は私にテレビをくれました。

《其他選項》

選項4：的「いただきます／領受」是選項3「もらいます／得到」的謙讓語，兩者意思相同。

選項1：的「くれます／給（我）」，雖然物品移動的方向和「もらいます」一樣（對方→我），但是主語並不是「我」，而是對方。例如：

・收到了朋友送給我的電視。

・收到了老師送給我的辭典。

・朋友送了我電視。

6

Answer **4**

雨が　降り（　　）。建物の　中に　入りましょう。

1　はじまりました　　2　つづきました

3　おわりました　　4　だしました

下（起）雨（來了）。快進去建築物裡面吧！

1 開始了　2 當時持續了　3 結束了　4 起來

「(動詞ます形) 出す」で、その動作が始まる、ということを表す。例：

・昔の話をしたら、彼女は泣き出した。

・父はお風呂に入ると歌を歌い出す。

《他の選択肢》

1「(降り) 始めました」なら○。

2 (雨は一日中) 降り続きました。

3「降り終わる」とは言わない。正しい言い方。例：

・雨は3時に止みました。

「（動詞ます形）出す／起來」表示開始某件事。例如：

・一聊起往事，她就哭了起來。

・爸爸只要一進浴室洗澡，就會哼起歌來。

《其他選項》

選項1：如果是「（降り）始めました／開始（下）」則正確。

選項2：雨一直下了（一整天）。

選項3：「降り終わる」沒有這種敘述方式。正確說法，例如：

・3點時雨停了。

7 Answer ❸

出かけ（　　　）したら　雨が　降って　きた。

1　ないと　　2　ように　　3　ようと　　4　でも

正（打算）出門，就下雨了。
1 如果不　　2 像那樣　　3 打算　　4 即使

「（動詞意向形）（よ）うとする」はある行為をする意志があるとき、その直前の状態や、その行為が行われなかったことを表す。例：

・帰ろうとしたら、電話がかかってきた。
・その道を通ろうとしたが、工事中で通れなかった。

句型「（動詞意向形）（よ）うとする／正打算…」表示正當想要做某事之前的狀態或行為無法進行。例如：

・正打算回家的時候，一通電話打了過來。
・當時原本想走那條路，卻因為道路施工而無法通行。

8 Answer ❹

そんなに　お酒を　（　　　）　だめだ。

1　飲んでは　　2　飲んしゃ　　3　飲んちゃ　　4　飲んじゃ

不准（喝）那麼多酒！
1 X　　2 X　　3 喝　　4 X

「～てはいけません」の普通体、口語形は「～ちゃだめ（だ）」。「飲む」のて形は「飲んで」なので、「～ではいけません」は「～じゃだめ（だ）」となる。例：

・授業中に寝ちゃだめじゃないか。
・病院で騒いじゃダメだよ。
・早く行かなくちゃ。←「行かなくては（いけません）」の口語形。

「～てはいけません／不準…」的普通體，口語形式是「～ちゃだめ（だ）」。由於「飲む／喝」的て形是「飲んで」，所以「～ではいけません」便縮約為「～じゃだめ（だ）」。例如：

・我說過了上課不准睡覺！
・不准在醫院裡大聲喧嘩。
・必須早點走了。←「行かなくては（いけません）／不早點走（不行）」的口語說法。

9 Answer **2**

A「疲れて　いる（　　　）休んだ　ほうが　いいよ。」
B「そうですね。少し　休みます。」

1　けど　　2　なら　　3　のに　　4　まで

A：「（如果）覺得累休息一下比較好哦。」
B：「說的也是。稍微休息一下吧。」
1 雖然　　2 如果　　3 明明　　4 直到

（　）の前後の文の関係を考える。「疲れている」と「休んだほうがいいよ」は順接（AだからBという関係）だと分かる。

選択肢１「けど」と３「のに」は逆接を表すので×。４「まで」は範囲や目的地などを表すので×。

「Aなら、B」の形で、Aで相手の状況を述べ、Bでそれに対する意見や意志をいう。例：

・寒いなら、暖房をつけますよ。
・分からないなら、もう一度言いましょうか。

先考慮（　）前後句的關係。可以得知「疲れている／累了」跟「休んだほうがいいよ／休息一下比較好哦」兩句是順接關係（因為Ａ所以Ｂ）。

選項１的「けど／雖然」跟選項３的「のに／明明」都是逆接用法，所以不是正確答案。選項４的「まで／直到…」是表示範圍或目的地，所以也不是正確答案。

「Ａなら、Ｂ／如果Ａ的話Ｂ」的句型，用Ａ敘述對方的情況，Ｂ則針對此一情況提出看法或意見。例如：

・如果冷的話你就開暖氣吧！
・如果不懂的話，我就再說一次吧。

10 Answer **2**

王「太郎君は　北京へ　行った（　　　）。」
太郎「はい。子どもの　ときに　一度　あります。」

1　ときですか　　2　ことが　ありますか
3　ことが　できますか　　4　ことに　しますか

王「太郎同學曾去過北京嗎？」
太郎「去過。小時候去過一次。」
1 的時候嗎　　2 曾經…嗎　　3 可以…嗎　　4 決定…嗎

太郎が「はい、…一度あります」と答えている。「（動詞た形）ことがあります」で、過去の経験を表す。例：

・私はインドへ行ったことがあります。

《他の選択肢》

1 主語「太郎君は」と述語「～ときですか」は繋がらない。

3「（動詞辞書形）ことができます」は、能力や可能性を表す。例：

・彼女はスペイン語を話すことができます。

・お酒は二十歳から飲むことができます。

4「（動詞辞書形）ことにします」は、自分の意志で行動を決める様子を表す。例：

・子供が生まれたので、たばこはやめることにしました。

太郎回答「はい、…一度あります／去過。去過…一次」，「（動詞た形）ことがあります／曾經…過」表示過去的經驗。例如：

・我曾經去過印度。

《其他選項》

選項 1：主語「太郎君は／太郎同學」的後面不能接述語「～ときですか／的時候嗎」。

選項 3：「（動詞辭書形）ことができます／可以…」表示能力或可能性。例如：

・她會說西班牙話。

・年滿 20 歲才能喝酒。

選項 4：「（動詞辭書形）ことにします／決定」表示靠自己的意志決定進行某動作。例如：

・孩子生了，所以決定把菸戒了。

11 Answer ❸

A「どうか　ぼくに　ひとこと　（　　　）　ください。」
B「はい。どうぞ。」

1 言われて　　2 言わなくて　　3 言わせて　　4 言わさせて

A：「請（容許我說）一句話。」
B：「好的，請說。」

1 被說　　2 不讓我說　　3 容許我說　　4 X

「使役動詞て形＋ください」は、丁寧に頼むときの言い方。「ぼくに言わせてください」で、言うのは「ぼく」。

「使役動詞て形＋ください／請容許…」是鄭重請求時的說法。「ぼくに言わせてください／請容許我說」中說的人是「ぼく／我」。

相手に自分の行動を認めてもらう、という考え方から、この言い方には「あなたはわたしに」また「あなたはわたしを」という関係がある。例：

・明日、休ませてください。

・パスポートを見せてください。

「どうか」は何かを頼んだり、祈ったりするときの言葉。例：

・どうか優勝できますように。

考慮到要讓對方認可自己的行動，這一用法有「あなたはわたしに／你讓我…」或是「あなたはわたしを／你讓我…」的關係。例如：

・請允許我明天請假。

・請讓我看你的護照。

而「どうか／懇請…」一詞用於請求或祈求某事的時候。例如：

・請保佑我們獲得勝利。

12 Answer 4

昨日は　今年一番の　寒（　　）だった　そうです。

1 い　　2 が　　3 く　　4 さ

昨天似乎是今年最寒冷（　）的一天。

1 X（形容詞）　　2 X

3 X（形容詞「寒い」の連用形）　　4 X（名詞）

形容詞「寒い」の語幹「寒」に「さ」をつけて名詞化している。例：

・ふたつの箱の大きさを比べる。

・私は彼女の優しさに気づかなかった。

形容動詞も同じ。例：

・平和の大切さについて考えましょう。

※形容詞、形容動詞には、名詞化できるものとできないものがあるので、気をつけよう。

形容詞「寒い／冷」的語幹是「寒」，後接「さ」即為名詞化。例如：

・比較兩個箱子的尺寸大小。

・我沒能察覺到她的溫柔體貼。

形容動詞也是相同。例如：

・我們一起來思考和平的重要性吧！

※形容詞與形容動詞皆各有可名詞化以及不可名詞化的詞彙，需多加注意。

13 Answer ❸

遠くから　電車の　音が　聞こえ（　　　）。

1　て　みる　　2　て　いく　　3　て　くる　　4　て　もらう

可以聽見電車的聲響遠遠地（傳來）。

1 試著　　2 離去　　3 傳來　　4 幫我

「遠くから」とあるので、電車の音は遠くから近く（話者の近く）へ動くと考えて、「～てくる」を選ぶ。例：

・犬がこちらへ走って来る。

近くから遠くへ動いていく様子は「～ていく」。例：

・鳥が空へ飛んで行った。

由於句中提到「遠くから／從遠方」，應該想到電車的聲音是由遠而近（說話者附近）傳來，所以選擇「～てくる／～來」。例如：

・狗兒向這邊飛奔過來。

由近到遠移動的樣子用「～ていく／～去」。例如：

・小鳥飛向藍天。

14 Answer ❷

宿題を　忘れて、ろうかに　（　　　）。

1　立たせた　　2　立たされた　　3　立たれた　　4　立てた

忘記寫作業，被叫到走廊（罰站）。

1 使我站　　2（被）罰站　　3 使其站立　　4 立起

「私は宿題を忘れました、そして私は廊下に（　）」と考える。「立たされる」は「立つ」の使役形「立たせる」に、受身形「～れる」をつけた使役受身形。使役受身形は、自分の意志ではなく、人に命令されてしたことを表す言い方。

問題文では、先生が私に、廊下に立ちなさいと命令したと考えられる。例：

・子供のころは親に嫌いな野菜を食べさせられました。

・みんなの前で歌を歌わされて、恥ずかしかった。

整句話應該是「私は宿題を忘れました、そして私は廊下に（　）／我忘記寫作業，然後我…走廊…」。「立たされる／被叫去站」是「立つ／站」的使役形「立たせる／叫去站」加上被動形「～れる」變成使役被動形。使役被動形用在並非依照自己的意志，而是在別人的命令下去做某件事。

依照題目的敘述，應該可以推測是老師命令我到走廊去罰站。例如：

・小時候被父母逼著吃討厭的青菜。

・要我在眾人面前唱歌，實在太難為情了。

《他の選択肢》

1「立たせる」は「立つ」の使役形。

2「立たれる」は「立つ」の受身形または尊敬形。

3「立てる」は「立つ（自動詞）」の他動詞。

《其他選項》

選項１：「立たせる／使我站」是「立つ」的使役形。

選項３：「立たれる／使其站立」是「立つ」的被動形或尊敬形。

選項４：「立てる／立起」是「立つ（自動詞）」的他動詞形。

15

Answer **1**

（先生が　生徒の　作文を　見て）
先生「ここの　ところが　分かり（　　　）から　書き直しなさい。」
生徒「はい。書き直します。」

1　にくい　　2　やすい　　3　たがる　　4　わるい

（老師正在批改學生的作文）
老師：「這一段不容易看懂意思，所以請重寫。」
學生：「好的，我重寫。」
1 不容易　　2 容易　　3 想　　4 差

「（動詞ます形）にくい」で、そうするのが難しいことをいう。例：

・この薬は苦くて飲みにくいです。

《他の選択肢》

2 ～やすい⇔～にくい

3「（動詞ます形）たい＋がる」で、他者が何かをすることを求めていることを表す。例：

・妹は、甘い物なら何でも食べたがる。

4（動詞ます形）に「わるい」をつける言い方はない。

「（動詞ます形）にくい／不容易…」表示那麼做很困難。例如：

・這種藥很苦，難以吞嚥。

《其他選項》

選項２：容易～⇔難以～

選項３：「（動詞ます形）たい＋がる／想」表示他人有想做某事的傾向。例如：

・只要是甜食，妹妹都愛吃。

選項４：並無（動詞ます形）接「わるい／差」的用法。

第 1 回　もんだい 2 翻譯與解題

16

Answer ❶

先生「あなたは　しょうらい　＿＿＿　＿＿＿　＿★＿　＿＿＿　ですか。」
学生「まだ、考えて　いません。」

1　なり　　2　何　　3　たい　　4　に

老師：「你將來的希望成為什麼呢？」
學生：「我還沒想那麼多。」
1 成為　　2 什麼　　3 希望　　4 X

正しい語順：あなたは将来何になりたいですか。

希望を表す「～たい」の前には動詞のます形が入るので、「なる」のます形の「なり」を入れて、「なりたい」。文末は「何ですか」か「なりたいですか」のどちらかですが、「何ですか」とすると文にならないので、「なりたいですか」とします。その前に「何に」を置きます。「2→4→1→3」の順で問題の☆には1の「なり」が入る。

※時を表す表現で、「しょうらい」の後に「に」は付かない。例：

・私は来週（×）国へ帰ります。
・私は去年（×）日本へ来ました。

数字（助数詞）の後には「に」が付く。例：

・私は８月に国へ帰ります。
・私は 2015 年に日本へ来ました。

正確語順：你將來的希望成為什麼呢？

表示希望的用法「～たい／想～」的前面應填入動詞ます形，因此填入「なる／變成」的ます形「なり」，變成「なりたい／想成為」。句末應該是「何ですか／什麼呢」或「なりたいですか／想成為…嗎」的其中一個，「何ですか」無法成為合理的句子，因此句末應是「なりたいですか」，而其前面則應填入「何に／什麼」。所以正確的順序是「２→４→１→３」，而☆的部分應填入選項１「なり／成為」。

※描述時間的「しょうらい／將來」後面不需要加「に」。例如：

・我下星期要回國。
・我去年來過日本。

數字（助數詞）的後面則要接「に」。例如：

・我會在８月回國。
・我是在 2015 年來過日本的。

17

Answer ③

「あさっての ＿＿＿ ＿＿＿ ＿★＿ ＿＿＿ かならず もって くるように ということです。」

1 なので　　2 じしょが　　3 必要　　4 じゅぎょうには

「由於後天的課程必須用到辭典，請務必帶來。」
1 由於　　2 辭典　　3 必須　　4 課程…用到（即課程所需）

正しい語順：あさっての授業には辞書が必要なので必ず持って来るようにということです。

「あさっての」には意味から考えて「授業には」が繋がる。「辞書が」には「必要」が続く。その後に、理由を表す「なので」をつけて、前の文と後の文を繋げる。「4→2→3→1」の順で問題の☆には3の「必要」が入る。

正確語順：由於後天的課程必須用到辭典，請務必帶來。

從語意考量，接在「あさっての／後天」後面的應是「授業には／課程」。而「辞書が／辭典」後面應該接「必要／必須」。而在這之後則填入表示理由的「なので／由於」來連接前後文。所以正確的順序是「4→2→3→1」，而☆的部分應填入選項3「必要／必需」。

18

Answer ④

A「学校の よこの 食堂には いつも たくさん 客が 来て いますね。」
B「とても＿＿＿ ＿＿＿ ＿★＿ ＿＿＿よ。」

1 ひょうばんの　　2 おいしいと　　3 ようです　　4 店の

A：「學校旁的餐館隨時都有很多客人上門呢。」
B：「聽說人人都稱讚那家店非常好吃哦！」
1 人人都稱讚　　2 好吃　　3 聽說　　4 店

正しい語順：とてもおいしいと評判の店のようですよ。

文末に置けるのは「ようです」。「ようです」の前は「評判の（ようです）」か「店の（ようです）」かのどちらかである。「あの店はおいしいと評判です」という文を考えると「おいしいと

正確語順：聽說人人都稱讚那家店非常好吃哦！

句尾應該要填入「ようです／聽說」。而「ようです」的前面只有兩個選擇，不是「評判の（ようです）／人人都稱讚（聽說）」就是「店の（ようです）／店（聽說）」。從「あの店はおいしいと評判です／稱讚那家店好吃」的語意考量，此句應是「お

評判の店」と並べることができる。「2→1→4→3」の順で問題の☆には4の「店の」が入る。

いしいと評判の店／稱讚那家店好吃」。所以正確的順序是「2→1→4→3」，而☆的部分應填入選項4「店の／店」。

19　　Answer 4

A「その　仕事は　いつ　終わりますか。」
B「午後6時 _____ _____ ★ _____ します。」

1　には　　2　ように　　3　まで　　4　終わる

A：「那件工作什麼時候可以完成呢？」
B：「盡量在晚上6點之前完成。」
1 在　　2 盡量　　3 之前　　4 完成

正しい語順：午後6時までには終わるようにします。

文末を「終わります」としたくなるが、文末には「します」があり、「終わるします」と並べることはできない。「（動詞辞書形）ようにします」で、努力する、そのように気をつける、という意味を表すから、「終わるようにします」と置くことができる。例：

- 栄養不足ですね。野菜をたくさん食べるようにしてください。

「午後6時」の後に、期限、締め切りを表す「までには」を入れる。「3→1→4→2」の順で問題の☆には4の「終わる」が入る。

※「6時までには」は「6時までに」を強調したものである。

正確語順：盡量在晚上六點之前完成。

雖然直覺想用「終わります／完成」作為句尾，但題目的句尾已經是「します／做」，所以「終わるします」的敘述方式並不正確。「（動詞辭書形）ようにします／盡量」表示為達成某目標而努力或留意，因此「終わるようにします／盡量完成」是正確的敘述方式。例如：

- 你這樣營養不良喔！請盡量多吃點青菜。

「午後6時／晚上6點」後面應該接表示期限或截止時間的「までには／在…之前」。所以正確的順序是「3→1→4→2」，而☆的部分應填入選項4「終わる／結束」。

※「6時までには／到6點」是比「6時までに／到6點」更加強調的語氣。

20 Answer ❷

A「何(なに)を して いるのですか。」
B「今(いま)、____ ____ ★ ____ です。」

1 ところ　　2 いる　　3 宿題(しゅくだい)を　　4 して

A：「你在做什麼？」
B：「現在正在做作業。」
1 X　　2 正在　　3 作業　　4 做

正(ただ)しい語順(ごじゅん)：今(いま)、宿題(しゅくだい)をしているところです。

「（動詞(どうし)て形(けい)）ているところです」で、進行中(しんこうちゅう)であることを表(あらわ)す。例(れい)：

・A：お母(かあ)さん、ごはん、まだ？
　B：今(いま)、お肉(にく)を焼(や)いているところ。後(あと)5分(ふん)よ。

「3→4→2→1」の順(じゅん)で問題(もんだい)の☆には2の「いる」が入(はい)る。

正確語順：現在正在做作業。

「（動詞て形）ているところです／正在（動詞）…」表示正在進行某事。例如：

・A：媽，飯還沒好？
　B：現在正在烤肉，再5分鐘就好了。

所以正確的順序是「3→4→2→1」，而☆的部分應填入選項2「いる／正在」。

第 1 回　もんだい 3 翻譯與解題

下の　文章は　「買い物」に　ついての　作文です。

「夕方の買い物」

陳亭瑩

夕方、母に [21] 近くの　肉屋さんに　買い物に　行きました。肉屋の　おじさんが、「今から　肉を　安く　しますよ。どうぞ [22]。」と　言いました。

私が、「ハンバーグを　作るので　牛のひき肉*を　300 グラム　ください。」と　言うと、おじさんは、「さっきまで　100 グラム　300 円だった [23]、夕方だから、200 円に　して　おくよ。」と　言います。安いと　思ったので、その　肉を　400 グラム　買いました。

家に　帰って　母に　その　話を　すると、母は　とても　うれし [24]、「ありがとう。夕方に　なると、お肉や　お魚は　安く　なるのよ。また、明日 [25] 夕方に　買い物に　行ってね。」と　言いました。

＊ひき肉：とても細かく切った肉

下方的文章是以「購物」為主題所寫的文章。

〈傍晚的購物〉

陳亭瑩

傍晚，被母親託付（亦即：母親託我）到附近的肉攤買東西。肉攤的大叔說：「肉品從現在開始降價哦！歡迎多多選購！」

「家裡要做牛肉餅，請給我 300 克的牛絞肉。」大叔聽我這樣說，告訴我：「到剛才 100 克還是賣 300 圓，既然到傍晚了，就算你 200 圓吧！」我覺得很便宜，就買了 400 克。

回家後把這件事告訴媽媽，媽媽看起來很高興，對我說了：「謝謝！每到傍晚，肉和魚都會降價呢。你明天也幫忙傍晚時去買東西吧。」

＊絞肉：切得非常細碎的肉

21 Answer ❹

1 たのんで　2 たのませて　3 たのまらせて　4 たのまれて

| 1 託付　2 使託付　3 X　4 被託付

「わたしは母に（買い物を）たのまれて、…」という文。「たのまれる」は「たのむ」の受身形。

題目的前後文是「わたしは母に（買い物を）たのまれて、…／我被母親託付（買東西）…」。「たのまれる／被請託」是「たのむ／請託」的被動形。。

22 Answer ❷

1 買いますか　2 買って　ください　3 買いましょう　4 買いませんか

| 1 要買嗎　2 請選購　3 那就買吧　4 不買嗎

「どうぞ」は人に何かをたのんだり、勧めたりするときに使う。「どうぞ」に続く文末は「～（て）ください」「～お願いします」など。例：

・どうぞ座ってください。
・どうぞよろしくお願いします。

「どうぞ／請」用於拜託別人或建議別人時。「どうぞ」之後常接「～（て）ください／請」、「～お願いします／請」等。例如：

・請坐。
・請多指教。

23 Answer ❸

1 だから　2 し　3 けれど　4 のに

| 1 所以　2 既　3 可是　4 還是

「さっきまで300円だった」と「200円にしておくよ」をつなぐ言葉を考える。「けれど」は「Aけれど、B」の文で、AとBの内容が違う、また反対だということを表す逆接の助詞。例：

・昨日は寒かったけれど、今日は暖かい。

應選擇能夠連接「さっきまで300円だった／到剛才都還是300圓」和「200円にしておくよ／就算你200圓吧」的詞語。而「けれど／雖然」屬於「Aけれど、B／雖然A，但是B」的句型，用於表達A和B的內容不同甚至相反時所使用的逆接助詞。例如：

・昨天好冷，但今天很暖和。

・彼は金持ちだけれど、私は貧乏です。

4「のに」も逆接を表すが、「AのにB」で、Aから予想されることとBが違うということを表す。例：

・彼は熱があるのに、会社へ来た。

・彼は金持ちなのに、車も持っていない。

1の「だから」と2の「し」は順接を表す。例：

・もう夕方だから、安くしておくよ。

・この店は、おいしいし、安いから好きです。

・他很富裕，但我很貧窮。

選項４：「のに／明明」雖然也是表示逆接的用法，但「ＡのにＢ／明明Ａ，還是Ｂ」用於Ａ預期的內容和Ｂ不同。例如：

・他都發高燒了，還是來上班。

・他明明是個富翁，卻沒有車子。

選項1、2：選項１「だから／所以」和選項２「し／既…」都是順接用法。例如：

・既然到傍晚了，算你便宜一點吧。

・這家店的餐點不但好吃也很平價，所以我很喜歡光顧。

24

Answer ❶

1　そうに	2　らしく	3　くれて	4　すぎて
1 看起來	2 似乎是	3 給我	4 超過

「（形容詞語幹）そうだ」。話者が見た様子や感じたことを言う言い方。「私は嬉しいです」に対して、私が見た母の様子は「母は嬉しそうです」と言う。例：

・彼女は寂しそうに笑った。

・高そうなケーキをもらいました。

※「（形容動詞語幹）そうだ」も同じ。例：

・彼女は幸せそうに笑った。

※「（動詞ます形）そうだ」は、様子を見て、もうすぐそのことが起こると思ったときの言い方。例：

「（形容詞語幹）そうだ／看起來」表達說話者說出所看到的或感覺到的想法。要表示我自己很高興可以用「私は嬉しいです／我很高興」，若要表示看到媽媽高興的樣子，則可用「母は嬉しそうです／媽媽看起來很高興」。例如：

・她落寞地笑了笑。

・收到了一個看起來價格昂貴的蛋糕。

※「（形容動詞語幹）そうだ／看起來」也是同樣的用法。

・她臉上洋溢著幸福的笑容。

※「（動詞ます形）そうだ／好像」表示看到某個情境，覺得快要發生某種事態時的用法。例如：

・袋が破れそうですね。新しい袋をどうぞ。

《他の選択肢》

2「嬉しいらしく」なら、伝聞の意味の日本語になるが、「嬉しらしく」は文法的に×。

3も日本語として×。

4「嬉しすぎて」は日本語としては○だが、「とても嬉しくて」と同じように、自分の気持ちを言う言い方。母（他者）の気持ちを言うときは、「～そうだ」を使う。

・袋子看起來好像快破了，給你一個新的袋子。

《其他選項》

選項 2：如果是「嬉しいらしく／好像很高興」，日文確實有這樣的用法，意思是聽聞、聽說。但選項的「嬉しらしく」則不是正確的日文文法。

選項 3：也不是正確的日文文法。

選項 4：「嬉しすぎて／太高興」雖然日文中有這樣的用法，但和「とても嬉しくて／非常高興」一樣，是用來表達自己的感覺；若要表達媽媽（非本人）的感覺或想法時，應該用「～そうだ／看起來」。

25

Answer **4**

1 は	2 が	3 に	4 も
1×	2 但	3 向	4 也

「また、明日（　）…」と言っているので、「今日と同じ」という意味の「も」を入れる。例：

・私は学生です。ハンさんも学生です。

因為媽媽說「また、明日（　）…／明天也…」，表示要「今日と同じ／和今天一樣」，因此要選「も／也」。例如：

・我是學生，樊先生也是學生。

第2回　新制日検模擬考題　言語知識—文法

もんだい1　（　　）に　何を　入れますか。1・2・3・4から　いちばん　いい　ものを　一つ　えらんで　ください。

1　もし　晴れて　（　　）、ここから　富士山が　見えます。

1　ばかり　　2　ように　　3　いたら　　4　なくて

2　勉強を　した　（　　）、試験で　いい　点が　取れなかった。

1　けれど　　2　から　　3　ので　　4　だけ

3　夜に　なる　（　　）　星が　たくさん　見えます。

1　も　　2　と　　3　が　　4　のに

4　A「展覧会に　きみの　絵が　出て　いる　そうだね。」

B「ええ、（　　）　見に　きて　くださいね。」

1　たぶん　　2　きっと　　3　だいたい　　4　でも

5　友だちの　ペットの　ハムスターに　（　　）　もらいました。

1　さわらせて　　2　さわらさせて　　3　さわれて　　4　さわって

6　「ここに　ごみを　捨てる（　　）！」

1　な　　2　し　　3　が　　4　を

7　ちょっと　道を　（　　）　します。

1　ご聞き　　2　お聞き　　3　お聞く　　4　ご聞く

8　この　本は　面白かったので　一日で　読んで　（　　）。

1　いった　　2　いました　　3　ませんか　　4　しまった

9　太郎「花子さんは　テニスを　する　ことが　（　　）。」

花子「はい。できますよ。」

1　できますか　　2　できました　　3　できますよ　　4　好きですか

10 その　魚は　焼かないで　（　　　）　食べられますか。

1　それほど　　2　そのまま　　3　それまま　　4　それでも

11 試合に　勝つ　ためには　もっと　練習　（　　　）。

1　しては　いけない　　2　した　ことが　ある

3　する　ことが　できる　　4　しなければ　ならない

12 お祝いに、部長から　ネクタイを　（　　　）。

1　いただきました　　2　くださいました

3　さしあげました　　4　させられました

13 なにが　（　　　）　私たちは　友だちです。

1　あったら　　2　あっても　　3　あってから　　4　あっては

14 (神社で)

鈴木「山本さんの　お母さんの　病気が　早く　治る（　　　）、お祈りを　して　行きましょう。」

山本「ありがとう。」

1　ように　　2　ままに　　3　そうで　　4　けれど

15 お久しぶりです。お元気　（　　　）ね。

1　ならば　　2　すぎる　　3　そうに　　4　そうです

もんだい２　＿★＿　に　入る　ものは　どれですか。１・２・３・４から　いちばん　いい　ものを　一つ　えらんで　ください。

16　A「この　水(みず)は　飲(の)む　ことが　できますか。」

B「さあ、飲(の)む　＿＿＿　＿＿＿　＿★＿　＿＿＿　、知(し)りません。」

1　どうか　　2　できる　　3　ことが　　4　か

17　A「体(からだ)の　ために　何(なに)か　毎日(まいにち)　やって　いますか。」

B「朝(あさ)、起(お)きたら、いつも　大学(だいがく)の　＿＿＿　＿＿＿　＿★＿　＿＿＿　います。」

1　ことに　　2　して　　3　走(はし)る　　4　まわりを

18　上田(うえだ)「あなたの　妹(いもうと)は　あなたに　似(に)て　いますか。」

山川(やまかわ)「妹(いもうと)は　＿＿＿　＿＿＿　＿★＿　＿＿＿　ですよ。」

1　太(ふと)って　　2　ほど　　3　いない　　4　わたし

19　A「田中(たなか)さんは　いらっしゃいますか。」

B「はい。　＿＿＿　＿＿＿　＿★＿　＿＿＿　ください。」

1　に　　2　なって　　3　少(すこ)し　　4　お待(ま)ち

20　A「どの　人(ひと)が　あなたの　お姉(ねえ)さんですか。」

B「一番(いちばん)　右(みぎ)に　＿＿＿　＿＿＿　＿★＿　＿＿＿　わたしの　姉(あね)です。」

1　が　　2　いる　　3　の　　4　立(た)って

もんだい３　21 から 25 に　何を　入れますか。ぶんしょうの　いみを　かんがえて、１・２・３・４から　いちばん　いい　ものを　一つ　えらんで　ください。

下の　文章は　「私の　家」に　ついての　作文です。

「ひっこし」

イワン・スミルノフ

先月　ぼくは　ひっこしました。それまでの　下宿は、学校まで　１時間半　**21**　かかったし、近くに　店も　なくて　**22**　からです。それで、学校の　近くに　部屋を　借りようと　**23**　。

新しい　ぼくの　部屋は、学校の　前の　横断歩道を　わたって、すぐの　ところに　あります。これまでは　学校に　行くのに　とても　早く　起きなければ　なりませんでしたが、これからは　少し　**24**　なりました。

ひっこす　日の　朝、友だちが　手伝いに　きて、ぼくの　荷物を　全部　部屋に　運んで　くれました。お昼ごろ、きれいに　なった　部屋で、友だち　**25**　持って　きて　くれた　お弁当を　食べました。

21

1　だけ　　2　まで　　3　も　　4　さえ

22

1　便利だった　　2　静かだった　　3　不便だった　　4　うれしかった

23

1　思いました　　2　思うでしょう　　3　思います　　4　思うかもしれません

24

1　朝ねぼうしたがる　ように　　2　朝ねぼうしても　よく

3　朝ねぼうさせる　ことに　　4　朝ねぼうさせられる　ように

25

1　は　　2　に　　3　を　　4　が

第 2 回　もんだい 1 翻譯與解題

1　　Answer ❸

もし　晴れて　（　　　）、ここから　富士山が　見えます。

1　ばかり　　2　ように　　3　いたら　　4　なくて

（如果）放晴的話，可以從這裡看到富士山。

1 光是　　2 為了　　3 如果　　4 沒有

「ここから富士山が見え」る条件を、文の前半で述べていると考えて、条件を表す「～たら」を選ぶ。例：

- 毎日練習したら、できるようになりますよ。
- 開始時間を１分でも過ぎたら、会場に入れません。

從題目的前半段設定條件為「ここから富士山が見える／可以從這裡看到富士山」來看，可以想見需選擇表示條件的句型「～たら／如果～」。例如：

- 只要每天練習，就可以學會喔。
- 只要超過入場時間 1 分鐘，就無法進入會場。

2　　Answer ❶

勉強を　した　（　　　）、試験で　いい　点が　取れなかった。

1　けれど　　2　から　　3　ので　　4　だけ

（雖然）用功了，考試卻沒有拿到高分。

1 雖然　　2 因為　　3 由於　　4 只有

（ ）の前後の文の関係を考える。「勉強をした」と「いい点が取れなかった」は反対の関係なので、逆接を表す「けれど」を選ぶ。例：

- 調べたけれど、分からなかった。

「けれど」と「けど」は同じ。例：

- 何度も謝ったけど、許してもらえなかった。

從（　）前後文的關係來推測。「勉強をした／用功了」與「いい点が取れなかった／沒有拿到高分」這兩句話的意思是相互對立的，所以應該選表示逆接的「けれど／雖然」。例如：

- 雖然查閱過了，但我還是不完全瞭解。

「けれど」與「けど」意思相同。例如：

- 雖然多次向他道歉，仍然無法獲得原諒。

3

Answer **2**

夜に　なる（　　）星が　たくさん　見えます。

1　も　　2　と　　3　が　　4　のに

（一）到晚上，（就）可以看見很多星星。

1 也　　2 一…就　　3 但是　　4 明明

「Aと、B」で、AのときはいつもBという関係を表す。例：

- 春になると、桜が咲きます。
- ここにお金を入れると、切符が出ます。

《他の選択肢》

1の「も」は動詞（なる）にはつかないので×。

3の「が」と4の「のに」は逆接を表す。「夜になる」と「星が…見えます」の関係は順接なので、文の意味から×と分かる。

「Aと、B／一A，就B」表示在A的狀況之下，必定伴隨B的因果關係。例如：

- 每逢春天，櫻花盛開。
- 只要在這裡投入現金，就會自動掉出車票。

《其他選項》

選項1：「も／也」前面不會接動詞（なる／到了），所以不是正確答案。

選項3､4：選項3的「が／但是」與選項4的「のに／明明」都是逆接表現。但是「夜になる／到了夜晚」與「星が…見えます／可以看見…星星」兩句是順接關係，與本文文意不符，所以不是正確答案。

4

Answer **2**

A「展覧会に　きみの　絵が　出ているそうだね。」

B「ええ、（　　）見に　きて　くださいね。」

1　たぶん　　2　きっと　　3　だいたい　　4　でも

A：「聽說你的畫作將在畫展上展出呢！」

B：「是的，請（務必）來看看。」

1 大概　　2 務必　　3 多半　　4 即使

「見にきてください」とお願いしている。相手に強い希望を伝えるとき、「きっと」「必ず」「ぜひ」などを使う。例：

「見にきてください／請來看看」用於邀請他人。如果想表達強烈的期望，則加上「きっと／務必」「必ず／一定」「ぜひ／務必」。例如：

・大切な本ですので、きっと返してください。

・きっと元気で帰ってきてね。

このとき否定表現は使えないので気をつけよう。例：

・×きっと行かないでください。

「きっと」が推測や意志を表す場合、確信は強い。例：

・鍵を盗んだのはきっと彼だ。

・約束はきっと守ります。

《他の選択肢》

1「たぶん」は推量を表す。例：

・彼はたぶん来ないよ。忙しそうだったから。

可能性はかなり高いが、「きっと」より弱い。

彼はきっと来るよ＞彼はたぶん来るよ

3「だいたい」は大部分という意味。割合が高いことを表す。例：

・あなたの話はだいたい分かりました。

割合は高いが、「ほとんど」より低い。

ほとんどできた＞だいたいできた

・這本書很重要，請務必歸還給我。

・請務必平安歸來。

請注意此句型不能用於否定表現。例如：

・「きっと行かないでください。」的敘述方式並不通順。

「きっと／務必」表示確信程度極高的推測，與意志堅強。例如：

・偷鑰匙的人絕對是他。

・約定了就務必要遵守。

《其他選項》

選項1：「たぶん／大概」用於表達推測。例如：

・他大概不會來吧，因為他似乎很忙。

可能性相當高，但比「きっと」低。

他一定會來＞他大概會來。

選項3：「だいたい／多半」是大部份的意思。表示比例相當高。例如：

・你的意思我大致瞭解了。

雖然比例高，但還是比「ほとんど／幾乎」低。

幾乎做完了＞多半做完了。

5

Answer 

友だちの　ペットの　ハムスターに　（　　　）もらいました。

1　さわらせて　　2　さわらさせて　　3　さわれて　　4　さわって

請朋友（讓我摸）了他的寵物倉鼠。

1 讓我摸　　2 X　　3 摸　　4 摸

動詞の使役形を使う「～（さ）せてください」と言う表現は、自分の行動について相手に許可をもらう言い方。その結果の行動を「～（さ）せてもらう」という。例：

- この花の写真を撮らせてください。→私は花の写真を撮らせてもらいました。（写真を撮るのは私）

問題文は私が友達に「あなたのペットのハムスターに触らせてください」とお願いして、その結果「触らせてもらいました」と言っている。

※これは「私は友達のペットのハムスターに触りました」と同じだが、「触らせてもらいました」には、友達への感謝や、触れて嬉しいという気持ちが入っている。例：

- 頭が痛かったので、仕事があったが、早く帰らせてもらった。
- 大学に行かせてもらって、親には感謝している。

動詞使役形的句型「～（さ）せてください／請讓我…」用於希望自己的行動得到對方的許可。而得到許可後的行動則用「～（さ）せてもらう／允許我…」的句型。例如：

- 這朵花可以讓我拍張照嗎？→我被允許拍下這朵花的照片。（拍照片的是我）

題目是我請求朋友「あなたのペットのハムスターに触らせてください／請讓我摸你的寵物倉鼠」，其結果是「触らせてもらいました／允許我摸」。

※ 這和「私は友達のペットのハムスターに触りました／我摸了朋友的倉鼠」雖是一樣的結果，但是「触らせてもらいました」含有對朋友的感謝，以及對於能夠觸摸感到很開心的意思。例如：

- 因為頭痛，雖然尚有工作未完成，但還是讓我提早下班了。
- 感謝我的父母供我去唸大學。

6 Answer ❶

「ここに　ごみを　捨てる（　　　）！」

1　な　　2　し　　3　が　　4　を

「（不准）把垃圾丟在這裡！」

1 不准　　2 既　　3 但　　4 ×

「（動詞辞書形）＋な」は、ある動作をしないことを命令する言い方。禁止形。例：

・この部屋に入るな。

・嘘を言うな。

他の選択肢は、文の終わりにつけることができないので×。

「（動詞辭書形）＋な／不准」是命令不准做某個動作的用法，屬於禁止形。例如：

・這個房間，禁止進入！

・不准撒謊。

其他選項皆不能置於句末做為結尾，故不正確。

7 Answer ❷

ちょっと　道を　（　　　）　します。

1　ご聞き　　2　お聞き　　3　お聞く　　4　ご聞く

想（請教）一下路怎麼走。

1 X　　2 請教　　3 X　　4 X

「お（動詞ます形）します」は謙譲表現。「ご（する動詞の語幹）します」も同じ。例：

・先生、お荷物お持ちします。

・それではご紹介します。こちらが佐野先生です。

「お（動詞ます形）いたします」や「ご（する動詞の語幹）いたします」は、これより謙譲が強い。

「お（動詞ます形）します／我為你（們）做…」是謙遜用法，「ご(する動詞の語幹）します／我為你（們）做…」也同樣是謙遜用法。例如：

・老師，讓我來幫您提行李。

・那麼請容我介紹一下，這位是佐野先生。

而「お（動詞ます形）いたします／我為您（們）做…」與「ご(する動詞の語幹）いたします／我為您（們）做…」的語氣則更為謙遜。

8 Answer **4**

この本は　面白かったので　一日で　読んで（　　　）。

1　いった　　2　いました　　3　ませんか　　4　しまった

因為這本書很有意思，所以一天就讀（完了）。

1 當時在　　2 當時正在　　3 不…嗎　　4 完了

「（動詞て形）てしまいます」には、残念だ、失敗したという意味と、完了したという意味とがある。これは完了の意味。例：

・おいしかったので、頂いたお菓子はみんな食べてしまいました。

・子供：ゲームしていい？
　母：先に宿題をやってしまいなさい。

※「～てしまう」は口語で「～ちゃう」と言い換えられる。例：

・おいしかったから、もらったお菓子はみんな食べちゃった。

※「一日で」の「で」は、必要な数量を表す。例：

・私はひらがなを1か月で覚えました。

・私はこのパソコンを8万円で買いました。

《他の選択肢》

1「一日で読んだ」（過去形）なら○。

2「一日中読んでいました」（過去の継続）なら○。

3「この本は面白かったので、（あなたも）読みませんか」なら○。

「（動詞て形）てしまいます／完了」表示可惜、失敗了、結束了的意思。在這裡是完結的意思。例如：

・因為實在太好吃了，人家送我的零食都吃完了。

・小孩：我可以打電玩嗎？
　母親：你先做完功課再說。

※「～てしまう／完了」在口語上可以和「～ちゃう／完了」來替換。例如：

・因為實在太好吃了，人家送我的零食都吃完了。

※「一日で／用一天（的時間）」的「で／用」表示所需要的數量。例如：

・我花了一個月的時間學會了平假名。

・我花了八萬圓買了這台電腦。

《其他選項》

選項1：如果是「一日で読んだ／花一天讀完」（過去式）則為正確答案。

選項2：如果是「一日中読んでいました／花一整天讀完了」（過去的持續）則為正確答案。

選項3：如果是「この本は面白かったので、（あなたも）読みませんか／這本書非常有趣，（你）要不要（也）讀一讀呢」則為正確答案。

9 Answer ❶

太郎「花子さんは　テニスを　する　ことが　（　　）。」
花子「はい。できますよ。」

1　できますか　　2　できました　　3　できますよ　　4　好きですか

太郎：「花子小姐，妳（會）打網球（嗎）？」
花子：「是的，我會喔。」
1 會…嗎　　2 已經做好了　　3 會呀　　4 喜歡嗎

「（動詞辞書形）ことができます」で、可能を表す。花子が「はい、できますよ」と答えているので、「～できますか」と質問していることが分かる。

《他の選択肢》

2、3は疑問形（質問）になっていないので×。

4に対する答えは「はい、好きですよ」。

「（動詞辭書形）ことができます／能夠」表示可能性。因為花子的回答是「はい、できますよ／是的，我會哦」，由此可知提問要用「～できますか／會…嗎」。

《其他選項》

選項2、3：並不是疑問句型（提問），所以不是正確答案。

選項4：對應的回答應該是「はい、好きですよ／是的，我喜歡哦」。

10 Answer ❷

その　魚は　焼かないで　（　　）　食べられますか。

1　それほど　　2　そのまま　　3　それまま　　4　それでも

這種魚可以不烤（就這樣直接）吃嗎？
1 沒有那麼　　2 就這樣直接　　3 X　　4 即使如此

「そのまま」は「変わらずに同じ状態で」と言う意味。例：

・すぐ戻るから、エアコンはそのままにしておいてください。

・店員：袋に入れますか。
　客：いいえ、そのままでいいです。

※「～ままだ」は、同じ状態が変わらずに続くことを表す。例：

「そのまま／就這樣」的語意是「変わらずに同じ状態で／維持同樣不變的狀態」。例如：

・馬上就回來了，冷氣就這樣先開著吧。

・店員：要不要幫您裝袋？
　顧客：不必，我直接帶走就好。

※「～ままだ／一如原樣」表示持續同樣的狀態，沒有改變。例如：

・この町は昔のままだ。（名詞＋のままだ）
・駅も古いままだ。（い形容詞い＋ままだ）
・交通も不便なままだ。（な形容詞な＋ままだ）
・駅前の店も閉まったままだ。（動詞た形＋たままだ）

・這小鎮的市景還是老樣子。（名詞＋のままだ）
・車站仍一如往昔的古樸。（い形容詞い＋ままだ）
・交通和過去一樣依然不方便。（な形容詞な＋ままだ）
・車站前的店家至今仍然大門深鎖。（動詞た形＋たままだ）

11 Answer **4**

試合に　勝つ　ためには　もっと　練習（　　　）。

1　しては　いけない　　2　した　ことが　ある
3　する　ことが　できる　　4　しなければ　ならない

為了贏得比賽（必須）加緊練習（才行）。
1 不可以做　2 曾經做過　3 可以辦得到　4 必須…才行

「（動詞ない形）なければならない」で、義務や必要があることを表す。例：
・誰でも法律は守らなければならない。
・この本は明日までに返さなければならないんです。
「試合に勝つためには」とあるので、その後には、試合に勝つための条件、試合に勝つために必要なことが示される。

「（動詞ない形）なければならない／必須」表示具有義務或必須做的事。例如：
・人人都應當遵守法紀。
・這本書必須在明天之前歸還。
因為前一句是「試合に勝つためには／為了贏得比賽」，所以後面應該是贏得比賽的條件，或者為了贏得比賽而必須做的事情。

12

Answer **1**

お祝いに、部長から　ネクタイを　（　　　）。

1　いただきました　　　2　くださいました

3　さしあげました　　　4　させられました

從經理那裡（收到了）一條領帶作為賀禮。（亦即：經理送了我一條領帶作為賀禮。）

1 收到了　　2 送了我　　3 獻給了　　4 使…做了

「部長から」とあるので、主語は「私」で、ネクタイは「部長から」「私」へ移動したと分かる。「私は部長からネクタイを」に続くのは「いただきました」。「いただきました」は「もらいました」の謙譲語。

《他の選択肢》

2 部長が主語のとき「部長は私にネクタイをくださいました」。

3 ネクタイが「私から」「部長」へ移動するとき、「私は部長にネクタイを差し上げました」。

4「させられる」は使役受身形。

例：

・私は母に庭の掃除をさせられました。

因為前面有「部長から／從經理那裡」，而主語是「私／我」，由此可知領帶是從「部長から」往「私」的方向移動。「私は部長からネクタイを／從經理那裡…領帶」後面應該接「いただきました／收到了」。「いただきました」是「もらいました／收到了」的謙讓語。

《其他選項》

選項2：當主語是經理時，正確的說法應該是「部長は私にネクタイをくださいました／承蒙經理給了我領帶」。

選項3：當領帶是從「私から／從我」往「部長／經理」的方向移動時，正確的說法應該是「私は部長にネクタイを差し上げました／我將領帶致贈經理了」。

選項4：「させられる／被迫做…」是使役被動的用法。例如：

・媽媽叫我打掃庭院。

13 Answer ❷

なにが（　　　）私たちは　友だちです。

1　あったら　　2　あっても　　3　あってから　　4　あっては

（無論發生）什麼事，我們永遠是朋友。
1 如果有的話　　2 無論有　　3 因為有　　4（不）允許

「なにがあります」と「私たちは友だちです」をの二つの文をつなぐ。「なにが～」を「どんなことが～」「どんな問題が～」と考えると、二つの文の関係は逆接。逆接の条件を表す「～ても」を選ぶ。例：

- 薬を飲んでも熱が下がりません。
- 日本語ができなくても大丈夫です。

這題要考的是如何連接「なにがあります／發生什麼事」和「私たちは友だちです／我們是朋友」兩個句子。考量「なにが～／什麼」與「どんなことが～／什麼事」、「どんな問題が～／什麼問題」的語意可知前後兩段文字屬於逆接關係，所以要選擇表示逆接條件的「～ても／無論、就算」。例如：

- 即使吃了藥，高燒還是無法退下來。
- 就算不會日語也沒關係。

14 Answer ❶

（神社で）
鈴木「山本さんの　お母さんの　病気が　早く　治る（　　　）、お祈りをして　行きましょう。」
山本「ありがとう。」

1　ように　　2　ままに　　3　そうで　　4　けれど

（在神社裡）
鈴木：「（為了讓）您母親的病早日痊癒，我們一起去祈禱吧！」
山本：「謝謝！」
1 為了讓　　2 就這樣　　3 似乎是　　4 雖然

「（動詞）ように」で目標や願いを表す。例：

- 私にも分かるように、詳しく話してください。
- 明日晴れますように。

「（動詞）ように／為了」表示目標或期望。例如：

- 請你說清楚一些，以便我也能夠聽懂你的意思。
- 希望明天是個晴朗的好天氣。

15　　Answer ❹

お久しぶりです。お元気（　　　）ね。

1　ならば　　2　すぎる　　3　そうに　　4　そうです

好久不見，你（看起來）很有精神呢！

1 如果　　2 太過　　3 X　　4 看起來

「お久しぶりです」は挨拶。「お元気（　）」の（　）には、見た様子を表す「そうです」が入る。例：

・彼はいつも暇そうだ。

・妹はプレゼントをもらって嬉しそうだった。

《他の選択肢》

3「そうに」は「そうだ」が後に動詞をとるときの形。例：

・妹は嬉しそうに笑った。

「お久しぶりです／好久不見」是寒暄語。「お元気（　）／有精神」的（　）要填入表示所看見狀態的詞句「そうです／看起來」。例如：

・他看起來總是那麼地悠哉清閒。

・妹妹收到禮物後，看起來開心極了。

《其他選項》

選項3：「そうに／看起來」是當「そうだ／看起來」後面連接動詞時的變化。例如：

・妹妹高興地笑了。

第2回　もんだい2 翻譯與解題

16

Answer **4**

A「この　水は　飲む　ことが　できますか。」
B「さあ、飲む　＿＿＿　＿＿＿　★　＿＿＿　、知りません。」

1　どうか　　2　できる　　3　ことが　　4　か

A「這種水可以喝嗎？」
B「天曉得，不知道能不能喝。」
1 能…還是　　2 能　　3 X　　4 呢

正しい語順：飲む<u>ことができるかどうか</u>、知りません。

Aが「飲むことができますか」と聞いているので、「飲むことができる」と繋げてみる。

文の中に疑問文が入るとき、「（普通形）かどうか」という形になる。例：

- 木村さんが来るかどうか、分かりません。←木村さんは来ますか＋分かりません
- 参加するかどうか、決まったら連絡してください。←参加しますか＋決まったら連絡してください。

「3→2→4→1」の順で問題の☆には4の「か」が入る。

※疑問詞のある疑問文のときは、「（疑問詞）＋（普通形）か」となる。例：

- 誰が来るか、分かりません。←誰が来ますか＋分かりません
- いつ行くか、決まったら連絡してください。←いつ行きますか＋決まったら連絡してください

正確語順：天曉得，不知道能不能喝。

由於Ａ問「飲むことができますか／可以喝嗎」，可試著把「飲むことができる／可以喝」連接起來。

當句子中要插入疑問句時，則用「（普通形）かどうか／是否」的形式。例如：

- 木村先生是否會來，無法得知。
  ←木村先生是否會來呢＋無法得知
- 參加與否，請決定了就通知我一聲。
  ←參加與否＋請決定了就通知我一聲

正確的順序是「３→２→４→１」，而問題☆的部分應填入選項４「か／呢」。

※當疑問句中有疑問詞時，則變成「（疑問詞）＋（普通形）か／嗎」。例如：

- 無法得知有誰會來。←有誰會來＋無法得知
- 什麼時候前往，請決定了就通知我一聲。←什麼時候前往＋請決定了就通知我

17

Answer ❶

A「体の　ために　何か　毎日　やって　いますか。」
B「朝、起きたら、いつも　大学の　＿＿＿　＿＿＿　＿★＿　＿＿＿　います。」

1　ことに　　2　して　　3　走る　　4　まわりを

A：「你每天有沒有為了身體健康而做些什麼呢？」
B：「早上起床後，總是到大學附近跑步。」
1 X　　2 X　　3 跑步　　4 附近

正しい語順：いつも大学のまわりを走ることにしています。

意識して続けている、と言いたいとき、「（動詞辞書形）ことにしています」と言う。例：

・毎月３万円ずつ、貯金することにしています。

「走ることにしています」で、その前に「大学のまわりを」を置く。「４→３→１→２」の順で問題の☆には１の「ことに」が入る。

正確語順：總是到大學附近跑步。

表達有意識持續做某事時，則用「（動詞辭書形）ことにしています／打算，決定」。

例如：

・我打算每個月存下３萬圓。

「走ることにしています／跑步」之前應填入「大学のまわりを／到大學附近」。正確的順序是「４→３→１→２」，而問題☆的部分應填入選項１「ことに」。

18

Answer ❶

上田「あなたの　妹は　あなたに　似て　いますか。」
山川「妹は　＿＿＿　＿＿＿　＿★＿　＿＿＿　ですよ。」

1　太って　　2　ほど　　3　いない　　4　わたし

上田：「妳妹妹和妳長得像嗎？」
山川：「我妹妹沒有我這麼胖哦！」
1 胖　　2 這麼　　3 沒有　　4 我

正しい語順：妹はわたしほど太っていないですよ。

「妹は太っていないですよ」と並べた文に、「ほど」と「わたし」を入れる。

正確語順：我妹妹沒有我這麼胖哦！

需要在由「妹は太っていないですよ／妹妹不胖哦」所組成的句子填入「ほど／（程度）」跟「わたし／我」。由於句型「Ａは

「AはBほど〜ない」で比較を表すから、「妹は」の後に「わたしほど」を入れる。例：

・北海道はロシアほど寒くないです。

「4→2→1→3」の順で問題の☆には1の「太って」が入る。この文の意味は「私は妹より太っています」とだいたい同じである。

Bほど〜ない／A沒有B這麼…」表示比較，所以「妹は／妹妹」之後應該填入「わたしほど／我這麼」。例如：

・北海道沒有俄羅斯那麼冷。

正確的順序是「4→2→1→3」，而☆的部分應填入選項1「太って／胖」。

此句意思與「私は妹より太っています／我比妹妹胖」大致相同。

19 Answer **1**

A「田中さんは　いらっしゃいますか。」

B「はい。 ____ ____ ★ ____ ください。」

1　に　　2　なって　　3　少し　　4　お待ち

A：「請問田中先生在嗎？」

B：「他在，請稍等。」

1 X　　2 X　　3 稍　　4 等

正しい語順：はい。少しお待ちになってください。

「お（動詞ます形）になります」は尊敬表現。「お待ちになってください」は「待ってください」を尊敬形にしたもの。例：

・どうぞこちらにお掛けになってください。

「少し」は「待つ」にかかるので、文の最初（「お待ち」の前）に置く。

「3→4→1→2」の順で問題の☆には1の「に」が入る。

正確語順：他在，請稍等。

「お（動詞ます形）になります／請您做…」是尊敬用法。「お待ちになってください／請稍等」是「待ってください／稍等」的尊敬形。例如：

・請您這邊坐。

「少し／稍」用於修飾「待つ／等」，因此置於句首（「お待ち／等」前）。

正確順序是「3→4→1→2」，問題☆的部分應填入選項1「に」。

20 Answer ❸

A「どの　人が　あなたの　お姉さんですか。」
B「一番　右に　______　______　__★__　______　わたしの　姉です。」
1　が　　2　いる　　3　の　　4　立って

A：「哪一位是你姐姐呢？」
B：「站在最右邊的就是我姐姐。」
1×　　2在　　3的　　4站

正しい語順：一番右に立っているのがわたしの姉です。

「どの人があなたのお姉さんですか」に対する返事だから、「（この人）がわたしの姉です」と答える形を考える。「一番右に」に続く「立っている人」の「人」が「の」に変わり、「立っているのが」となる。「4→2→3→1」の順で問題の☆には3の「の」が入る。

※名詞の代わりになる「の」の例：

・A：お茶は熱いのと冷たいのとどちらがいいですか。
　B：じゃ、冷たいのをください。

正確語順：站在最右邊的就是我姐姐。

回答「どの人があなたのお姉さんですか／哪一位是你姐姐呢？」，應使用此句型「（この人）がわたしの姉です／（這個人）是我的姐姐」。「一番右に／最右邊」後面應填入「立っている人／站著的人」，句中的「人」以「の／的」代替，形成「立っているのが／站著的」。正確的順序是「4→2→3→1」，問題☆的部分應填入選項3「の」。

※以「の」代替名詞的範例：

・A：你的茶要冷的還是熱的呢？
　B：那，給我冷的。

第2回 もんだい3 翻譯與解題

下の　文章は　「私の　家」に　ついての　作文です。

「ひっこし」

イワン・スミルノフ

先月　ぼくは　ひっこしました。それまでの　下宿は、学校から　1時間半　**21**　かかったし、近くに　店も　なくて　**22**　からです。それで、学校の　近くに　部屋を　借りようと　**23**　。

新しい　ぼくの　部屋は、学校の　前の　横断歩道を　わたって、すぐの　ところに　あります。これまでは　学校に　行くのに　とても　早く　起きなければ　なりませんでしたが、これからは　少し　**24**　なりました。

ひっこす　日の　朝、友だちが　手伝いに　きて、ぼくの　荷物を　全部部屋に　運んで　くれました。お昼ごろ、きれいに　なった　部屋で、友だち　**25**　持って　きて　くれた　お弁当を　食べました。

下方的文章是以「我的家」為主題所寫的文章。

〈搬家〉

伊凡．斯米爾諾夫

我上個月搬家了。因為從之前租的房子到學校要耗去一個半小時，附近也沒有商店，很不方便。所以，我那時就想在學校附近租房子。

我新租的房子，只要從學校前面過個馬路就到了。以前上學都必須很早起床，往後我打算稍微賴床一下了。

搬家那天早上，朋友來幫忙我把所有的行李搬進了房間裡。中午，我們在整理得很乾淨的房間裡，一起享用了由朋友帶來的便當。

21

Answer **3**

1　だけ	2　まで	3　も	4　さえ
1 只有	2 直到	3 多達	4 甚至

「近くに店もなくて」の「も」に注目する。「時間も〜、店も〜」は同じようなことがあると言いたいときの言い方。また、文の内容から、それまでの下宿がよくなかったことが分かるの

注意此句「近くに店もなくて／附近也沒有商店」中的「も／也」。「時間も〜、店も〜／也〜時間，也〜商店」是用於表達具有相同性質的事物時。另外，從文章內容來看，可知一直以來的居住環境並不好，「1

で、「1時間半も」で1時間半が長いと感じていることを表す。

時間半も／多達1個半小時」是強調1個半小時很長的感覺。

22

Answer ❸

1　便利だった　2　静かだった　3　不便だった　4　うれしかった

| 1 方便　2 安靜　3 不方便　4 開心

「～からです」は、ひっこした理由を説明している。「学校まで1時間半かかった」「近くに店もない」下宿は、「不便」。「不便」は便利ではないという意味。

此句型「～からです／因為～」用於說明搬家的裡由。「学校から1時間半かかった／到學校要耗去一個半小時」「近くに店もない／附近也沒有商店」，居住環境很「不便／不方便」。「不便」是很不方便的意思。

23

Answer ❶

1　思いました　2　思うでしょう　3　思います　4　思うかもしれません

| 1 那時就想　2 應該會想吧　3 我想　4 也許想

先月の話をしているので、過去形を選ぶ。「（動詞意向形）（よ）うと思いました」は、過去のある時点での話者の意志を表す。

因為是講述上個月的事情，必須選用過去式。「（動詞意向形）（よ）うと思いました／那時就想」表示在過去某時間點說話者的意志。

24

Answer ❷

1　朝ねぼうしたがる　ように　2　朝ねぼうしても　よく
3　朝ねぼうさせる　ことに　4　朝ねぼうさせられる　ように

| 1 打算賴床　2 賴床也可以　3 使對方賴床　4 要讓對方賴床

「これまでは…早く起きなければなりませんでした」に対応するのは、「これからは…朝寝坊してもよくなりました」。例：

「これまでは…早く起きなければなりませんでした／以前…必須很早起床」與「これからは…朝寝坊してもよくなりました／往後…我打算稍微賴床一下了」兩個情況相互對應。例如：

・お金を払わなければなりません⇔お金を払わなくてもいいです

「朝寝坊してもよくなりました」の「（形容詞）くなります」は変化を表す。例：

・りんごが赤くなりました。

・薬のおかげで病気がよくなりました。

《他の選択肢》

1「～したがる」は「～したい」に「がる」がついて、他者の希望を表す言い方。例：

・妹はすぐにお菓子を食べたがる。

「朝寝坊」するのは自分なので×。

3「～させる」は使役形で、「朝寝坊させる」と言うとき、寝坊するのは他者。例：

・母親は子どもに勉強させました。

4「～させられる」は使役受身形。「朝寝坊させられる」と言うとき、寝坊するのは自分だが、そうするのは嫌だが、という気持ちがある。

・必須得付錢⇔不付錢也可以

「朝寝坊してもよくなりました／我打算稍微賴床一下了」句中「（形容詞）くなります」表示變化。例如：

・蘋果變紅了。

・多虧服了這藥，病情已好轉了。

《其他選項》

選項１：「～したがる／打算」是「～したい／想」加上「がる」。表示他人的期望、希望。例如：

・妹妹一天到晚總想著吃零食。

因為「朝寝坊／賴床」的是自己，所以不是正確答案。

選項３：「～させる／使對方」是使役形，若使用「朝寝坊させる／使…睡懶覺」，睡懶覺的主語應是他人。例如：

・母親叫孩子去唸書。

選項４：「～させられる／要讓對方」是使役被動形。使用「朝寝坊させられる／被迫睡懶覺」時，語含雖然睡懶覺的是自己，但並非出自本人的意願。

25 Answer **4**

1 は	2 に	3 を	4 が
1×	2 給	3×	4×

名詞修飾。「友だち（　）お弁当を持ってきてくれました」と「私はお弁当を食べました」という二つの文をひとつにした文。前の文は、後の文の「お弁当」を説明している。（　）に入るのは「が」。

本題是考名詞修飾用法，將「友だち（　）お弁当を持ってきてくれました／朋友帶來的便當」與「私はお弁当を食べました／我享用了便當」兩句結合為一句。

前方敘述目的是說明後方的「お弁当／便當」。因此（　）應填入「が」。

Index 索引

あ

い

お

か

く

け

こ

さ

し

す

そ

た

ち

つ

て

と

な

に

の

は

へ

ほ

ま

み

め

も

や

よ

ら

Memo

合格班日檢文法N4

攻略問題集＆逐步解說（18K＋MP3）

【日檢合格班 7】

■ 發行人／林德勝

■ 著者／吉松由美、西村惠子、大山和佳子、山田社日檢題庫小組

■ 出版發行／山田社文化事業有限公司
地址　臺北市大安區安和路一段112巷17號7樓
電話　02-2755-7622　02-2755-7628
傳真　02-2700-1887

■ 郵政劃撥／19867160號　大原文化事業有限公司

■ 總經銷／聯合發行股份有限公司
地址　新北市新店區寶橋路235巷6弄6號2樓
電話　02-2917-8022
傳真　02-2915-6275

■ 印刷／上鎰數位科技印刷有限公司

■ 法律顧問／林長振法律事務所　林長振律師

■ 定價／新台幣310元

■ 初版／2017年 11 月

© ISBN : 978-986-246-481-6

N4 JLPT

STS
山田社

STS
山田社

STS
山田社

STS
山田社